Bettina Münster

The Curse
Stirb, wenn du dich traust

TWENTYSIX

Eine Marke der Books on Demand GmbH

Herstellung und Verlag:
BoD – Books on Demand, Norderstedt

ISBN 978-3-740783310

Bibliografische Information der Deutschen
Nationalbibliothek: Die Deutsche Nationalbibliothek
verzeichnet diese Publikation in der Deutschen
Nationalbibliografie; detaillierte bibliografische
Daten sind im Internet über dnb.dnb.de abrufbar.

Bettina Münster wurde 1980 in Düsseldorf geboren und ist nicht weit davon entfernt aufgewachsen. Seit ihrem dreizehnten Lebensjahr schreibt die Autorin Romane, Kurzgeschichten und Gedichte.

Sie lebt heute mit ihrer Familie in der Region Hannover und schreibt beständig an neuen Werken.

Mehr über die Autorin und ihre Buchprojekte erfahren Sie auf ihrer Homepage:

https://bettinamuenster.wordpress.com

© 2021 Bettina Münster
Cover-Illustration: © Mimi Jamora
Umschlagsgestaltung:© Bettina Münster

1

Emily Watson atmete erleichtert auf, als der Schulgong laut dröhnend das Ende des Unterrichts verkündete, und sah zu, wie ihre Englischklasse lärmend aufstand und den Raum verließ.
Ein schüchternes Mädchen mit langen blonden Haaren bildete das Schlusslicht, drehte sich in der Tür noch einmal um und sagte im Weitergehen: »Tschüss, Miss Watson.«
Emily lächelte sie an und sah ihr hinterher, wie sie sich lachend ihren Freundinnen anschloss.
Endlich Stille.
Sie ließ die schlagartig einkehrende Ruhe im Raum auf sich wirken und atmete tief ein und aus. Vor dem Fenster wogte New Yorks Verkehrslärm, eine stetige, nie abreißende Geräuschkulisse. Sie war Emily in den sechs Jahren, die sie nun schon im Big Apple lebte, so sehr in Fleisch und Blut übergegangen, dass sie sie kaum noch wahrnahm.
Der Lärm, die Autohupen und Sirenen waren ein Teil der Stadt, bildeten ihren Herzschlag. Wer in New York lebte und die Stadt liebte, passte sich diesem Herzschlag an, bewegte sich in seinem Rhythmus und tanzte in seinem Takt.

Ihre Liebe zu der Stadt hatte Emily vor Jahren nicht nur dazu gebracht, ihre Sprösslinge zu unterrichten. Mit ihrem Hobby drang sie außerdem in die Eingeweide der Metropole vor und hatte erst vor wenigen Monaten ihren dritten New York – Krimi veröffentlicht. Aktuell arbeitete sie bereits fieberhaft am vierten Band und ging völlig in dieser Arbeit auf.

Mit einundzwanzig Jahren war sie in die Stadt gekommen, um die Altlasten ihrer Kindheit in England hinter sich zu lassen und hier eine neue Heimat zu finden. Das zerrüttete Verhältnis zu ihrer Mutter und zerbrochene Freundschaften ... all das trat in New York in den Hintergrund und besaß keinen Wert mehr. Außerdem stellte ihr hier niemand Fragen über ihre Familie und die Vergangenheit, die sie nicht beantworten konnte. Sie war als unbeschriebenes, weißes Blatt Papier in die USA gekommen und hatte angefangen, ihre eigene Geschichte zu schreiben.

Ihr altes Leben in England war nach und nach verblasst. Die düsteren Erinnerungen versanken im Nichts, wurden übertüncht von der Großartigkeit New Yorks und seiner Zerstreuung.

Emilys Kindheit war anders verlaufen als die anderer Kinder. Sie hatte kaum Familie, blickte neidisch auf die Partys und Familienfeste ihrer Klassenkameradinnen. Ihre Verwandten waren alle früh gestorben. Emily hatte, soweit sie zurückdenken konnte, immer nur ihre Eltern gehabt, bis auch ihr Vater eines plötzlichen und unerwarteten Todes verstarb, als sie noch ein Kind war. Emily weigerte sich bis heute, zu glauben, dass es Selbstmord gewesen war.

›*Was ist mit deinem Vater passiert?*‹
›*Warum sind deine ganzen Verwandten so früh gestorben?*‹

Auf diese und andere Fragen wusste sie selbst keine Antwort, weder in ihrer Kindheit noch heute, weil Mrs Watson einer Erklärung so lange ausgewichen war, bis ihre Tochter es schließlich leid war, zu fragen. Sie wusste nicht, ob eine Reihe unglücklicher Unfälle die Familie heimsuchte, oder ob eine rätselhafte Krankheit umging, die ihre Mutter ihr eisern verschwieg. Die Gerüchteküche brodelte, und Emily war genauso schlau wie alle anderen und wusste gar nichts.

Als hätte dieses Leben voller ungeklärter Fragen nicht gereicht, wurde sie zu Hause fast wie in einem Gefängnis gehalten. Jeder Schritt, jeder Atemzug, den sie tat, wurde mit Argusaugen von ihrer Mutter bewacht. Es war erdrückend und ließ die Fassade ihres heilen Familienlebens unaufhaltsam bröckeln. Zuerst waren es nur feine Risse, die man leicht ignorieren konnte. Kleine Streitigkeiten, die kaum wehtaten. Je älter sie wurde, desto vehementer wurden ihre Versuche, aus diesem Kokon auszubrechen. Das Mutter-Tochter-Verhältnis geriet in Schieflage, zerbrach. Bis sie es nicht mehr aushielt und die Flucht ergriff, direkt nach ihrem Schulabschluss. Der Atlantik schien gerade groß, um der Kontrolle ihrer Mutter zu entkommen, um genug Raum zum freien Atmen zu haben. Der Kontakt brach ab.

Hier in New York hatte Emily eine neue Heimat gefunden. Sie hatte studiert und sich ihr eigenes Universum geschaffen, in dem sie vorwiegend allein und zurückgezogen lebte. Anderen Menschen zu vertrauen, fiel ihr schwer. Trotzdem hatte sie an der New York University zwei Freundinnen gefunden, mit denen sie sich bis heute regelmäßig traf. Meredith und Becky hatten ihr beigebracht, Spaß zu haben, das Leben zu genießen, und sie war ihnen sehr dankbar dafür.

Alle anderen Kontakte blieben auf rein beruflicher Ebene, entweder im Lehrerzimmer der High School oder in dem Verlag, der sie bei der Veröffentlichung ihrer Krimis betreute.

Ihre beste Freundin war Meredith. Sie hatten von Anfang an auf einer Wellenlänge gelegen und eine innige Verbindung aufgebaut, die sich wie von selbst entwickelte. Meredith hatte ebenfalls auf Lehramt studiert und war an einer High School in Brooklyn tätig. Nach dem, was sie über ihre Arbeit erzählte, war Emily froh, in Manhattan eine Anstellung gefunden zu haben. Ihre Freundin war mit Leib und Seele Lehrerin und hatte den großen Traum, beizeiten an einer Privatschule zu unterrichten, um aus dem Umfeld der sozialen Brennpunkte entfliehen zu können. Emilys Ziel war ein anderes:

Sie wollte ihre Krimis auf den Bestsellerlisten sehen. Das Schreiben war ihre große Leidenschaft, aber der Weg nach oben war noch weit. Ein Grund mehr, sich bei ihrem aktuellen Buchprojekt richtig ins Zeug zu legen.

Emily kam am frühen Nachmittag nach Hause und hängte erschöpft ihre Jacke an den Garderobenhaken neben der Tür. Sie bewohnte ein kleines Apartment in einem alten, schmutzigen Backsteinbau im Herzen von Queens, der dringend einer Sanierung bedurft hätte. Aus dem Inneren ihrer Wohnung hatte sie das Beste gemacht: Dicke weiche Teppiche lagen überall auf dem abgewetzten Linoleum, das sandfarbene Sofa war mit bunt leuchtenden Kissen bestückt, und an den frisch geputzten Fenstern hingen saubere Gardinen. Mitten im Wohnzimmer, einen halben Meter von der Rückseite der Couch entfernt, stand ein Raumteiler - ein übermannshohes Regal ohne Rückwand, in dessen offenen Fächern Unmengen von Büchern, Kästchen und Nippes standen. Jenseits dieser künstlichen Wand hatte sich Emily ein kleines Büro geschaffen. Ein großer Schreibtisch mit schwarzem Metallfuß und einer schweren Glasplatte stand an der Wand am Fenster, sodass sie beim Schreiben dem Treiben auf New Yorks Straßen zusehen konnte. Seitlich über dem Schreibtisch hing ein Regal an der Wand, in dem sie ihre sämtlichen Schulunterlagen aufbewahrte. Ihre Buchnotizen bildeten dagegen ein buntes Sammelsurium in zwei Fächern des offenen Raumteilers. Trotz der tausend Kleinigkeiten und Figuren, die jeden der seltenen Besucher ihrer Wohnung zu einer faszinierten Schatzsuche anregten, hatte alles seinen festen Platz und eine unverrückbare Ordnung.

Mit einer frisch gekochten Tasse Kaffee setzte sie sich in den gemütlichen Schreibtischstuhl aus Leder. Draußen regnete es in Strömen. Die Tropfen liefen in unregelmäßigen Bahnen die Fensterscheibe herunter und ließen ihre Aussicht auf die Stadt verschwimmen. Emily schaltete ihren Computer ein, nippte am heißen

Kaffee und wollte gerade anfangen, weiter an ihrem Buch zu schreiben, als das Klingeln des Telefons sie aus ihren Gedanken riss. Genervt beugte sie sich über den Schreibtisch und nahm den Hörer des Apparates ab, der in einer Ecke des Tisches stand.
»Ja bitte?«
»Hier ist Edward Caine vom Anwaltsbüro Caine und Partner in London. Spreche ich mit Miss Emily Watson?«
Der vertraute englische Akzent ließ sie zusammenfahren. Es war lange her, seit sie britisches Englisch gehört oder gesprochen hatte. Nervös stand sie auf, klemmte sich den Hörer unter das Ohr und verschränkte die Arme vor der Brust. Mit wild klopfendem Herzen antwortete sie heiser: »Ja, das bin ich. Was kann ich für Sie tun?«
»Nun, ich glaube, ich kann vielmehr etwas für Sie tun, Miss Watson. Ich vertrete Ihre Mutter, Misses Erica Watson.«
Emily gefror das Blut in den Adern.
Sechs Jahre.
So lange herrschte Funkstille zwischen den beiden Frauen. Sechs Jahre ohne Telefonate, Briefe oder Weihnachtskarten.
Warum nur wurde sie jetzt von ihrem Anwalt angerufen?
»Stimmt etwas mit meiner Mutter nicht?«
Schweigen. Es dehnte sich aus, seltsam surreal.
Emily konnte regelrecht hören, wie der Anwalt nach den richtigen Worten suchte. Schließlich hielt sie es nicht länger aus und beschloss, ihm auf die Sprünge zu helfen.

»Ist meine Mutter krank?«
»Nein, sie ist nicht krank. Miss Watson, Ihre Mutter ist vorgestern verstorben. Es tut mir sehr leid.«
Tödliche Stille lag plötzlich in der kleinen Wohnung. Sogar der Straßenlärm schien verstummt zu sein, und der Regen wagte sich kaum noch, ans Fenster zu klopfen. Emily hörte nicht einmal mehr das Ticken der kleinen Uhr, die mittig auf ihrem Glastisch stand.
»Wie ist es passiert?«
Es war kaum mehr als ein Flüstern. Ihre Kehle war ausgetrocknet. Sie wollte zu ihrer Tasse Kaffee greifen, brachte es dann aber nicht fertig, einen Schluck zu trinken. Etwas zu sich zu nehmen, kam ihr auf einmal falsch vor. Ihre Mutter war tot. Da konnte sie doch nicht einfach etwas trinken. Davon abgesehen … war jetzt nicht der Augenblick gekommen, in dem man normalerweise in Tränen ausbrach und verzweifelt das Telefon weglegte?
Sie fühlte sich dumpf, leer.
»Eh … wie bitte? Entschuldigung, ich habe Sie nicht verstanden. Könnten Sie das noch einmal wiederholen?«
Mr Caine hatte etwas gesagt, aber es war ungehört an ihr vorübergezogen.
»Die Todesursache konnte noch nicht eindeutig festgestellt werden. Eine Nachbarin fand Ihre Mutter in den späten Abendstunden, als sie zu einer abendlichen Verabredung nicht gekommen war. Man geht bislang von einem Herzversagen aus, die Autopsie wird Näheres zeigen.«
»Okay«, erwiderte Emily tonlos.

»Miss Watson, die Autopsie wird wohl in den nächsten Tagen durchgeführt. Das Ergebnis kann ich Ihnen gerne faxen oder per Post schicken, wenn Sie wollen.«

»Das wird nicht nötig sein. Ich werde persönlich nach London kommen.«

Es war heraus, bevor sie darüber nachgedacht hatte. Als ihr die Bedeutung der Aussage bewusst wurde, schien es aber tatsächlich das einzig Richtige zu sein. Die Angelegenheiten ihrer Mutter mussten geregelt werden. Mit Sicherheit gab es ein Testament. Außerdem war zu klären, was mit den Habseligkeiten von Erica Watson passieren sollte.

Emily hatte keine Ahnung, was auf sie zukommen würde. Und das Schlimmste war: Sie war allein. Außer ihrer Mutter gab es keine Familienangehörigen mehr. Sie hatte keine Freunde in England, und einen Mann gab es auch nicht in ihrem Leben, auf den sie hätte bauen können. Sie konnte nicht einmal mit Bestimmtheit sagen, dass sie nach England fliegen *wollte*. Sie spürte auch keine Trauer. Vielmehr glaubte sie, dass das etwas war, was man wohl in so einer Situation üblicherweise tat.

»Sind Sie sicher, dass Sie so schnell herkommen können?«

»Ich bin Lehrerin. Eine andere Kraft wird mich vertreten. Geben Sie mir bitte Ihre genaue Adresse und Telefonnummer. Sobald ich in London bin, werde ich Sie aufsuchen. Ach, und noch etwas: Ist der Wohnsitz meiner Mutter noch aktuell, oder ist sie umgezogen? Wir hatten seit Jahren keinen Kontakt mehr, deswegen …«

»Sie wohnte noch immer in dem alten Cottage. Dort wurde sie auch gefunden - in der Küche.«
Emily spürte, wie ihr schlecht wurde, beendete das Gespräch und floh ins Bad, um sich zu übergeben.

Am folgenden Abend, es war ein Mittwoch, saß sie erschöpft mit Meredith bei ihrem Lieblingsitaliener ›Amore‹ und schlürfte einen Campari Orange. Ihre Freundin schwang ihre leuchtend roten Locken nach hinten und schüttelte zum wiederholten Mal an diesem Abend verständnislos den Kopf.
»Deine Mutter war gerade einmal Mitte Fünfzig! Da fällt man doch nicht einfach tot um! Haben sie Selbstmord schon ausgeschlossen?«
»Der Anwalt hat noch gar nichts gesagt. Nur, dass man momentan von einem Herzstillstand ausgeht. Aber ich meine … hallo? Das Herz bleibt beim Tod wohl immer stehen, oder nicht? Von daher kann man auf die Aussage wohl nicht viel geben.«
Nach einem skeptischen Blick von Meredith setzte sie hinzu: »Ja, *ich weiß*, dass das eine medizinische Diagnose ist. Ich meinte ja bloß.«
Sie seufzte und ließ sich auch nicht von der großen Pizza aufmuntern, die in diesem Moment vor ihrer Nase abgestellt wurde: Fungi, extra scharf, mit Artischockenherzen.
»Lass es dir schmecken, Liebes. Wer weiß, ob du in England was Anständiges zu essen bekommst!«
Ihre Freundin lächelte müde. »Ich werde wohl jede Restaurantküche Londons testen müssen, denn es gibt niemanden mehr, der mich willkommen heißen und für mich kochen würde.«

»Warum eigentlich nicht? Du wirst doch in deiner Jugend Freundinnen gehabt haben. Eine Clique oder so.«
Traurig schüttelte Emily den Kopf. »Um meine Familie haben immer alle einen großen Bogen gemacht. Dass ich Watson heiße, war der Kontaktkiller schlechthin und hat alle Freundschaften im Keim erstickt. Die ganze Zeit gingen Gerüchte um. Warum meine Familienmitglieder so früh gestorben sind und solche Sachen. Meine Eltern haben mir leider nichts darüber erzählt. Sie hofften wohl, das erledigt sich durch Totschweigen. Ich weiß nicht, wie oft ich mir von ihnen anhören musste, ich solle mir einfach nichts daraus machen. Leichter gesagt als getan, wenn man die ganze Zeit das Getuschel der anderen in den Ohren hat und wie eine Aussätzige angeschaut wird. Manchmal hatte ich regelrecht das Gefühl, dass die anderen Kinder Angst vor mir hatten, genauso ihre Eltern. Wir waren Außenseiter, und ich konnte nichts dagegen tun.«
Lustlos stocherte sie in einem Pilz herum. Die Erinnerungen vergrößerten ihre Motivation nicht gerade, nach England zu fliegen.
Meredith nippte an ihrem Wein und sah Emily forschend an.
»Was glaubst du, was dahintersteckte?«
»Ich habe keine Ahnung. Ich weiß nur, dass meine ganzen Verwandten ziemlich früh gestorben sind.
Und dann starb mein Vater auch noch. Ich war gerade acht Jahre alt. Angeblich hat er Selbstmord begangen. Das hat noch einen obendrauf gesetzt. Die Leute haben sich sehr angeregt darüber unterhalten, durch

was für schreckliche Krankheiten meine Angehörigen ums Leben gekommen sein könnten, und was meinen Vater wohl in den Tod getrieben hat. Ich habe nie erfahren, was tatsächlich dahintersteckt. Was habe ich meine Mutter bekniet, mir mehr zu erzählen! Ich wusste, dass sie Bescheid weiß. Ich konnte es in ihren Augen sehen. Ihr ganzes Verhalten ... sie wusste, was los war. Ihr Schweigen hat unser Verhältnis zerstört. Ich kam einfach nicht an sie heran. Sie war wie eine Wand.«
»Vielleicht erfährst du ja jetzt mehr, wenn du hinfliegst.«
»Ja vielleicht. Das Komische ist ... ich fühle nichts. Keine Trauer. Ich habe mich gestern nach dem Anruf des Anwalts übergeben, aber davon abgesehen ... Meine Mutter ist gestorben. Sollte ich da nicht traurig sein? Auch wenn wir keinen Kontakt mehr hatten? Aber ich spüre nichts, außer einem ziemlichen Widerwillen, morgen in dieses Flugzeug zu steigen.« Meredith sah ihre Freundin liebevoll an.
»Schätzchen, du stehst noch unter Schock. Die Trauer wird bestimmt noch kommen. Alles braucht seine Zeit.«
Emily zuckte mit den Schultern und ließ sich endlich ihre Pizza schmecken. Grübeln brachte sie nicht weiter. Sie wollte alles schnellstmöglich erledigen und dann nach New York zurückkehren. Bloß keine alten Wunden aufreißen.

Zwei Stunden später verabschiedeten sich die beiden Frauen vor dem Restaurant voneinander.
»Und du bist sicher, dass ich nicht mitfliegen soll?«

»Ich weiß ja nicht, wie lange es dauern wird, und was überhaupt alles zu tun ist. Aber ich rufe dich zwischendurch an, okay?«
»Auf jeden Fall, wenn du angekommen bist, hörst du? Ich will sicher sein, dass es dir gut geht.«
Nach einer herzlichen Umarmung schlich Emily gedankenverloren nach Hause.

2

Um 23.40 Uhr Ortszeit erreichte Emily nach neun Stunden Flug den Flughafen London Heathrow.
Nachdem sie nach einer halbstündigen Wartezeit endlich ihren Koffer vom Paketband gehievt hatte, überlegte sie zunächst, den Heathrow Express zum Bahnhof Paddington zu nehmen. Stattdessen stieg sie dann aber in eine der vielen Taxen ein, die vor dem Flughafengebäude in einer langen Warteschlange standen. Bei Nacht allein mit dem Zug zu fahren, war ihr dann doch nicht ganz geheuer.
»Zu dieser Adresse bitte.«
Sie gab dem Fahrer den Zettel mit der eilig hingeschriebenen Anschrift der kleinen Pension, die sie sich für die Dauer ihres Aufenthalts in London ausgesucht hatte. In ihrem Elternhaus zu bleiben, in dem ihre Mutter gerade erst gestorben war, brachte sie keinesfalls über sich. Den abschätzenden Blick des Taxifahrers bemerkend lächelte sie zuvorkommend und wies ihn darauf hin, dass sie keine Touristin war.

»Ich bin von hier, also geben Sie sich keine Mühe, einen Umweg zu fahren.«
Er lachte und lenkte das Taxi auf die zu dieser Uhrzeit wenig befahrene Zufahrtsstraße zur Autobahn. Die Scheibenwischer des Wagens wischten träge Regentropfen von der Scheibe, die sich stetig aus dem nachtschwarzen Himmel lösten.
»Sie klingen nicht wie eine Einheimische.«
»Ich lebe seit ein paar Jahren in New York. Den Akzent von dort eignet man sich schnell an.«
›*Viel zu schnell*‹, fügte sie in Gedanken hinzu.
Nachdenklich starrte sie hinaus in die nächtliche, vom Regen durchfeuchtete Szenerie. Alles war auf gespenstische Art und Weise vertraut. Aber neuere Gebäude, eine geänderte Straßenführung und sanierte Stadtviertel ließen Emily sich wie einen Fremdkörper fühlen. Sie hatte in New York ihr Zuhause gefunden, war aber trotzdem ein wenig traurig, sich hier jetzt so fehl am Platze zu fühlen. Auch wenn sie mit England nur wenige glückliche Erinnerungen verband – es war einmal ihr Zuhause gewesen.
›*Ein Zuhause, das einem Gefängnis glich. Ein Zuhause, aus dem du geflohen bist, um frei atmen zu können*‹, erinnerte sie sich selbst.

Schneller als erwartet hielt der Fahrer vor einer kleinen Villa im viktorianischen Stil am Rande von Soho, die zwischen den Galerien und Restaurants seltsam fehl am Platz wirkte.
»Hier, der Rest ist für Sie.«
Der Taxifahrer, ein älterer Mann mit eisgrauem Haar und strahlend blauen Augen, lächelte freundlich.

»Vielen Dank, Miss. Sehen Sie nur, im unteren Geschoss brennt noch Licht. Vielleicht haben Sie ja Glück und bekommen noch eine warme Mahlzeit.«
Emily freute sich über diesen Hoffnungsschimmer. Es war Mitte Oktober und bereits empfindlich nasskalt in Englands Hauptstadt. Sie würde am nächsten Morgen direkt ihren warmen Mantel und den langen Schal ihrer Mutter aus dem Koffer holen.
›Mum...‹
Ein dumpfer Schatten huschte durch ihr Herz. Bevor sie in Versuchung geriet, ihn als Trauer zu identifizieren, riss sie sich zusammen und marschierte mit dem Koffer in der Hand zielstrebig auf die Tür des alten Hauses zu.
Schon nach dem zweiten Klopfen wurde die robuste, mit hübschen Schnitzereien verzierte Eichenholztür geöffnet, und eine kleine, ältere Dame mit Lockenwicklern auf dem Kopf und einer Decke um die Schultern öffnete Emily freundlich die Tür.
»Oh, Sie müssen Miss Watson sein! Kommen Sie herein, es ist ja schrecklich kühl draußen geworden! Ach herrje, und regnen tut es auch wieder. Nichts für meine alten Knochen. Sehen Sie, ich habe schon meine dickste Wolldecke umgelegt, damit mein Rheuma nicht so schlimm wird. Oh, ist der Koffer schwer? Kommen Sie, stellen Sie ihn erst einmal dort ab. Haben Sie Hunger? Bestimmt haben Sie Hunger! Ich habe Ihnen extra noch eine gute Brühe heiß gemacht. Sie steht direkt hier auf dem Herd.
Kommen Sie, wir setzen uns in die Küche. Die anderen Gäste schlafen schon, da ist es zu zweit in der Küche gemütlicher. Mögen Sie Hühnersuppe? Die

stärkt das Immunsystem, sage ich immer. Sind Sie nicht halb erfroren in der dünnen Jacke? Möchten Sie eine Wolldecke? Auf der Küchenbank liegt noch eine.«

Fröhlich weiterplappernd ging die Hausdame Emily voraus in die Küche, wobei ihre dicken rosa Plüschpantoffeln jedes Geräusch schluckten. Im Haus herrschte eine warme, freundliche Atmosphäre, und die junge Frau fühlte sich sofort geborgen. Sie fragte sich nur, ob die anderen Pensionsgäste von dem Geschnatter der alten Dame geweckt würden. Sie selbst schien das gar nicht zu beschäftigen.

»Hier, setzen Sie sich bitte. Sie hatten sicher einen schrecklich langen Flug, richtig? Sie sind bestimmt sehr erschöpft. Ich hoffe, es stört Sie nicht, dass ich etwas Ei in die Suppe getan habe. Das macht sie reichhaltiger. Mögen Sie Ei in der Suppe? Man schmeckt es auch kaum heraus. Sehen Sie, noch schön heiß. Hier, bitte.«

Während sie ihrem Gast eine große Suppentasse mit heißer Brühe hinstellte und ihr anschließend die angebotene Decke um die Schultern legte, machte sie eine kurze Redepause, die Emily sofort zu nutzen wusste:

»Vielen Dank, das ist sehr freundlich von Ihnen. Sie haben es sehr schön hier, Misses …?«

Die alte Dame setzte sich übers Eck, ebenfalls mit einer Suppentasse bewaffnet.

»Misses Mallon. Prudence Mallon. Aber nennen Sie mich einfach Prudy, wenn Sie mögen. Entschuldigen Sie, ich vergesse immer, mich vorzustellen. Mein Mann hat immer gesagt, ich plappere zu viel.

Sie haben doch nichts dagegen, dass ich auch etwas Suppe esse? Ist gut für meine Knochen, und in Gesellschaft schmeckt es noch viel besser, finden Sie nicht auch?«
Emily lächelte unverbindlich und löffelte langsam die heiße Suppe. Sie schmeckte vorzüglich und wärmte, wie sie schnell feststellte, nicht nur den Körper, sondern auch ihre Seele. Während des Essens fragte sie sich allerdings, wie Prudy Mallon es schaffte, gleichzeitig Hühnersuppe zu essen und ununterbrochen zu reden. Sie erfuhr Einzelheiten über das Haus, das Viertel, in dem es stand, den Zweiten Weltkrieg und die Ehe von Mr und Mrs Mallon, die sie lieber nicht gewusst hätte.
Nach einer Weile wurde die Plapperei ermüdend. Ihre Gedanken gerieten zunehmend durcheinander.
Als sie ihr Nachtmahl beendet hatte, deutete Emily daher bald an, dass sie gerne ihr Zimmer sehen würde.
»Oh, natürlich, natürlich! Wo sind bloß meine Manieren! Seien Sie bitte leise, wenn Sie zu Bett gehen. Im Zimmer neben Ihnen wohnt eine ältere Dame, die einen sehr leichten Schlaf hat. Aber da sie schwerhörig ist, bezweifle ich, dass sie einen Weltuntergang hören würde. Auf der anderen Seite grenzt Ihr Zimmer an das von Mister Eckamp. Ein merkwürdiger Name, finden Sie nicht? Er ist Deutscher, ein Geschäftsmann auf der Durchreise. Er bleibt noch eine Woche, bevor er weiter nach Dublin fährt. Ich weiß nicht, was er verkauft, aber irgendetwas wird es sein, wenn er dafür quer durch Europa reist!«

Während ihres Monologs hatte Prudy Emily langsam nach oben geleitet, bis sie vor einer der nummerierten Türen stehen blieb.

»So, hier wären wir, Zimmer fünf. Es ist das einzige Zimmer mit einem eigenen Bad. Ich dachte, das würde Sie freuen. Ist gestern erst frei geworden, deswegen können Sie es haben. Frühstück gibt es ab sieben Uhr im Speisezimmer, Abendessen nur nach Vorbestellung. Möchten Sie hier zu Abend essen?«

Emily schüttelte müde den Kopf und hoffte, der Redefluss der alten Dame würde bald ein Ende finden.

»Vielen Dank, aber ich weiß nicht, wie lange ich unterwegs sein werde. Deswegen ist es besser, sich nicht festzulegen.«

»Na schön, na schön. Aber bitte behalten Sie im Hinterkopf, dass die Haustür um zehn Uhr abends verschlossen wird. Danach öffne ich nur noch in besonderen Fällen, wie bei Ihrer Ankunft jetzt zum Beispiel. Einen eigenen Hausschlüssel erhalten meine Gäste nicht, nur Zimmerschlüssel. Das Risiko, dass jemand ihn verliert und dann ein Wildfremder möglicherweise ungehindert ins Haus kommt, ist mir einfach zu groß. Ich hoffe, Sie verstehen das.«

Emily bedankte sich nochmals und konnte sich dann endlich ungehindert in ihr Zimmer zurückziehen. Sie schloss die Tür sorgfältig hinter sich, ließ sich rücklings auf das Bett fallen und schlief auf der Stelle ein.

Am nächsten Morgen wurde sie von typisch englischem Wetter begrüßt: Es war diesig, kalt und

ein feiner Sprühregen ging durch den dichten Nebelschleier auf die Straßen nieder, der um sechs Uhr morgens noch wie dicke Suppe zwischen den Häuserzeilen hing.
Zunächst hatte sich Emily gewundert, dass sie von allein so früh wach wurde. Dann fiel ihr ein, dass die Zeitumstellung ihre innere Uhr wahrscheinlich komplett aus dem Gleichgewicht gebracht hatte. Der Jetlag würde sie ein paar Tage beschäftigen, bevor sie sich vollends auf die englische Zeit eingestellt hatte.
Während sie unter der heißen Dusche stand und das Gefühl des harten Wasserstrahls auf ihren Schultern genoss, dachte sie an ihre Mutter. Erica Watson war nur wenig als Vorbild einer guten Mutter anzusehen. Sie hatte Emily sehr geliebt, das wusste sie. Vielleicht sogar zu viel? Erica Watsons übertriebene Fürsorge hatte sie erstickt. Alles, was sie tat, wurde kontrolliert. Ihre Mutter verlangte, immer zu wissen, wo sie war. Verabredungen mit anderen Mädchen, die sowieso fast nie zustande kamen, durften nur bei ihr zu Hause stattfinden. Im Winter war es am schlimmsten, weil sie nicht mehr vor die Tür durfte, sobald es dunkel wurde.
Bis sie acht Jahre alt war, hatte sich ihr Vater mit um Emily gekümmert und alles war relativ entspannt. Er hatte einen Farmbetrieb geleitet, der zu ihrem Cottage gehörte, und war ihr in jeder Hinsicht ein liebevoller und guter Vater.
Drei Tage nach ihrem achten Geburtstag war George Watson plötzlich spurlos verschwunden. Suchtrupps hatten tagelang die Gegend durchkämmt und ihn

schließlich in einem Graben neben der Landstraße gefunden – mit einem Kopfschuss.

Ihre Mutter hatte getobt und dem Ergebnis der Autopsie, es sei Selbstmord gewesen, vehement widersprochen. Emily wusste intuitiv, dass sie recht hatte und das Ermittlungsergebnis falsch sein musste. Sie waren eine glückliche Familie gewesen, bis ihr Vater verschwand.

Danach hatte die Vorsicht ihrer Mutter zugenommen. In der Schule wurde Emily gehänselt, und dass sie dem nichts entgegensetzen konnte, heizte die Gerüchteküche weiter an. Und wenn sie nach Hause kam, erstickte sie in der Gegenwart ihrer Mutter. Jeder Tag wurde zu einem unerträglichen Spießrutenlauf.

Sie hatte gehofft, dass sich nach der Schulzeit vieles ändern würde. Jahre lang hatte sie davon geträumt, einen guten Job zu bekommen und von allen respektiert zu werden. Die Vorstellung hatte ihr Halt gegeben. Doch es kam anders.

Emily hätte einen Job in London haben können, aber die Entfernung der Metropole zu ihrem Elternhaus reichte nicht aus, um der erstickenden Fürsorge ihrer Mutter und den quälenden Blicken ihrer Mitmenschen zu entkommen. Ihre Vergangenheit und das Geheimnis um ihre Familie klebten an ihr wie dicker, dunkler Sirup. Solange sie blieb, würde sie immer nur das Mädchen sein, das weder Familie noch Freunde hatte.

Also hatte sie ihre sieben Sachen gepackt und war mit all ihrem Ersparten in ein Flugzeug nach New York

gestiegen, wo sie sich völlig neu erfand und das Leben für sie endlich begann.
Nun war sie als Waise zurückgekehrt. Nein, sie war zurückgekehrt, *weil* sie Waise war, korrigierte sie sich selbst. Emily wusste, dass sie England zu Lebzeiten ihrer Mutter nie wieder besucht hätte.
Sie schloss die Augen und hielt den Kopf direkt unter den Wasserstrahl. Dass Erica Watson nicht mehr da war, fühlte sich trotz allem fremd an. Es schien so unwahr. Surreal.
Sie hatte nun niemanden mehr, der zu ihr gehörte. Tief in ihrem Innern hatte sie immer gewusst, dass Tausende Meilen entfernt in Maidenhead jemand war, der sie liebte und sie umarmen würde, wenn Emily es brauchte. Die theoretische Möglichkeit hatte immer bestanden.
Jetzt nicht mehr.
Die Blutsverwandten waren ihr ausgegangen.
Eine gnadenlose, gewaltige Welle der Einsamkeit überflutete sie. Sie kauerte sich in der Wanne zusammen, legte den Kopf auf die Knie und fing bitterlich an zu weinen. Emily wusste nicht mehr, ob sie den Tod ihrer Mutter betrauerte, oder das Leben mit ihr. Die Welt um sie herum schien in einem dunklen, tosenden Loch aus Einsamkeit und Bitterkeit zu versinken.

Irgendwann versiegten ihre Tränen, und sie lehnte sich erschöpft gegen die braun geblümten Kacheln oberhalb des Wannenrandes, hob den Arm ein Stück und schaltete geistesabwesend das Wasser ab.

Ein Gedanke formte sich in ihrem Kopf, erst ganz leise, dann immer lauter werdend. Sie musste stark sein. Sie würde das hier durchstehen. Man konnte nie wissen, was das Leben noch für sie bereithielt! Wer sagte, dass sie nicht irgendwann einen Mann finden und mit ihm eine Familie gründen würde? Dass sie nicht doch herausfand, wie sich ein normales, glückliches Familienleben anfühlte?
Bis es so weit war, musste sie die Zähne zusammenbeißen. Sie hatte ihre Mutter sechs Jahre lang nicht gesehen und sie, wenn sie ehrlich war, auch nur sporadisch vermisst. Sie war ganz allein nach New York gegangen, in eine völlig ungewisse Zukunft. Sie würde es weiterhin schaffen und ihren eigenen Weg gehen. Sie würde die Angelegenheiten ihrer Mutter regeln und dann in ihre neue Heimat zurückkehren, in das Leben, das sie sich aufgebaut hatte und in dem sie sich wohlfühlte.
Entschlossen verließ Emily die Dusche, trocknete sich ab, schminkte sich ein wenig und zog sich an. Saubere Jeans, eine bequeme Bluse, ein dunkelblauer Blaser und schwarze Halbschuhe sorgten dafür, dass sie sich für einen Anwaltsbesuch angemessen gekleidet fühlte.
Als sie fertig war, kochte das Wasser in dem Wasserkocher, den Prudy zusammen mit Teebeuteln, Milch, Zucker und einem Päckchen Shortbread auf einem kleinen Tablett im Zimmer angerichtet hatte. Emily goss sich ihren Tee mit Milch und Zucker auf und genoss den vertrauten Geschmack. In New York trank sie häufig Earl Grey, während sie an ihren

Manuskripten arbeitete. Diese Gewohnheit hatte sie damals aus England mitgebracht und beibehalten.
In ihrer Kindheit war es ihre Mutter gewesen, die den Tee zubereitet und ihrer Tochter an den Schreibtisch gestellt hatte, wenn diese mit Hausaufgaben beschäftigt war.
Schnell schüttelte sie die Erinnerungen ab.
›*Bloß nicht sentimental werden.*‹
Um auf andere Gedanken zu kommen, rief sie Meredith an und riss diese aus dem Tiefschlaf. In New York war es erst halb drei Uhr morgens.
»Tut mir leid! Ach verdammt, ich habe die Zeitverschiebung vergessen! Sorry. Hier ist es schon halb acht, und ich war irre früh wach.«
Meredith gähnte herzhaft in den Hörer und setzte sich geräuschvoll im Bett auf.
»Macht doch nichts, Schätzchen. Alles okay bei dir? Wie war die Nacht?«
»Ich habe geschlafen wie eine To … wie ein Stein. Die Hauswirtin ist eine kleine Quasselstrippe, aber sehr liebenswert. Sie hat mir tatsächlich spät am Abend noch heiße Hühnersuppe serviert!«
Ihre Freundin grinste verschlafen. »Die feine englische Art, hm? Ich sag es mal aus der Ferne: Willkommen zu Hause!«
Einen Moment lang schwieg Emily, suchte nach Worten. Dann sagte sie leise: »Das hier ist nicht mehr mein Zuhause. Zu viele Erinnerungen. Zu Hause hat man Freunde und Familie. Beides habe ich hier nicht. Mein Leben ist in New York. Ich erledige hier alles so schnell wie möglich und fliege dann zurück.«

Sie schluckte angestrengt, bevor sie mühsam herausbrachte: »Darf ich dich um etwas bitten?«
»Hm?« Die New Yorkerin schien schon wieder halb einzuschlafen.
»Wenn ich zurück bin, würde es dir etwas ausmachen, ein paar Tage bei mir zu schlafen? Oder ich bei dir? Gegen die Einsamkeit ...«
Emily verfluchte sich für dieses Eingeständnis. Noch mehr ärgerten sie allerdings die Tränen, die sich schon wieder unaufhaltsam ihren Weg die Wangen hinunter bahnten.
»Scheiße, mein Makeup! Ach, Mist. Jetzt kann ich wieder von vorn anfangen.«
»Sag mal weinst du, Süße? Hey, komm schon. Deine Mutter ist gestorben, du bist aufgewühlt. Ist doch klar, dass du komplett durcheinander bist! Ich schlafe bei dir, solange du willst. Okay? Du bist nicht allein. DU BIST NICHT ALLEIN! Hörst du?«
Emily fragte sich, ob sich ihre Freundin darüber im Klaren war, wie sehr sie diese Worte gebraucht hatte. Sie fühlte sich schlagartig getröstet.
»Okay, dann leg ich jetzt mal auf und gehe runter zum Frühstück. Ich hoffe, dass die Hauswirtin nicht wieder so Haare auf den Zähnen hat wie gestern Abend. Sonst sehe ich für mein Frühstück schwarz.«

Es war halb zehn, als sich Emily auf den Weg zu der Anwaltskanzlei Caine & Partner machte. Um Geld zu sparen, benutzte sie dieses Mal die U-Bahn, nachdem Prudy ihr auf dem Plan gezeigt hatte, mit welchen Linien sie fahren musste, um an ihr Ziel zu gelangen.

»Ein bisschen werden Sie laufen müssen, Miss Watson. Aber Sie sind ja noch jung.«
Bevor sie erneut ausholen und Anekdoten über ihre eigene Jugend erzählen konnte, bedankte sich Emily und lief mit dem Plan zur nächsten U-Bahn-Station.

Am späten Vormittag stand sie im Herzen Londons auf der geschäftigen Straße und sah an dem modernen Gebäude hoch, in dem die Anwaltskanzlei untergebracht war. Betriebsame Menschen in Anzügen eilten an ihr vorbei. Irgendwo erklang eine Polizeisirene und verstummte wenig später wieder. Der Duft von frischen Pasties wehte aus einer Bäckerei zu ihr herüber und ließ ihr das Wasser im Munde zusammenlaufen.
Plötzlich fiel ihr ein, dass sie keinen Termin vereinbart hatte. Sie kramte ihr Handy hervor, nur um festzustellen, dass der Akku leer war.
›*Na, dann eben spontan.*‹
Entschlossen, auch ohne Termin mit dem Anwalt zu sprechen, drückte sie die schwere Glastür auf und betrat die Eingangshalle.
Gedämpfte Musik waberte aus unsichtbaren Lautsprechern durch den mehrere Meter hohen Raum. Ihre Schuhe gaben auf dem hellgrauen Marmorboden klackernde Geräusche von sich, als sie sich der großen Freitreppe näherte, die ins nächste Stockwerk führte. Ein riesiges, an der rückwärtigen Wand angebrachtes Schild wies aus, welche Firmen auf welcher Etage zu finden waren. Die Kanzlei befand sich demzufolge im ersten Stock. Bevor Emily Gelegenheit bekam, den Fuß auf die unterste Stufe zu

setzen, stellte sich ihr ein Sicherheitsbeamter in den Weg, der aus dem Nichts aufgetaucht war.
»Kann ich Ihnen behilflich sein, Miss?«
Überrascht blieb sie stehen.
»Ich möchte zur Anwaltskanzlei Caine und Partner.«
»Bitte melden Sie sich zunächst da vorn am Empfang. Das Büro wird dann über Ihre Ankunft informiert.«
Sie bedankte sich und ging zu dem Tresen hinüber, einem Koloss aus Granit, hinter dem eine auffallend stark geschminkte Mittvierzigerin mit genervtem Blick ihr Territorium verteidigte. Sie verstand nicht ganz, warum sie diesen Umweg nehmen musste, anstatt direkt nach oben zu gehen, fügte sich aber.
»Guten Morgen, ich müsste…« Das Telefon der Rezeption klingelte, und die Angestellte, die die steinerne Anmeldung offenbar für ihr persönliches Königreich hielt, nahm den Anruf entgegen, ohne Emily eines Blickes zu würdigen.
»Aha. Ja … Nein, Mister Forbes ist heute nicht im Hause. Ich habe ihm bereits mehrfach ausgerichtet, dass Sie angerufen haben. Wenn er Sie bislang nicht zurückgerufen hat, kann ich es auch nicht ändern.«
Eine dicke Kaugummiblase blähte sich vor dem Mund der Frau auf. Sie legte gerade noch rechtzeitig auf, bevor die Blase mit einem lauten Knall platzte.
Angewidert verzog Emily das Gesicht.
»Ich möchte zu Caine und Partner. Wenn Sie mich bitte anmelden würden.«
»Und Sie sind?« Sie warf ihr einen derart frechen Blick zu, dass es Emily fast die Sprache verschlug.
»Emily Watson. Mister Caine erwartet mich.«
»Haben Sie einen Termin?«

Ihr Geduldsfaden riss. Sie hatte es nicht nötig, sich derart abkanzeln zu lassen!
»Er erwartet mich. Das sollte Ihnen wohl reichen! Vielleicht lassen Sie die Kanzlei selbst entscheiden, ob man mich sehen möchte oder nicht! Und jetzt rufen Sie Mister Caine an, sonst gehe ich ohne Ihre Hilfe nach oben und werde ihn über Ihr schlechtes Benehmen informieren!«
Obwohl bereits mittleren Alters, zeigte sich die Rezeptionistin plötzlich zickig wie ein Teenager.
»Ich kann auch den Sicherheitsdienst rufen!«
»Also, jetzt platzt mir gleich wirklich der Kragen! Ich bin extra aus New York hierher geflogen, um die Angelegenheiten meiner verstorbenen Mutter zu regeln! Ich werde jetzt nach oben zu ihrem Anwalt gehen, ob Ihnen das passt oder nicht! Und hören Sie auf, mir Ihr Kaugummi entgegen zu blasen! Das ist ja widerlich!«
Während die Empfangskönigin zum Hörer griff, um Mr Caine zu informieren, ging Emily bereits zielsicher die Treppe hinauf. Dieses Mal hielt der Wachmann sie nicht davon ab.

Beim Betreten der Kanzlei wurde Emily direkt von der angenehmen Atmosphäre eingenommen und ließ ihre Wut langsam abklingen. Im Gegensatz zur Empfangshalle des Gebäudes war es hier warm und einladend. Eine Holzvertäfelung verlief auf halber Höhe an sämtlichen Wänden, die Tapete darüber war dezent bernsteinfarben. Farbenfrohe Kunstdrucke setzten gezielt Akzente, und im Wartebereich luden tiefe, cremefarbene Ledersessel dazu ein, gemütlich

in den vorhandenen Zeitschriften zu blättern. Emily warf einen schnellen Blick auf das Angebot: Segel- und Pferdezeitschriften, Prospekte für die Haus- und Gartengestaltung. Alles war darauf ausgerichtet, sich als Mandant wohlzufühlen. In diesem Moment kam ein Herr um die Sechzig mit großen Schritten und einer einladenden Geste auf sie zu und lächelte herzlich. Er war mit Sicherheit eins achtzig groß, hatte breite Schultern und ein rundes Gesicht, das von grauem Haar eingerahmt wurde. Seine offene Ausstrahlung war raumfüllend und vertrauenerweckend.
»Sie müssen Miss Watson sein! Schön, Sie endlich kennenzulernen! Ihre Mutter hat mir viel von Ihnen erzählt.«
Emily hob misstrauisch eine Augenbraue. »Hat sie das? Das überrascht mich. Wir hatten in den letzten Jahren keinen Kontakt miteinander.«
»Bitte, setzen wir uns in mein Büro, da können wir in Ruhe miteinander sprechen.«
Er nickte einer älteren Dame zu, die, von Emily unbemerkt, die ganze Zeit an einem kleinen Tisch im Vorzimmer gesessen hatte.
»Helen, machen Sie uns bitte einen frischen Tee, ja? Oder trinken Sie lieber Kaffee, Miss Watson?«
Emily lächelte. »Ein Kaffee wäre wunderbar, danke.«

Kurz darauf fand sie sich in einem weiteren der cremefarbenen Ledersessel wieder. Mr Caine nahm auf der anderen Seite des riesigen Schreibtisches Platz.

»Nun, Miss Watson, zunächst möchte ich Ihnen noch einmal mein herzliches Beileid aussprechen. Ihre Mutter starb sehr unerwartet, und es ist sicher ein Schock für Sie.«

Emily brachte nicht mehr als ein Nicken zustande, obwohl tausend Fragen in ihrem Kopf hämmerten und nach Antworten verlangten.

»Ihre Mutter hat vor zwei Jahren ein Testament bei mir hinterlegt. Da ich es für sie aufgesetzt habe, beziehungsweise ihr dabei geholfen habe, kann ich Ihnen direkt sagen, was darin steht: Sie allein sind die Begünstigte. Warten Sie, ich hole es, dann haben wir die Testamentseröffnung direkt hinter uns.«

»Entschuldigung, aber … liegen Testamente nicht normalerweise beim Notar?«

»Das ist richtig. Es wurde auch vom Notar beglaubigt, aber auf ausdrücklichen Wunsch Ihrer Mutter bei mir hinterlegt.«

Emily sah an dem Gesichtsausdruck des Mannes, dass er eine scherzhafte Bemerkung hatte machen wollen, sie sich aber schnell verkniff. Beinahe bedauerte sie es. Sie hätte viel dafür gegeben, einen Grund zum Lächeln zu bekommen.

»Wissen Sie mittlerweile mehr über die Todesursache?«

Der Anwalt schüttelte den Kopf. »Nein. Die Autopsie wurde noch nicht durchgeführt, soweit ich weiß. Ich werde mich aber nachher noch einmal bei der Staatsanwaltschaft erkundigen, wann es losgeht. Hier, wenn Sie bitte den Erhalt des Testaments unterschreiben würden.«

Er reichte ihr das entsprechende Dokument und deutete mit dem Füller auf die Stelle in der unteren rechten Ecke, die mit einer langen Linie und dem Vermerk ›Testament erhalten‹ gekennzeichnet war.
»Das wäre gut. Ich möchte hier schnellstmöglich alles abschließen und nach New York zurückkehren.«
Mr Caine runzelte die Stirn. Er hatte sich inzwischen wieder gesetzt und öffnete den Umschlag, der das Testament enthielt.
»Ich weiß nicht, ob das so schnell möglich sein wird. Es sei denn, Sie beauftragen einen Makler, der hier alles für Sie erledigt. Sie werden das verstehen, wenn ich das Testament verlesen habe.«
Er räusperte sich und setzte seine Lesebrille auf.
»Ich, Erica Watson, wohnhaft im Elberly Cottage, Elmbridge Road, Maidenhead, London BS3H 7AD, vermache meinen gesamten Besitz meiner geliebten Tochter Emily.
In diesen Besitz eingeschlossen sind das Cottage mit allem, was sich darin befindet, alle Vermögenswerte auf dem Bankkonto sowie der Inhalt des Schließfaches. Außerdem ist meiner Tochter der Brief auszuhändigen, den ich diesem Testament beigefügt habe. Möge Gott sie schützen. Ich möchte in der Familiengruft beigesetzt werden, über die genauen Details verfügt die Anwaltskanzlei Caine und Partner. Auf einem gesonderten Sparbuch, über das ebenfalls die Kanzlei verfügt, ist genug Geld für eine angemessene Beerdigung.«
Er ließ das Testament sinken. »Jetzt kommen nur noch bürokratische Details.«

Emily saß stocksteif in dem bequemen Sessel und versuchte, normal zu atmen. Es war seltsam, nach so langer Zeit etwas zu hören, das dem Willen und Wortlaut ihrer Mutter entsprach. Sie hatte plötzlich Angst davor, den angekündigten Brief zu lesen. Sie wollte nichts fühlen, wenn sie an ihre Mutter dachte. Sie wollte keine Angst empfinden, keine Trauer. Und vor allem keine Einsamkeit. Sie hatte es sich doch erst an diesem Morgen geschworen.

Ohne etwas zu sagen, reichte Mr Caine ihr den für sie bestimmten Brief. In diesem Moment betrat Helen mit einem Tablett das Büro, schenkte Emily einen Kaffee ein und stellte ihrem Chef eine Tasse mit Tee auf den Tisch. Sie schaute der Mandantin ins Gesicht, nickte sich selbst zu und verschwand kurz, um nur Sekunden später mit einem Glas Wasser wieder aufzutauchen.

»Hier, meine Liebe. Trinken Sie das. Danach geht es Ihnen besser.«

Emily sah sie überrascht an. Auch der Anwalt schaute auf, bemerkte ihre Blässe.

»Helen hat recht. Trinken Sie etwas Wasser. Ich möchte nicht, dass Sie uns hier umkippen.«

Die junge Frau ließ den Kaffee vorläufig stehen, trank das Glas Wasser in einem Zug aus und bedankte sich herzlich bei der Sekretärin. Dann öffnete sie widerwillig den Brief.

»Sie müssen ihn nicht jetzt lesen, wenn Sie nicht möchten. Ich kann Ihnen auch einfach alles aushändigen, was Sie erhalten müssen, und Sie lesen den Brief später.«

»Nein, ich lese ihn jetzt, wenn ich Sie zeitlich nicht aufhalte. Vielleicht wirft er Fragen auf, die Sie beantworten können.«
»Wie Sie wollen.« Er griff höflich nach einer Akte und blätterte darin, um ihr die Gelegenheit zu geben, den Brief ungestört zu lesen.
Mit zitternden Fingern hielt Emily das Dokument in der Hand, das mit der klaren, schön geschwungenen Handschrift ihrer Mutter geschrieben war, ihrer eigenen nicht unähnlich.

Meine liebe Emily,

es ist lange her, seit du fortgegangen bist, und mein Herz blutet jeden Tag, wenn ich an dich denke. Ich hätte dir im Leben so viel mehr ermöglichen sollen. Du hättest mehr Freiraum verdient, hättest mit Freundinnen spielen sollen wie jedes andere Mädchen.
Doch wie erklärt man seinem Kind, was nicht zu erklären ist? Als dein Vater noch bei uns war, schien alles viel leichter zu sein. Wir hatten tatsächlich die Hoffnung, dass alles gut werden würde. Dass unser Leben von dem Fluch unberührt bleiben würde.
Als dein Vater umkam, wusste ich sicher, dass diese Hoffnung trügerisch gewesen war.
Die Vergangenheit holt einen immer wieder ein. Du warst zu jung, um es zu verstehen. Vielleicht bist du auch jetzt noch zu jung. Aber dass du diesen Brief liest, bedeutet, dass ich nicht mehr lebe, dass auch ich der Vergangenheit nicht davonlaufen konnte. Und

diese Tatsache macht es notwendig, dass du nun erfährst, was mich all die Jahre bewogen hat, dich zu beschützen wie meinen Augapfel.

Du hättest eine unbeschwerte Kindheit haben sollen, und ich habe dir immer von Herzen gewünscht, dass du glücklich im Leben wirst. Vielleicht ist New York weit genug weg und du kannst dort in Frieden leben und eine glückliche, sorglose Familie gründen.

Ich kann dir nicht erzählen, was du erfahren musst, denn du würdest es mir nicht glauben. Außerdem habe ich Angst, es aufzuschreiben. Wenn der Brief in die falschen Hände fällt ...

Deswegen musst du es selbst herausfinden. Dem Testament liegt der Schlüssel zu unserem Schließfach bei, und im Cottage wirst du weitere Hinweise finden, wenn du danach suchst. Wenn du herausgefunden hast, was du wissen musst, verkaufe das Cottage. Verkaufe alles, was mit unserer Familie zusammenhängt, brich alle Brücken ab und kehre nach New York zurück. Wirf keinen Blick zurück und trauere nicht. Du bist die Einzige von uns, die eine Chance auf ein wirkliches Leben hat. Nutze sie.

In ewiger Liebe,

deine Mutter

Die Tochter spürte die Tränen nicht, die in Sturzfluten ihre Wangen herunterflossen. Sie spürte die Kälte nicht, die sie zittern ließ und hörte nicht, wie ihre

Zähne aufeinanderschlugen. Alles, was sie hörte, war das Rauschen ihres eigenen Blutes.
Ein Familiengeheimnis.
Das war das Letzte, was sie jetzt brauchte!
Was war so schrecklich, dass Erica Watson es nicht einmal in dem letzten Brief an ihre Tochter offenbaren konnte? War dieses Geheimnis der Grund für die tausend unbeantworteten Fragen aus ihrer Kindheit, für die Ausgrenzung durch ihre Mitmenschen?
Edward Caine zeigte sich ernstlich besorgt um die junge Frau und bat über die Sprechanlage Helen erneut herein. Sie solle eine Decke mitbringen.
»Hier, legen Sie sich die um. Sie sind ja völlig fertig. Erlauben Sie?« Er deutete auf den Brief, den Emily ihm bereitwillig reichte.
Der Anwalt überflog die Zeilen zweimal, bevor er das Papier zur Seite legte.
»Haben Sie eine Ahnung, was Ihre Mutter damit gemeint haben könnte?«
»Nein. Ich ... würden Sie mir jetzt bitte den Schlüssel für das Schließfach geben? Ich denke, ich sollte wohl lieber zur Bank fahren und anfangen, das Rätsel zu lösen. Vielleicht geht es mir besser, wenn ich damit beschäftigt bin. Dann habe ich wenigstens etwas zu tun. Je schneller alles erledigt ist und ich zurückfliegen kann, desto besser.«
»Sicher. Hier ist er. Wenn Sie Hilfe, Beistand oder sonst etwas benötigen, sagen Sie bitte Bescheid.«
Emily bedankte sich und verließ fluchtartig die Kanzlei. Wie es aussah, würde sie also länger in London bleiben.

Als sie auf die Straße trat, dachte sie kurz darüber nach, ob sie weiter in der Pension von Prudy Mallon wohnen sollte oder lieber in das Cottage umzog. Aber das Wissen, dass ihre Mutter dort gestorben war, widerte sie an. Außerdem hatte ihr der Brief Angst gemacht. Warum wollte ihre Mutter unbedingt, dass sie sich möglichst schnell endgültig von dem Cottage trennte? Solange sie den Grund dafür nicht kannte, wollte sie lieber kein Risiko eingehen. Eins stand für Emily fest: Als Erica Watson den Brief geschrieben hatte, war sie im Vollbesitz ihrer geistigen Kräfte gewesen, und was immer sie bewegt hatte, musste ernst genommen werden.

Ihr nächster Gang führte sie zur Bank. Es regnete schon wieder in Strömen. Emily rannte, so schnell sie konnte. Trotzdem klebten ihr die Haare klatschnass am Kopf, als sie das Bankgebäude endlich keuchend erreichte. Der Bankangestellte sah skeptisch in die braunglänzenden Augen der jungen Frau vor dem Schalter, als sie ihm tropfend den Schlüssel zum Schließfach präsentierte. Er kontrollierte die Nummer darauf und sah sie prüfend an.

»Sie sind nicht Erica Watson. Ich kenne sie seit Jahren. Wie kommen Sie an den Schlüssel, junge Frau?«

Emily zückte ihren Reisepass, um sich auszuweisen.

»Entschuldigung, natürlich. Das können Sie nicht wissen. Ich bin ihre Tochter. Meine Mutter ist vor fünf Tagen verstorben und hat mir den Inhalt des Schließfaches und ihre Konten vermacht.«

»Haben Sie eine Kopie des Testaments oder Ähnliches?«

Emily war der Meinung gewesen, dass derjenige das Schließfach öffnen durfte, der den Schlüssel besaß. In ihrer Eile hatte sie das Testament bei Mr Caine liegenlassen und nur den Brief eingesteckt.
»Rufen Sie am besten kurz den Anwalt meiner Mutter an. Mister Caine, von Caine und Partner.«
Der Bankangestellte nickte und verschwand mit dem Schlüssel in einem angrenzenden Büro.
Währenddessen sah sie sich neugierig um. Wie viele Londoner Banken befand sich auch diese in einem historischen Gebäude im viktorianischen Stil, was der Abwicklung der Geldgeschäfte automatisch etwas Hochoffizielles, Würdevolles verlieh. Es roch nach Geschichte, altem Papier und Mauern, die viel zu erzählen gehabt hätten.
»Mister Caine hat mir die Vererbung des Schlüssels bestätigt. Bitte folgen Sie mir.«
Derart aus ihren Gedanken gerissen, ging Emily dem Angestellten etwas überrumpelt hinterher und versuchte, sich ihre Klaustrophobie nicht anmerken zu lassen, als er sie in den winzigen Aufzug bat, der ins Kellergeschoss führte. Schweißperlen bildeten sich auf ihrer Oberlippe, das Atmen fiel ihr spürbar schwer. Wie immer schoss eine Panikattacke in ihre Glieder, als der Aufzug anhielt und es endlos lange Sekunden dauerte, bis sich die Tür endlich wieder öffnete. Jedes Mal befürchtete Emily, dass ausgerechnet bei *ihrer* Aufzugfahrt plötzlich ein Defekt auftrat und sie zwischen den engen Wänden gefangen war.
Aufatmend, mit hämmerndem Herzen und weichen Knien trat sie endlich mit dem Angestellten

zusammen in den langen Flur, dessen Wände links und rechts nur aus Schließfächern bestanden. Sie reichten bis zur Decke. Die oberen Reihen waren nur über eine Leiter erreichbar, die am Ende des Flurs an der Wand lehnte und bei Bedarf bewegt werden konnte.
Ihr Begleiter ging zielstrebig auf ein Schließfach in mittlerer Höhe zu.
»Ihre Mutter war seit mehreren Jahren nicht mehr hier. Wissen Sie, was sich in dem Schließfach befindet?«
Emily konnte nicht mit Sicherheit sagen, ob der Mann aus Neugier fragte, oder weil er die Antwort kannte.
»Nein. Sie?«
»Nein, Miss. Aber manchmal erzählen Kunden mir, was sie dort horten. Oft sind es richtig spannende Geschichten. Es geht doch nichts über die kleinen Geheimnisse des Lebens, richtig?«
Er lächelte sie auf eine Art und Weise an, die ihr deutlich zeigte, dass er Gefallen an ihr fand. Sie wusste, dass Männer sie für schön hielten, denn sie hatte ein edel geschnittenes Gesicht. Eitelkeit war aber nie Teil ihres Charakters gewesen. Es gab genug andere schöne Frauen auf der Welt.
In diesem Fall hatte sie außerdem das Gefühl, dass der junge Mann zu gern erfahren hätte, was sie geerbt hatte. Aber sie hatte keinesfalls vor, ihn daran teilhaben zu lassen.
»Deshalb sind es Geheimnisse, richtig? Weil man sie niemandem erzählt.«

Er starrte sie einen Moment lang irritiert an, bis sie ihm mit einem ungeduldigen Blick bedeutete, er möge bitte das Schließfach öffnen.

Gehorsam steckte er ihren Schlüssel in das dafür vorgesehene Schloss und schob dann seinen eigenen Generalschlüssel in das andere. Als er beide gleichzeitig umdrehte, war ein leises Klicken zu hören, und das Fach öffnete sich.

Diskret zog sich der Angestellte zurück.

»Sie können die Kassette dort hinten auf den kleinen Tisch legen. Wenn Sie fertig sind, schieben Sie sie einfach wieder in das Fach und drücken die Klappe zu. Sie schließt sich automatisch.«

»Vielen Dank.«

Sie musste ihm nicht sagen, dass sie lieber allein sein wollte. Er hatte ihre Abfuhr verstanden.

Sekunden später schloss sich die Aufzugtür hinter ihm und Emily war allein in dem schmalen Flur. Dieser Umstand war ihr plötzlich unangenehm. Sie nahm ihn geradezu körperlich wahr. Wenn der Aufzug jetzt nicht mehr funktionierte, saß sie allein in dem Kellerloch fest. Es gab keinen anderen Ausgang, und so, wie die Wände aussahen, schien es auch keine separate Frischluftzufuhr zu geben. Obwohl es dafür erstaunlich neutral roch. Bevor eine erneute handfeste Panikattacke Besitz von ihr ergreifen konnte, schüttelte sie die Gedanken ab, zog die schwere Kassette aus dem Schließfach und begab sich damit zu dem kleinen Pult am rückwärtigen Ende des Flurs.

»Die Stunde der Wahrheit, liebe Emily.«

Mit angehaltenem Atem öffnete sie den Deckel der Schatulle.

»Was ...?«
Entgeistert nahm sie einen kleinen Flakon aus Glas in die Hand, in dem sich eine klare Flüssigkeit befand. Hatte ihre Mutter etwa Parfum in ihrem Schließfach aufbewahrt? Emily hatte eher mit Wertpapieren oder wertvollen Schmuckstücken gerechnet.
Sie stellte das Behältnis zunächst beiseite und langte mit der Hand weiter in die Kassette hinein. Als Nächstes zog sie einen Rosenkranz heraus. Er war kunstvoll gearbeitet und bestand vollkommen aus Silber, versehen mit winzigen Rosenblüten.
»Was zum Teufel ...?«
Es verschlug ihr die Sprache, als sie zum Schluss auch noch ein silbernes Kreuz aus dem Fach zog. Es war überraschend groß und lag schwer in ihrer Hand. Massives Silber. Sie legte es zur Seite und sah sich den Flakon noch einmal genauer an, öffnete den Verschluss, roch vorsichtig an der Flüssigkeit. Zu ihrer Überraschung handelte es sich nur um Wasser. Sie verschloss den Flakon und drehte ihn um. Auf der Unterseite fand sie des Rätsels Lösung. Auf dem uralten Etikett eines Devotionaliengeschäfts war, etwas zerkratzt, die Inhaltsbeschreibung zu lesen: ›geweihtes Wasser‹.
»Mum?! Warum zum Teufel bewahrst du Weihwasser und Kreuze in deinem Schließfach auf? Ist das ein schlechter Scherz?«
Sie verfluchte ihre Mutter heimlich dafür, dass sie ihr nicht mehr antworten konnte. Und dass sie nicht einfach in ihren Brief geschrieben hatte, was sie ihrer Tochter so verzweifelt mitzuteilen versuchte.

Wütend hob Emily die Schließfachkassette an und schüttete sie kopfüber aus. Ein einsamer, kleiner Zettel segelte auf die Tischplatte und blieb dort unschuldig liegen. Sie nahm das Stück Papier und las:

Familiengruft, Highgate Friedhof.
Edward Paul George Watson

Sie hatte keine Ahnung, wer dieser Mann war.
»Na großartig. Eine Schnitzeljagd. Das hätte mir in meiner Kindheit Spaß gemacht. Jetzt brauchst du's nicht mehr zu veranstalten, Mum! Der Zug ist abgefahren!«
Wütend und enttäuscht verließ sie, den Fund aus dem Schließfach in ihrer Handtasche, den engen Flur, nachdem sie die Kassette in die Wand geschoben und das Fach geschlossen hatte.
Zurück in der Halle wandte sie sich wieder dem Bankangestellten zu, der sie nach unten begleitet hatte.
»Ich brauche das Schließfach nicht mehr. Muss ich irgendwo eine Kündigung unterschreiben? Außerdem möchte ich bitte Einsicht in das Konto meiner Mutter haben, da ich schon mal hier bin.«
Der Mann nickte und bat die junge Frau zu einem der Tische, an denen man zu Beratungszwecken Platz nehmen konnte. Nach wenigen Minuten hatte er das Kündigungsformular fertig ausgefüllt und legte es ihr zur Unterschrift vor. Danach tippte er zügig auf der Tastatur des Computers herum, um das Konto von Erica Watson aufzurufen.

»Ich habe hier zwei Konten. Auf dem einen wurden ihre Alltagsgeschäfte abgewickelt. Der aktuelle Kontostand beträgt zweihundertfünfundsiebzig Pfund. In einer Woche würde ihr Gehalt überwiesen. Bitte informieren Sie den Arbeitgeber Ihrer Mutter über den Tod, damit wir Rückbuchungen vermeiden.«
»Das hat ihr Anwalt bereits getan, glaube ich. Was ist das andere für ein Konto?«
»Ein Sparkonto. Auf diesem befindet sich eine Summe von ... hoppla!«
Emily lehnte sich angespannt vor. »Was ist? Ist das Konto im Minus?«
»Nein, ganz im Gegenteil, Miss. Auf diesem Konto befinden sich hundertfünfundzwanzigtausend Pfund!«
Ihre Kinnlade fiel herunter. »Meine Mutter hatte so viel Geld?«
»Ja. Genauer gesagt haben Sie jetzt so viel Geld.«
Er lächelte sie aufmunternd an.
»Davon kann ich die Beerdigung bezahlen. Ach nein, das ist ja schon geregelt.«
»Ich würde sagen, davon können Sie noch eine ganze Menge mehr bezahlen. Miss Watson, Sie sind jetzt eine wohlhabende Frau.«
In diesem Moment legte seine Kollegin ihm einen Faxausdruck auf den Tisch. Emily erkannte sofort die Kopie des Testaments.
»Schön. Jetzt kann ich das Konto auf Sie überschreiben. Oder möchten Sie das Geld auf Ihr eigenes Konto überwiesen haben und dieses schließen?«

Sie entschied sich dafür, es zunächst zu behalten, und erhielt wenig später die volle Verfügungsgewalt darüber.
Als sie die Bank verließ, war sie reich und so verwirrt wie nie zuvor in ihrem Leben.

3

Es klopfte leise an der Tür, als Emily auf ihrem Bett in der Pension saß und sich die Haare mit einem Handtuch trocken rubbelte. Sie war völlig durchnässt dort angekommen und hatte von Prudy strikte Anweisung erhalten, sofort eine heiße Dusche zu nehmen und sich frische Kleidung anzuziehen. Zum Glück war sie schon angezogen, sodass sie schnell die Tür öffnen konnte.
Prudy stand auf dem Flur und war gerade im Begriff, ein kurzes Gespräch mit Mr Eckamp zu beginnen, der offenbar auf dem Rückweg in sein Zimmer war. In den Händen hielt die Hauswirtin ein Tablett mit einem großen Teller von ihrer Hühnersuppe mit Ei.
»Mr Eckamp, wie schön, Sie zu sehen! Ah, Sie sind wenigstens trocken geblieben. Möchten Sie vielleicht einen kleinen Snack zum Mittagessen? Bitte nehmen Sie es mir nicht übel, dass ich unseren neuen Gast etwas verwöhne. Sie ist durcheinander und kam völlig durchnässt zurück, deswegen bekommt sie ausnahmsweise Suppe auf ihr Zimmer gebracht. Die junge Frau muss schließlich bei Kräften bleiben, nach allem, was sie erlebt hat …«

Sie plapperte munter weiter, während die Suppe in dem tiefen Teller gefährlich schwappte. Emily sah zuerst auf die Suppe, dann auf Prudy und schließlich zu Mr Eckamp, der sich ein Lachen kaum noch verkneifen konnte. Ihre Blicke begegneten sich, und nun musste auch Emily an sich halten. Sein Gesichtsausdruck veränderte sich leicht und schien danach zu betteln, von dem Gespräch erlöst zu werden.
»Prudy, ich danke Ihnen herzlich für die Suppe. Das ist sehr lieb von Ihnen. Kommen Sie, ich nehme Ihnen das Tablett ab. Ich verspreche, ich werde ganz vorsichtig essen, damit nichts im Zimmer verkleckert wird. Mister Eckamp, es ist nett, Sie kennenzulernen! Haben Sie noch einen schönen Tag.«
Sie lächelte beide strahlend an und schloss dann langsam wieder ihre Zimmertür. Immerhin, die Begegnung hatte ihr eine anscheinend nette neue Bekanntschaft beschert. Vielleicht fand sie am nächsten Morgen beim Frühstück Gelegenheit, sich mit ihrem Zimmernachbarn zu unterhalten.
Zunächst aber setzte sie sich an den kleinen Tisch am Fenster und löffelte genüsslich die köstliche Brühe. Es war dieselbe Suppe wie am Vorabend, nur aufgewärmt, was der Sache aber keinen Abbruch tat. Große Stücke Hähnchenfleisch schwammen in der reichhaltigen Brühe, dazu etwas Ei, Nudeln, Suppengemüse und Champignons. Sofort wurde ihr von innen heraus warm, und das Zittern, das sie seit dem Besuch beim Anwalt nicht losgelassen hatte, legte sich endlich.

Nachdem sie aufgegessen hatte, starrte Emily nachdenklich aus dem Fenster. Sie hatte kurz mit Mr Caine telefoniert und ihn damit beauftragt, alle nötigen Anrufe zu tätigen und das Arbeitsverhältnis ihrer Mutter zu beenden, damit sie selbst sich nur noch um das Cottage zu kümmern brauchte. Damit musste sie sich unbedingt selbst befassen, vor allem nach den Andeutungen in dem Brief. Nun überlegte sie fieberhaft, ob sie am Nachmittag zuerst dorthin fahren oder zunächst die Familiengruft auf dem Friedhof aufsuchen sollte. Beides war wenig verlockend. Sie ahnte, dass sich im Cottage gegebenenfalls Spuren des Todes ihrer Mutter finden lassen würden, und dass es unter Umständen auch nach diesem roch. Schon bei dem Gedanken daran musste sie fast würgen. Außerdem fürchtete sie sich vor den Erinnerungen, die in dem Haus auf sie warteten.
Die Aussicht, auf dem Highgate Friedhof herumzuirren, war noch schlimmer. Friedhöfe hatten seit jeher angsteinflößend auf Emily gewirkt. Sich dieser uralten Stätte des Todes nähern zu müssen, jagte ihr einen eiskalten Schauer über den Rücken. Trotzdem blieb zu hoffen, dass sie der Besuch dort weniger lang in Anspruch nehmen würde als die Besichtigung des Cottages. Daher entschied sie sich, zuerst dort nach dem nächsten Puzzleteil der Schnitzeljagd zu suchen. Sie wollte den gruseligeren Teil des Ganzen hinter sich haben.

Eineinhalb Stunden später kam Emily beim Highgate an, nachdem sie sich mehrmals verfahren hatte. Nach

Jahren der Abwesenheit war es nicht so leicht, sich in der Metropole London zurechtzufinden. Als sie es endlich geschafft hatte, wollte man ihr zunächst zwingend eine Führung über den Friedhof ans Herz legen. Sie lehnte diese eindringlich ab, und erklärte dem Friedhofsverwalter, dass sie nur die Nummer und Lage der Familiengruft der Watsons benötigte.

Schnell war klar, dass die Informationen allein ihr nichts brachten. Der Lageplan war nicht dazu geeignet, sie ohne Probleme durch das Labyrinth der Gräber, Skulpturen und Mausoleen zu führen. Also erklärte der Verwalter sich schließlich widerwillig bereit, ihr das Grab persönlich zu zeigen.

Wenigstens hatte es aufgehört, zu regnen, sodass sich Emily den Friedhof ansehen konnte, ohne unter einem Regenschirm hervorlugen zu müssen. Hier und da machte sie Orientierungspunkte aus, anhand derer sie auf eigene Faust erst hinaus, aber zu einem späteren Zeitpunkt auch wieder zur Gruft zurückfinden würde.

Im Vorbeigehen fiel ihr Blick auf das Grab von Karl Marx, das unübersehbar war mit der gewaltigen Bronzebüste und der Inschrift auf dem Sockel: ›*Workers of all Lands unite*‹.

»Wie ist es möglich, dass wir hier eine Familiengruft haben, die jetzt wieder benutzt wird? Der Friedhof scheint doch mehr eine Art Museum zu sein und die Gräber alle uralt. Ich wusste nicht, dass er noch … aktiv ist.«

»Es ist seltener geworden, das stimmt. Aber die Gruft, nach der Sie suchen, ist ja auch schon sehr alt. Wussten Sie das nicht? Sie ist seit Generationen im

Besitz Ihrer Familie, und seit Generationen wurde für ihren Erhalt bezahlt. Dass Ihre Mutter nun dort bestattet werden möchte, ist vollkommen legitim.«
Emily sah den knorrigen Mann überrascht an.
»Sie meinen ... es ist eins von den alten Gräbern, im westlichen Teil der Anlage?«
Er gab einen zustimmenden Laut von sich und bog dann auch schon ab in jenen Teil, der zu Gruselgeschichten und Albträumen inspirierte und schon oft als Kulisse für Horrorfilme gedient hatte. Ihr lief ein Schauer über den Rücken. Bei schönem Wetter mochte es hier verwunschen und märchenhaft aussehen, doch der Himmel war dick mit Wolken verhangen, und von den Bäumen und Grabsteinen tropfte der Regen. Die Erde war aufgeweicht und gab schmatzende Geräusche von sich, wenn man darüber lief. Außerdem konnte es nicht mehr allzu lange dauern, bis die Abenddämmerung einsetzte.
Sie passierten ein riesiges Mausoleum, dessen dunkler, von mächtigen Säulen gesäumter Eingang Emily bedrohlich entgegen gähnte, und liefen unter einer alten Zeder entlang, die einen mit ihrem enormen Gewicht zu erdrücken drohte. Einmal mehr hatte sie das Gefühl, sich in einem Albtraum zu befinden, aus dem es kein Erwachen gab. Sie wünschte sich sehnlichst in ihre New Yorker Wohnung zurück. In das echte Leben, in dem sie Schüler unterrichtete, die sich manchmal in sie verliebten, und in dem sie mit ihren Freundinnen Cocktails trank, italienisches Essen genoss und abends gemütlich in ihrer freundlichen Wohnung an neuen Kriminalromanen feilte.

Als sie die Gruft der Watsons endlich erreicht hatten, war Emily mit den Nerven bereits ziemlich am Ende.
»Ich geh dann mal, Miss. Wenn eine Führung durchkommt, sagen Sie denen, ich habe Sie hergebracht. Sie finden den Weg zurück schon. Es sind auch Schilder angebracht, sehen Sie?«
Der Friedhofsverwalter deutete auf ein Schild mit der Aufschrift ›*Exit*‹ an der nächsten Weggabelung, das einen Pfeil in die entsprechende Richtung bildete.
»Noch etwas: Laufen Sie nicht zwischen den Grabstätten herum. Sie könnten sich verirren und bis zur Dunkelheit nicht mehr hinausfinden. Niemand bleibt nach Einbruch der Dunkelheit freiwillig auf dem Highgate.«
Emily wagte nicht, daran zu denken, was er mit dieser Äußerung meinte, und zog es vor, auch nicht danach zu fragen.
Dann war sie plötzlich allein mit sich und den Jahrhunderte alten Gräbern unzähliger Verstorbener. Seltsamerweise machte ihr der Gedanke an die Toten keine Angst. Es waren vielmehr die architektonischen Meisterleistungen an sich, die sich ihr bedrohlich zu nähern schienen.
Die Gruft der Watsons war sehr klein im Vergleich zu anderen Gewölben und Mausoleen auf dem Friedhof. Ein kirchenartiges Gebilde im gotischen Stil, eine Kapelle im Miniaturformat, versehen mit einer schlichten, massiven Holztür. Emily drückte die Klinke herunter und zuckte erschrocken zurück: Die Tür war nicht abgeschlossen. Sie schalt sich selbst für ihre Dummheit. Was hätte sie schon bei einer Gruft gesollt, die man nicht betreten konnte!

Ihr schauderte vor dem Gang hinein, und das Herz schlug ihr bis zum Halse. Was hätte sie dafür gegeben, einen starken Mann an ihrer Seite zu haben! Nicht den Verwalter. Einen Partner, dem sie vertraute und der sie beschützte. Aber es gab niemanden, der sie beschützen würde. Sie war, wie immer, auf sich allein gestellt.
Plötzlich kam ihr ein tröstender Gedanke. Es mochte albern sein, aber sie holte das Silberkreuz aus ihrer Handtasche und hielt es fest in der Hand, als sie die Tür öffnete, die Taschenlampe einschaltete, die der Verwalter ihr für zehn Pfund verkauft hatte, und langsam die brüchige, alte Steintreppe in die Gruft hinunterstieg.
Unten angekommen, atmete sie zunächst erleichtert auf. Sie hatte damit gerechnet, dass uralte, halb verfallene Särge offen aufgebahrt waren. Was sich ihr bot, war ein weitaus angenehmeres Bild: Särge und Urnen waren in Öffnungen in den Wänden eingelassen und mit Steinplatten versiegelt worden, die als Grabsteine dienten. Alles, was man sah, waren beschriftete Platten rechts und links, die in regelmäßigen Abständen Bestandteil der Wände waren.
Nachdem sie sich an den intensiv modrigen Geruch gewöhnt hatte und wieder frei atmen konnte, holte Emily den Zettel aus dem Schließfach aus ihrer Handtasche hervor. Sie wollte das hier schnellstmöglich erledigen und den Friedhof dann wieder verlassen. Sie lenkte den Schein der Taschenlampe auf das Stück Papier und las die Notiz noch einmal.

»Edward Paul George Watson. Wo bist du ...? Wenn Mum dich hier vermerkt hat, musst du tot sein und hier irgendwo liegen.«
Sie ging die Grabsteine einzeln ab, bis sie den richtigen Stein gefunden hatte. Es war das zweitälteste Grab. Dieser Urahn war vor fast dreihundert Jahren gestorben!
»Herr im Himmel, was hat das alles zu bedeuten?«
Vorsichtig strich sie über die Schrift des verwitterten Steins. Der Name war zwar nur noch undeutlich zu erkennen, aber es war eindeutig der Gesuchte. Er war außerdem kleiner geschrieben als die auf den anderen Platten, weil ein Gedicht daruntergesetzt worden war. Nachdem Emily es gelesen hatte, konnte sie nur knapp dem Drang widerstehen, schreiend aus der Gruft zu rennen.

Er ließ sein Leben für die Seinen,
Die in Trauer um ihn weinen.
Fürchtet euch vor dem Engel der Rache!
Wenn der Letzte hat gebüßt,
Der Fluch der Rache ist gelöst!

›*Irgendjemand hatte keine Chance, zu entkommen. Vor wem oder was auch immer.*‹
Plötzlich fiel ihr der Brief ihrer Mutter ein und dass auch sie darin von einem Fluch gesprochen hatte. Sie musste dieses Gedicht gemeint haben, sonst hätte sie nicht explizit auf diesen Grabstein verwiesen.
Vor Angst war Emily kaum fähig, klar zu denken. Sie nahm einen kleinen Notizblock aus ihrer Tasche und

schrieb das Gedicht hastig ab. Außerdem notierte sie das Geburts- und Todesdatum des Verstorbenen. Ihr Atem ging stoßweise, während sie zitternd alles wieder in ihre Tasche packte. Sie wollte die Gruft gerade verlassen, als ihr etwas Merkwürdiges auffiel. Erneut richtete sie die Taschenlampe auf die anderen Gräber. Die Jahreszahlen hatten ihre Aufmerksamkeit auf sich gezogen. Wenn dies eine Familiengruft war, in der alle Watsons bestattet wurden, wiesen diese Gräber große Lücken auf, die sogar Generationen übersprangen. Es konnte ein Zufall sein, und sicher waren einige Verstorbene auf anderen Friedhöfen beigesetzt worden. Doch so langsam bezweifelte Emily, dass hier überhaupt etwas als Zufall zu bezeichnen war.

Sie schritt alle Steine noch einmal ab und blieb vor dem direkt zum Fuße der Treppe stehen. Die Platte war leer und wurde nur von Holzkeilen gehalten. Sie wusste sofort, was das zu bedeuten hatte: In diesem Grab würde ihre Mutter beerdigt. Ihr wurde schwarz vor Augen. Verzweifelt kämpfte sie gegen die Ohnmacht an und schaffte es mit zitternden Beinen gerade noch, die Treppe hinaufzusteigen und zurück an die frische Luft zu kommen.

An den zwei darauffolgenden Tagen bewegte sich Emily nur zum Frühstück aus ihrem Zimmer.
Mr Eckamp lief sie dabei zu ihrem Bedauern nicht über den Weg, aber sie wäre sowieso zu abgelenkt gewesen, um ein nettes Gespräch mit ihm zu führen. Ständig kreisten ihre Gedanken um die nicht in der Gruft beerdigten Familienmitglieder, aber vor allem

um das rätselhafte Gedicht. Sie konnte sich beim besten Willen keinen Reim darauf machen. Stundenlang saß sie an dem kleinen Tisch in ihrem Zimmer und starrte auf den Notizzettel, oder sie lag auf ihrem Bett und sagte die Zeilen immer wieder leise auf, als ob sie dadurch mehr Sinn ergäben.
Am dritten Tag kam ihr eine Idee. Sie brauchte einen Internetzugang.
Prudy hatte keinen Internetanschluss, Emily musste also in ein Internetcafé ausweichen. Als sie sich am späten Nachmittag gerade auf den Weg machen wollte, stieß sie auf dem Flur mit Mr Eckamp zusammen.
»Hallo! Miss Watson, richtig? Machen Sie noch einen Spaziergang vor dem Abendessen?«
Emily lächelte ihn freundlich an und schüttelte den Kopf. »Nein, ich muss in ein Internetcafé, einige Recherchen anstellen. An das Abendessen habe ich noch gar nicht gedacht.«
Der Deutsche zögerte einen Moment, bevor er weitersprach und dabei leicht errötete:
»Wenn Sie mögen ... Ich habe meinen Laptop hier und auch einen mobilen Internetzugang. Den stelle ich Ihnen gerne zur Verfügung. Und das Abendessen könnten wir hier im Haus gemeinsam einnehmen, was halten Sie davon?«
Eigentlich hatte sie nicht vor, jemanden in ihre Recherche einzuweihen. Es klang alles zu dubios und realitätsfern, um einem Außenstehenden von ihrem Anliegen zu erzählen. Dennoch war das Angebot verlockend. Außerdem ... der Gedanke, mit dem freundlichen Deutschen zu Abend zu essen, hatte

seinen Reiz. Ihr letzter engerer Kontakt mit einem Mann lag Jahre zurück, und Stefan Eckamp war attraktiv mit seinen kurzen braunen Haaren, den großen Knopfaugen und dem leicht verwegenen Lächeln. Warum sollte sie sich den kleinen Spaß nicht gönnen?
»Gerne. Aber ich habe mich für das Abendessen gar nicht angemeldet.«
»Ich bin sicher, Misses Mallon macht eine Ausnahme. Sie hat Sie doch so ins Herz geschlossen.« Emily kicherte bei dem amüsierten Unterton des Mannes und nahm die Einladung dankend an.
Dann folgte sie Mr Eckamp in den Salon.
»Ich war in den letzten zwei Tagen so damit beschäftigt, in meinem Zimmer Furchen zu laufen, und so in meine Gedanken vertieft, dass ich beim Frühstück gar nicht darauf geachtet habe, wie hübsch der Salon eingerichtet ist.«
»Wieso haben Sie denn Furchen gelaufen? Warten Sie auf etwas?«
»Nein, eigentlich nicht. Ich habe nachgedacht. Sagen wir so: Ich warte darauf, dass mich ein Geistesblitz trifft.«
Der deutsche Geschäftsmann lachte herzlich und schaltete seinen Laptop ein.
»Was dagegen, wenn ich Ihnen bei der Suche nach dem Geistesblitz helfe? Vier Augen sehen mehr als zwei.«
»Ich wollte nur wissen, ob etwas über einen Urahn von mir im Internet zu finden ist. Aber wenn er nicht

gerade eine Berühmtheit war, werde ich damit wohl sowieso keinen Erfolg haben.«
»Das werden Sie nur herausfinden, wenn Sie nachschauen.«

Eine halbe Stunde später hatten sie sichergestellt, dass es tatsächlich nichts über Edward Paul George Watson im Internet zu finden gab. Stefan Eckamp schlug seiner jungen Bekannten vor, einmal im Stadtarchiv von London oder Maidenhead nach dem Mann zu suchen.
Diesem Rat wollte sie am nächsten Morgen sofort nachkommen und mit dem in London anfangen. Aber zuvor genoss sie das spontane Abendessen mit dem Mann, der ihr bei Hackbraten und Rosmarinkartoffeln mehr von sich und seinem Geschäft erzählte und es behutsam vermied, Emily persönliche Fragen zu stellen. Er musste gespürt haben, dass sie ein Geheimnis umgab, das er besser nicht zu lüften versuchte. Dennoch ließ er es sich nicht nehmen, die hübsche Frau ausgiebig zu betrachten und ihr von Zeit zu Zeit so tief in die Augen zu schauen, dass sie errötete.
Emily gefiel dieser Mann außerordentlich gut, und es dauerte ein paar Sekunden, bis sie ihre Hand zurückzog, als er zu vorgerückter Stunde wie aus Versehen seine Finger sanft über ihren Handrücken streifen ließ.

Als Emily das Stadtarchiv am nächsten Morgen betrat, zeigte sie einer Angestellten dort den Namen und das Todesjahr ihres Ahns, woraufhin die

korpulente Frau Mitte sechzig Emily mit energischen Schritten an langen Regalreihen entlangführte, in denen über zweihundert Jahre alte Dokumente und Zeitungen archiviert waren. Mit den besten Wünschen, dass sie fündig würde und mit dem Hinweis, dass alle Schriftstücke nur mit den dafür vorgesehenen Handschuhen berührt werden durften, die in kleinen Schachteln überall auslagen, ließ die Archivarin die junge Frau allein.
Zuerst suchte sie in den Besitzurkunden für Grundstücke nach dem gesuchten Namen. Möglicherweise hatte Edward P. G. Watson das Cottage und das angrenzende Land damals gekauft. Doch nichts deutete darauf hin. Entweder war das Haus jüngeren Datums, oder ein anderer Verwandter hatte es erworben.
Eineinhalb Stunden später bei den Tageszeitungen angekommen, fand sie endlich, was sie suchte. Wenn es auch in eine Richtung ging, die ihr genauso Angst einflößte wie ihre Entdeckungen in der Gruft. Es war ein Zeitungsausschnitt aus dem Jahre 1726, dem Todesjahr ihres Urahns. Edward Watson hatte mit seiner Frau und den drei kleinen Kindern eine Farm nicht weit entfernt vom heutigen Maidenhead besessen. Die Watsons betrieben Milchwirtschaft, hielten einige Schweine und führten das Dasein hart arbeitender Menschen.
Doch die Nacht vom 27. Mai 1726 veränderte ihr ganzes Leben. In der Scheune des Hofes brach ein Feuer aus und brannte sie bis auf die Grundmauern herunter. Am folgenden Morgen gab Edward Watson bei der Polizei an, er hätte Geräusche aus der Scheune

gehört und nachsehen wollen, was die Ursache war. Dabei war ihm die Laterne, die er bei sich trug, heruntergefallen, und hatte das auf dem Boden liegende Stroh sofort entzündet. Ohne, dass er irgendetwas tun konnte, hatte sich die Scheune in Windeseile in eine einzige Flammenhölle verwandelt, und ihm blieb nichts anderes übrig, als sich in Sicherheit zu bringen. Retten konnte er weder landwirtschaftliches Gerät noch das gelagerte Heu.

Aber nicht genug damit, dass durch den Verlust der Geräte die Lebensgrundlage seiner Familie in Gefahr war. In der darauffolgenden Nacht verschwand der Mann und wurde zwei Tage später tot in einer der Viehtränken der Farm gefunden. Außer einer kleinen Wunde am Hals konnten keinerlei Verletzungen ausgemacht werden. Lediglich seine Haut war gräulicher verfärbt, als es gewöhnlich bei Verstorbenen der Fall war, was auf Blutarmut zurückgeführt wurde, einem weitverbreiteten Problem in dieser Zeit.

Emily hatte mit angehaltenem Atem gelesen und holt nun tief Luft, um wieder zu sich zu kommen. Was diesem Mann passiert war, war gewiss furchtbar. Aber es erklärte nicht die Angst ihrer Mutter, die seltsame Inschrift und die großen Abstände in den Daten der Grabplatten. Sie rieb sich müde die Augen und nahm sich dann die nächsten Zeitungen vor.

Wenige Wochen später wurde berichtet, dass kurz nach dem Tod des Mannes auch seine Frau tot aufgefunden wurde, in einem ähnlichen Zustand. Die Kinder wurden weggeschafft und wuchsen bei einem fremden Ehepaar auf, das sie bereitwillig bei sich aufnahm. Nähere Angaben über die Pflegeeltern wurden zum Schutz der Kinder nicht gemacht.

Emily hatte noch weitere zwei Stunden nach Informationsmaterial gesucht, doch das Archiv gab zum Verbleib der Familie keinerlei weitere Auskunft. Daher beschloss sie, sich am folgenden Tag endlich in ihr Elternhaus zu begeben, um dort nach Hinweisen zu suchen. Es wurde sowieso Zeit, sich um den Hausstand ihrer Mutter zu kümmern. Alles musste aussortiert, weggeworfen, verschenkt oder veräußert werden, damit das Haus baldmöglichst verkauft werden konnte. Emily wollte es nicht haben, und nach allem, was sie bislang herausgefunden hatte, war sie geneigt, dem schriftlichen Rat ihrer Mutter zu folgen und alle Brücken nach England abzubrechen.

4

Als Emily um halb acht aufwachte, dröhnte ihr Schädel gewaltig. Sie erinnerte sich schemenhaft an einen seltsamen Traum, in dem Edward Watson das Mausoleum auf dem Highgate Friedhof angezündet hatte und danach in eine Viehtränke gesprungen war. Seine drei Kinder hatten ihm gewunken und waren dann in der Dunkelheit verschwunden.
Sie stand auf und duschte sich eiskalt ab, um die Erinnerung an den seltsamen Traum zu verscheuchen und einen klaren Kopf zu bekommen.
Dabei kam ihr eine Idee: Wenn jemand Informationen zu der dubiosen Grabinschrift haben musste, dann

doch der Friedhofsverwalter. Er war an der Koordination der Begräbnisse beteiligt. Natürlich nicht der heutige Verwalter, aber vielleicht besaß er Unterlagen aus der Geschichte des Friedhofs, die Aufschluss darüber geben konnten, was die Verse zu bedeuten hatten. Da sie nicht wieder dorthin fahren und Gefahr laufen wollte, von dem alten Mann erneut in die Gruft geschickt zu werden, zog sie es vor, sich telefonisch danach zu erkundigen.
Das Telefongespräch verlief so gruselig, wie sie es erwartet hatte. Der Mann schien seinen Spaß daran zu haben, ihr einen Schrecken einzujagen.
»Miss, ich war noch nie in dieser Gruft. Aber die Inschriften aus dieser Zeit haben meistens eine tiefe Bedeutung, weil die Menschen damals noch wirklich entscheidende Dinge auf die Grabsteine meißeln ließen. Nicht so einen Mist, wie sich heute viele einfallen lassen. Ich an Ihrer Stelle würde das ernst nehmen. Mehr kann ich Ihnen auch nicht sagen. Aber vielleicht weiß Reverend Simmons etwas darüber. Er ist der zuständige Geistliche der Gemeinde, die die Bestattungen schon damals durchgeführt hat. Reden Sie mit ihm. Er wohnt im Pfarrhaus von Saint Michael's. Vielleicht hat die Gemeinde ja Unterlagen darüber aufbewahrt.«
Emily bedankte sich herzlich und rief die Auskunft an, um die Telefonnummer des Reverends zu erfahren. Wenig später meldete sich eine warme, etwas heisere Stimme, die einem älteren Herrn gehören musste.
»Guten Tag, Reverend. Bitte entschuldigen Sie die Störung… ich könnte Ihre Hilfe gebrauchen.«

»Benötigen Sie geistlichen Beistand? Dann vereinbaren wir am besten direkt einen Termin.«
Emily wiegelte ab: »Nein, nein. Vielen Dank. Es ist so: Meine Mutter ist vor wenigen Tagen gestorben und da gibt es einige Dinge, die Fragen aufwerfen.«
»Mein herzliches Beileid. Sind Sie sicher, dass wir uns nicht zusammensetzen sollten? Sie klingen recht aufgewühlt. Vielleicht kann ich Ihnen helfen. Steht Ihr Mann Ihnen zur Seite? Möchten Sie vielleicht Details des Begräbnisses durchgehen?«
»Nein, nein, vielen Dank, das Begräbnis wird bereits von ihrem Anwalt organisiert. Ich komme am besten direkt zur Sache. Ich habe unsere Familiengruft auf dem Highgate besichtigt und dort auf einem sehr alten Grabstein eine seltsame Inschrift gefunden. Der Friedhofsverwalter sagte mir, dass Sie mir eventuell dabei helfen könnten, ihren Sinn zu verstehen.«
Der alte Mann räusperte sich und wurde hörbar aufgeregt.
»Eine Inschrift? Um was handelt es sich denn? Haben Sie sie da, könnten Sie mir die Inschrift vorlesen?«
Emily kramte schnell den Zettel hervor.
»Natürlich: Er ließ sein Leben für die Seinen, die in Trauer um ihn weinen. Fürchtet euch vor dem Engel der Rache! Wenn der Letzte hat gebüßt, der Fluch der Rache ist gelöst!«
Plötzlich herrschte Totenstille in der Leitung. So lange, dass Emily anfing, sich Sorgen um den Alten zu machen.
»Reverend, sind Sie noch da?«
Ein nervöses Husten beantwortete ihre Frage.
»Von wem war der Grabstein, auf dem das stand?«

»Von einem Urahn von mir. Edward Paul George Watson. Sagt Ihnen der Name etwas?«
Er räusperte sich.
»Der Brand von 1726. Ich habe einmal etwas darüber gelesen. Ich kann Ihnen allerdings nicht sagen, wie das in Verbindung mit den Versen steht, die Sie mir gerade vorgelesen haben. Aber …«
»Aber … was?«
Emily wurde langsam nervös. Der alte Mann schien etwas zu wissen, dass er nicht herausrücken oder in Worte fassen wollte!
»Diese Stelle mit dem Engel der Rache …«
»Ja? Was ist damit?«
»Vor sehr langer Zeit hat man über einen Engel der Rache gesprochen. Eine Kreatur …«
Emily gefror das Blut in den Adern. Das Herz hämmerte ihr so schmerzhaft in der Brust, dass ihr das Atmen schwerfiel.
»Eine Kreatur?« Es war ein Flüstern, mehr brachte sie nicht zustande.
Es dauerte lange, ehe der Reverend antwortete.
»Glauben Sie an Vampire, Miss?«
Erleichtert atmete sie auf. Er wollte ihr einen Bären aufbinden! Oder er war einer jener Verrückten, die wirklich an die mystische Verwandlung und das untote Leben von Vlad III Draculea glaubten, vom Volksmund ›Graf Dracula‹ genannt.
»Nein! Reverend, ich denke, ich habe genug Ihrer Zeit in Anspruch genommen. Bitte entschuldigen Sie die Störung.«
»Miss! Warten Sie, legen Sie nicht auf!«
Widerwillig tat sie ihm den Gefallen.

»Halten Sie mich nicht für einen senilen Greis. Ich weiß nicht, was Sie dazu bewogen hat, die Gruft aufzusuchen. Aber irgendetwas hat Sie so verunsichert, dass Sie glaubten, mich anrufen zu müssen. Machen Sie einen Schritt zurück und betrachten Sie das ganze Bild, Miss. Betrachten Sie alle Fakten, die Sie haben. Jede Sage hat irgendwo ihren wahren Kern. Ich wünsche Ihnen viel Glück bei Ihrer Suche.«
Damit legte er auf und ließ Emily mit wild klopfendem Herzen und einer stechenden Übelkeit im Magen allein.
Vampire … ja klar. Und als Nächstes würde man ihr erzählen, dass es den Weihnachtsmann wirklich gab. Der Gedanke allein war schon zu lächerlich, um ihn ernsthaft in Betracht zu ziehen, zumindest tat sie ihr Möglichstes, um sich das einzureden! In Hunderten von Romanen über die Fantasiewesen wurden ihnen Dutzende unterschiedlichster Fähigkeiten nachgesagt. Die Autoren widerlegten sich gegenseitig in ihren Vorstellungen darüber, wie Vampire zu töten waren. Aber eins hatte die Wissenschaft mittlerweile zweifelsfrei belegt: Diese Kreaturen der Nacht existierten nicht!
Emily ärgerte sich über den Reverend. Aber noch mehr verärgerte sie die Tatsache, dass sie in einer Sackgasse angekommen zu sein schien. Dann fiel ihr plötzlich wieder ein, dass sie den wichtigsten Grund ihrer Reise noch nicht in Angriff genommen hatte: den Besuch im Cottage. Ihre Mutter hatte es in dem Brief angedeutet - dort würde sie weitere Spuren ihrer Vergangenheit finden.

Zunächst wollte sie den Tag aber ruhig ausklingen lassen. Seit ihrer Ankunft hatte sie sich pausenlos Gedanken gemacht, eine Spur nach der nächsten verfolgt und war immer tiefer in etwas hineingeraten, das sich langsam zu ihrem größten Albtraum entwickelte. Also beschloss sie, dass es Zeit war, sich ein bisschen Realität zurückzuholen und sich im Umfeld normaler Menschen zu bewegen, ohne abenteuerliche Fantasien und Probleme.

Sie nahm die Underground und fuhr zielstrebig zum Hyde Park, der grünen Lunge Londons. Das stetige nasskalte Wetter ließ die Grünflächen trist wirken. Die Besuchermassen, die es sich im Sommer auf den Wiesen bequem gemacht hatten, waren schon seit Wochen verschwunden. Doch das Laub der Bäume war intensiv rot-gold gefärbt und verlieh dem Park sogar an diesem kalten, stürmischen Herbsttag einen besonderen Charme.

Emily lief geschlagene zwei Stunden lang im Park herum, bis sie das Gefühl hatte, einen halbwegs klaren Kopf zu haben. Danach irrte sie noch eine Weile ziellos in der Innenstadt umher, bis ihr Blick plötzlich auf ein Delikatessengeschäft fiel. Sie erinnerte sich an die Vermögenssumme, die ihr der Bankangestellte bei Einsicht der Konten genannt hatte und beschloss, dass sie effektiv genug Geld hatte, um sich einmal nach allen Regeln der Kunst zu verwöhnen. So betrat sie das Geschäft, schnappte sich einen Einkaufskorb und füllte ihn mit den leckersten Köstlichkeiten: teurem französischen Rotwein, verschiedenen Edelkäsesorten aus der Schweiz und Frankreich, einer spanischen Chorizo-Wurst, deutschem Brot und einem Trifle, das verboten gut aussah. Da er frisch hereingekommen war, wie auf einem großen Schild angepriesen wurde, gönnte sie sich auch direkt ein Töpfchen echten Kaviar. Und da sie den nicht pur mochte, auch noch eine große Packung Räucherlachs. Zwei Geschäftszeilen weiter, in einem normalen Supermarkt, besorgte sie sich für den späteren Abend außerdem Kartoffelchips, ein paar Zeitschriften, Pappteller und Plastikbesteck, bevor sie sich auf den Weg zurück zur Pension machte.

Zu ihrer freudigen Überraschung traf sie in der U-Bahn auf Stefan Eckamp. Er setzte sich neben Emily und betrachtete sie bewundernd.

Sie errötete leicht, weil er sie länger als nötig aus seinen warmen, braunen Augen ansah.

»Miss Watson, Sie sind eine wunderschöne Frau, wenn ich das so direkt sagen darf. Und wenn Sie gute Laune haben, sind Sie noch viel hübscher. Die Sorgenfalten, die Sie in den letzten Tagen getragen haben, stehen Ihnen nicht besonders.«

Sie lächelte dankbar. »Sorgenfalten lassen sich manchmal nicht vermeiden. Aber vielen Dank für das Kompliment. Wie lange bleiben Sie noch in London?«

»Nur noch eine Nacht. Morgen reise ich weiter nach Dublin. Das Geschäft schläft nie, wissen Sie.«

»Wenn heute Ihr letzter Abend ist, sollten Sie ihn besonders gestalten. Schauen Sie, ich habe die ganze Tüte hier bis oben hin voll mit Delikatessen. Es wäre wirklich zu schade, wenn ich die allein vertilgen müsste. Möchten Sie nicht auf Misses Mallons

Dinner verzichten und mir helfen, alles aufzuessen? Ich müsste allerdings so unverfroren sein, Sie auf mein Zimmer einzuladen, und Sie müssten so dreist sein, die Einladung anzunehmen.«
Sie lachte ihn an, konnte es aber dennoch nicht vermeiden, puterrot zu werden. Zu ihrem Erstaunen nahm der Deutsche die Einladung dankend an.
Als sie wieder in der Pension waren, sagte er seine Teilnahme am Abendessen daher kurz bei der Hauswirtin ab und folgte Emily auf ihr Zimmer.
»Ich hätte eigentlich noch geduscht, aber …«
Sie lächelte ihren Gast entspannt an.
»Mister Eckamp …«
»Bitte, nennen Sie mich Stefan.«
Ein paar Schmetterlinge begannen, in ihrem Bauch zu tanzen. Ein Gefühl, das ihr fremd geworden war, und ihr Herz begann heftig zu klopfen.
»Okay … Stefan. Ich heiße Emily. Wenn Sie noch duschen gehen möchten, tun Sie sich keinen Zwang an. Ich würde dann dasselbe tun und Sie kämen einfach zurück in … einer halben Stunde?«
Die Vereinbarung galt, und so fand sie sich wenige Minuten später unter der heißen Dusche wieder, wo sie überlegte, was der Abend wohl bringen würde. Zwischen ihr und Stefan Eckamp herrschte eine entspannte Atmosphäre. Gleichzeitig stoben unübersehbar die Funken. Es blieb abzuwarten, ob dies den Abend über so bleiben würde. Emily hatte plötzlich das dringende Verlangen, ihm von ihren Problemen zu erzählen. Vielleicht konnte er ihr helfen. Vielleicht hatte ein Geschäftsmann wie er eine neutralere Ansicht zu dem ganzen Chaos und konnte

sie in ihren Ängsten beruhigen. Möglicherweise schaffte er es auch, sie von ihren Sorgen abzulenken. Bevor ihre Fantasie mit ihr durchgehen konnte, schüttelte Emily jeden romantischen Gedanken ab und zog sich zügig an.

Mit dem Vorsatz, ihn in ihr Problem einzuweihen, öffnete sie ihm eine halbe Stunde später die Zimmertür und stieß einen überraschten Laut aus, als er ihr einen kleinen Strauß frischer Blumen überreichte.

»Wenn eine Dame mich zu sich bittet, bringe ich Blumen mit. Vielen Dank noch einmal, dass ich Ihnen helfen darf, die Einkaufstüte zu leeren, Emily.«

Bei dieser Formulierung musste sie herzhaft lachen und bot ihm den zweiten Stuhl an, den sie noch schnell aus dem Salon gemopst hatte. Sie setzten sich gemütlich an den kleinen Tisch, breiteten sämtliche Lebensmittel darauf aus, tranken den teuren Rotwein aus Zahnputzbechern und unterhielten sich prächtig.

»Was hat Sie dazu bewogen, New York zu verlassen und hierher zurückzukehren?«

Emily schluckte ein Stück Blauschimmelkäse auf Brot herunter und spülte mit Wein nach, ehe sie antwortete.

»Meine Mutter ist vor zehn Tagen gestorben. Ihr Anwalt hat mich angerufen. Da mein Elternhaus in Maidenhead nun ohne Besitzer herumsteht und die üblichen Angelegenheiten geklärt werden müssen, bin ich zurückgekommen. Ich habe keine Geschwister, deshalb hängt nun alles an mir.«

»Mein herzliches Beileid. Sie wirken aber nicht, als wären Sie von Trauer zerfressen, wenn ich mir diese Bemerkung erlauben darf.«
Sie nickte und dachte scharf nach, soweit der Rotwein dies noch zuließ. Jetzt war wohl der Moment gekommen, ihm anzuvertrauen, was sie belastete.
»Lassen Sie es mich so sagen: Es hat sich eine Situation ergeben, die mich so beschäftigt, dass ich momentan keine Zeit habe, zu trauern. Das werde ich sicher später einmal nachholen, zu Hause in New York.«
Stefan sah sie forschend an. »Darf ich fragen, welcher Art die Probleme sind? Vielleicht kann ich Ihnen helfen.«
»Wenn sie *mir* schon zu abgehoben sind, werden sie einem Geschäftsmann wie Ihnen sicher wie vollkommener Blödsinn vorkommen.«
Der attraktive Mann lächelte Emily herausfordernd und mit funkelnden Augen an und setzte sich ein wenig bequemer hin. Nachdem er entspannt einen Schluck Wein getrunken hatte, sagte er: »Lassen Sie es darauf ankommen.«
Ihr gefiel sein spitzbübisches Grinsen sehr.
»Okay, Sie haben es nicht anders gewollt. Also: Außer dem Cottage in Maidenhead und einem nicht unerheblichen Vermögen hat meine Mutter mir auch einen Brief, in dem von einem Familiengeheimnis die Rede ist, sowie den Schlüssel für ein Bankschließfach hinterlassen.
In diesem Schließfach befanden sich ein Rosenkranz, ein Silberkreuz und Weihwasser, außerdem ein Hinweis auf ein Grab in unserer Familiengruft auf

dem Highgate Friedhof hier in London. Das war der Name, bei dessen Suche Sie mir geholfen haben. Ich bin also dorthin gegangen, um herauszufinden, was meine Mutter mir sagen wollte, und habe auf der Grabplatte von Edward Watson diese Inschrift hier gefunden.«

Sie stand auf, ging zu ihrer Handtasche hinüber, die sie auf die bunt geblümte Tagesdecke des Bettes gelegt hatte, und fischte den Zettel heraus, auf dem die Verse standen.

Stefan las sich das Gedicht mehrere Male durch, bevor er die junge Frau ernst ansah.

»Haben Sie sonst noch etwas in Erfahrung bringen können?«

Sie setzte sich wieder und rieb sich mit den Händen über das Gesicht.

»Jetzt kommt der Teil, der Sie zum Lachen bringen wird: Ich habe zunächst den Friedhofsverwalter und dann den Reverend der zuständigen Gemeinde angerufen, der anscheinend schon ein recht seniler alter Mann ist. Er hat mir doch tatsächlich erzählen wollen, dass mit dem ›Engel der Rache‹ ein Vampir gemeint sein könnte!«

Sie versuchte, zu lächeln, aber weil Stefan zu ihrer Überraschung ernst blieb, kam eher eine jämmerliche Grimasse dabei heraus.

»Das ist die Stelle, an der Sie mir sagen müssen, dass es keine Vampire gibt.«

»Und wenn doch?«

Sie traute ihren Ohren nicht. »Wie bitte? Ich dachte, als Geschäftsmann würden Sie rationaler denken.«

»Mein Beruf sagt nicht zwingend etwas darüber aus, wer ich bin und was ich denke, Emily. Wenn ich ehrlich bin, konnte ich mich schon immer für Vampirgeschichten begeistern. Ich finde den Gedanken spannend, dass vielleicht doch ein Funke Wahrheit hinter all den Geschichten steckt! Während meiner Zeit an der Universität war ich lange einer kleinen Gruppe angeschlossen, die sich mit der Erforschung solcher Legenden und deren Wahrheitsgehalt beschäftigt hat. Sie wären überrascht, in wie vielen altertümlichen Geschichten sich ein wahrer Kern befindet. Fügen Sie das Puzzle doch mal zusammen: Ihre Mutter hat Sie auf einen Friedhof geschickt, nachdem sie Ihnen das althergebrachte Handwerkszeug gegen Vampire in die Hände gegeben hat: ein Silberkreuz, Weihwasser … Eigentlich fehlt nur noch ein Holzpfahl. Und dann lesen Sie diese merkwürdige Inschrift.«

Es passte. Emily wollte es nicht zugeben, aber es passte.

»Und was bedeutet dieses Gedicht Ihrer Meinung nach?«

»Na, was meinen Sie denn? Lesen Sie es sich noch einmal durch. Wenn wir tatsächlich einmal annehmen, dass es Vampire gibt …«

Er wiegelte mit einer Handbewegung ab, als Emily zum Protest ansetzte.

»Nur angenommen! Also, wenn wir davon ausgehen, dass es Vampire gibt, dann würde ich aus diesen Zeilen schließen, dass jemand aus Ihrer Familie sich vor diesen Geschöpfen oder vielleicht auch nur vor einem Vampir besser in Acht nehmen sollte!

Haben Sie inzwischen mehr über Edward Watson herausfinden können? War das Stadtarchiv hilfreich?«

»Ja. Im Jahr 1726 hat er versehentlich seine Scheune in Brand gesetzt. Zwei Tage später hat man ihn tot aufgefunden, in einer Viehtränke. Unversehrt bis auf eine kleine Wunde. Wenig später fand man seine Frau in demselben Zustand. Die drei Kinder wurden daraufhin weggeschafft und wuchsen in einer Pflegefamilie auf.«

»Fällt Ihnen das Offensichtliche auf? Nur eine kleine Wunde …? Vielleicht müssen Sie umdenken, Emily. Vielleicht sollten Sie anfangen, an Dinge zu glauben, die Sie bisher für unmöglich hielten. Vielleicht ist dieses Ehepaar dem ›Engel der Rache‹ zum Opfer gefallen, und deswegen wurde die Inschrift auf seinen Grabstein gesetzt. Als Mahnung!«

»Wenn der Letzte hat gebüßt … vielleicht wollte man nachfolgende Familienmitglieder warnen. Vor was auch immer.«

Emily rutschte unbehaglich auf ihrem Stuhl hin und her, bis sie es nicht mehr aushielt und anfing, im Zimmer auf und ab zu gehen. Stefan folgte ihr mit seinem Blick.

»Rache … an wem sollte Rache verübt werden und warum? Es muss einen Grund haben, warum Ihre Mutter Sie auf diese Inschrift hingewiesen hat. Sie soll Ihnen etwas sagen.«

Emily überlegte kurz, ob sie ihm auch von dem Brief berichten sollte. Jetzt noch Details zurückzuhalten, kam ihr unsinnig vor.

»Meine Mutter hat in ihrem Brief an mich etwas geschrieben ... was das Familiengeheimnis angeht. Sie meinte, es sei so schrecklich und unglaublich, dass ich es selbst herausfinden müsse. Sie wollte es mir nicht einmal in ihrem letzten Brief erzählen. Glauben Sie ...?«

»Dass sie Ihnen die ungeheuerliche Geschichte von Vampiren erzählen wollte, die Ihre Familie bedrohen? Warum nicht? Es klingt alles zu schlüssig, um nicht wahr zu sein.«

»Genau. Bis auf die Tatsache, dass es erwiesenermaßen keine Vampire gibt.«

Stefan stand auf und legte ihr eine Hand auf die Schulter.

»Emily, ich sage es noch einmal: Vielleicht müssen Sie Ihren Blickwinkel erweitern.«

Ihr fiel ein, was der Reverend gesagt hatte. Leise murmelte sie es vor sich hin.

»Tritt einen Schritt zurück und betrachte das ganze Bild.«

Er sah sie verdutzt an. »Eh ... genau. Besser könnte ich es auch nicht formulieren.«

Sie seufzte, widerstand dem Bedürfnis, sich an ihn zu lehnen. Als hätte er es gespürt, ließ er seinen Daumen sanft über ihre Schulter streifen.

»Ich wünschte, ich könnte länger bleiben und Ihnen bei der Suche nach der Wahrheit helfen. Aber ich muss nach Dublin.«

Sie sah auf, überrascht, wie nahe sie sich plötzlich waren. Ein Teil von ihr wünschte sich, Stefan würde sie küssen, aber er tat es nicht.

»Schon gut. Ist nicht Ihre Schuld, wenn ich Ihnen solche Gruselgeschichten erzähle. Machen Sie sich keine Gedanken. Ich komme schon klar.«
Plötzlich hellte sich sein Gesicht auf.
»Wenn ich in Dublin fertig bin, habe ich ein paar Tage Zeit, bevor ich wieder nach Deutschland zurückfliegen muss. Wissen Sie was? Ich komme wieder hierher, helfe Ihnen und beschütze Sie, wenn es nötig ist.«
Er zwinkerte ihr zu und grinste sie verschmitzt an.
Emily lachte leise auf. »Wovor wollen Sie mich denn beschützen?«
»Vor dem Engel der Rache.«
Beide waren so in ihre Gedanken vertieft, dass sie den Schatten vor dem Fenster nicht bemerkten, der sich blitzschnell entfernte, als ihr Gespräch verstummt war.

5

Am frühen Donnerstagmorgen, es war gerade neun Uhr, wollte Emily sich aufmachen, um nach Maidenhead zu fahren, als sie von Prudy Mallon auf dem Flur abgefangen wurde. Die alte Dame schien sehr erregt zu sein und war völlig außer sich vor Aufregung.
»Miss Watson! Gut, dass ich Sie treffe! Sie haben sich doch gestern Abend mit Mister Eckamp unterhalten, nicht wahr?«
Emily spürte, wie sie rot wurde, obwohl der Abend einen völlig harmlosen Verlauf genommen hatte.

»Ja. Warum fragen Sie?«

Sie wunderte sich darüber, dass nicht, wie sonst, ein Redeschwall von der Hauswirtin auf sie einstürmte.

»Wann hat er Sie denn verlassen? Bitte entschuldigen Sie, dass ich so direkt frage.« Jetzt war es an Prudy, rot anzulaufen.

»Ist schon in Ordnung. Ich glaube, es war so gegen halb zwölf. Ich habe ihn danach noch in seinem Zimmer gehört. Aber was ist denn passiert?«

»Ich bin heute Nacht wach geworden, weil ich die Haustür gehört habe, was ja eigentlich nicht sein kann, weil sie nachts immer abgeschlossen ist. Also habe ich mir mein Messer genommen und bin die Treppe hinuntergegangen. Aber es war niemand da. Und dann … oh Miss Watson, es ist so schrecklich!«

Behutsam drückte die junge Frau Prudy die Hände, die diese vor dem Gesicht zusammengeschlagen hatte.

»Ist schon gut. Meine Güte, Sie zittern ja! Was in Gottes Namen ist denn nur passiert? Geht es Stef … Mister Eckamp gut?«

»Oh Miss Watson, es ist schrecklich! Der Friedhofsverwalter hat ihn heute Morgen gefunden!«

Emilys Beine wurden weich. Ihr Kopf war plötzlich vollkommen leer. Jede Bewegung schien sinnlos, ohne Bedeutung. Während sie so dastand und versuchte, die Nachricht zu verarbeiten, kam ein Constable der Londoner Polizei die Treppe hinauf.

»Misses Mallon, haben Sie … ist sie das? Sind Sie Miss Watson?«

Mit leerem Blick starrte Emily den Beamten an und vergaß, zu nicken.

»Miss? Ist Ihr Name Emily Watson? Misses Mallon sagte uns, dass Sie Mister Eckamp gestern Abend noch gesprochen haben.«

Er zögerte, bevor er in sanfterem Tonfall weitersprach, als er Emilys graue Gesichtsfarbe bemerkte.

»Es tut mir sehr leid, aber Sie sind offensichtlich die Letzte, die den Mann lebend gesehen hat. Können wir uns kurz unterhalten?«

Prudy hatte ihre Fassung wiedergefunden und herrschte den Police Constable wütend an.

»Meine Güte, sehen Sie denn nicht, dass das arme Ding unter Schock steht? Rufen Sie lieber einen Arzt! Die Nachricht hat sie ja völlig aus der Bahn geworfen!«

Zum Glück der Hauswirtin ließ Emily sich anstandslos die Treppe hinunter und in den Salon bringen, wo sie auf das gemütliche Sofa verfrachtet und ihr ein Sherry in die Hand gedrückt wurde. Als sie keine Anstalten machte, die scharfe Flüssigkeit zu trinken, führte die alte Dame ihr das Glas eigenhändig zum Mund.

Eine Sekunde später kehrten ihre Lebensgeister zurück. Sie musste von der Schärfe des Alkohols in ihrer Kehle husten, sah Prudy dann aber endlich direkt an.

»Stefan Eckamp ist tot?«

Prudy nickte und bedeutete dem Constable, dass ein Arzt wohl doch nicht von Nöten sei.

»Wie ist er gestorben? Haben Sie ihn in seinem Bett gefunden?«

»Nein, Liebes. Ich sagte doch eben, der Friedhofsverwalter hat ihn gefunden. Auf dem Highgate Friedhof. Unversehrt bis auf eine kleine Wunde am Hals. Man kann noch nicht sagen, was seinen Tod ausgelöst hat.«
Der Constable kam schnell hinzu und fing sie auf, als Emily lautlos nach vorn sackte und von der Couch kippte.

Gegen alle Proteste stand sie am frühen Nachmittag schon wieder auf. Der Polizeibeamte hatte sie ohnmächtig auf ihr Zimmer getragen und ins Bett gelegt, wo Prudy mit Argusaugen über sie wachte, bis sie eine Stunde später wieder zu Bewusstsein kam. Emily sagte niemandem etwas davon, aber seit die Hauswirtin den Zustand des Toten erwähnt hatte, war sie überzeugt, dass Stefan am Vorabend gegen jede Regel der Vernunft recht gehabt haben musste, wenn ihr Verstand sich auch nach wie vor dagegen sträubte. Sie war fest entschlossen, das Rätsel zu lösen, das ihre Mutter ihr aufgegeben hatte. Doch dazu musste sie schnellstmöglich in ihr Elternhaus und nach weiteren Hinweisen suchen. Auf keinen Fall konnte sie aber riskieren, noch jemandem davon zu erzählen. Die Gefahr, dass der Friedhofsverwalter die nächste Leiche fand, war ihr zu groß, auch wenn ihr schleierhaft war, wie jemand wissen konnte, was sie Stefan erst wenige Stunden zuvor anvertraut hatte. Und wer dieser Jemand überhaupt war ...
Emily spürte, wie Übelkeit in ihr aufstieg. Sie hatte den Tod eines Menschen verursacht. Noch wusste sie nicht, wie, aber es stand außer Zweifel, dass Stefan

ihretwegen sterben musste. Die Schuldgefühle schienen ihr die Luft zum Atmen zu nehmen. Sie konnte einen Schluchzer nicht unterdrücken, als sie am Waschbecken stand und sich, tief in diese trübsinnigen Gedanken versunken, etwas frisch machte. Als Prudy besorgt den Kopf zur Tür hereinsteckte, winkte Emily nur dankend ab.
Sie wusste nun mit Sicherheit, dass sie in einem Albtraum gelandet war, aus dem sie durch Davonlaufen nicht wieder herauskäme. Sie musste ihm begegnen und aus der Welt schaffen, was immer ihre Familie seit Generationen zerstörte.
Da sie sich sowieso nicht aufhalten ließ, bot ihr der Police Constable, der vor ihrer Ohnmacht versucht hatte, sie zu befragen, an, sie mit seinem Dienstwagen nach Maidenhead zu fahren. Unter der Bedingung, dass sie ihm einige Fragen beantwortete.
Emily stimmte zu. Sie beließ es bei ihrem Bericht dabei, dass sie gemeinsam auf ihrem Zimmer zu Abend gegessen und sie sich dem Deutschen über den Verlust ihrer Mutter anvertraut hatte. Nach einer tröstenden Geste hatte Stefan dann ihr Zimmer verlassen. Und war für immer aus ihrem Leben verschwunden.
Der Constable fand keinen Grund, der jungen Frau nicht zu glauben, und setzte sie vor dem gepflegten Cottage ab, nachdem er sein Verhör beendet hatte.
»Passen Sie auf sich auf, Miss Watson. Was auch immer letzte Nacht passiert ist ... seien Sie auf der Hut.«

Der Blick des Beamten verriet ihr, dass auch ihm die Todesumstände von Stefan Eckamp nicht geheuer waren.

Das Cottage lag still und verlassen da. Der weiße Gartenzaun, der das Grundstück umspannte, sah frisch gestrichen aus. Die gepflegte Rasenfläche war mit feuchtem Herbstlaub gesprenkelt, das dem Grün bunte Farbtupfer verlieh. Die Rosen, die sich von innen gegen den Zaun schmiegten, standen noch in voller Blüte und verbreiteten ihren schweren, köstlichen Duft.
Erica Watson war eine ordnungsliebende Frau gewesen. So überraschte es nicht, dass im Cottage alles an seinem Platz war und kein Staub auf den Möbeln lag. Es war so sauber, wie Emily es von früher kannte. Sie sah sich mit bedächtigen Schritten um, wagte kaum, einen Fuß vor den anderen zu setzen. Kindheitserinnerungen stürmten auf sie ein. Erica hatte seit ihrem Weggang fast nichts verändert. Der Kaminsims verschwand beinahe unter der Masse an Fotos von Emily. Sie trat ein Stück näher heran und betrachtete die in Holz und Silber gerahmten Bilder; Schnappschüsse aus ihrer Kindheit, auf denen auch ihr Vater zu sehen war. Wie gebannt starrte Emily darauf. Erica hatte die Fotos nach dem Tod ihres Mannes versteckt. Ihre Tochter hatte sie bis jetzt nie mehr zu Gesicht bekommen. Es waren fast ausschließlich Szenen aus dem Garten: ein Grillabend, den sie zusammen veranstaltet hatten, als Emily fünf war; sie konnte sich noch daran erinnern. Sie waren eine kleine, glückliche Familie gewesen.

Ein anderes Foto zeigte sie mit dicken, langen Zöpfen an ihrem ersten Schultag. Sie lachte fröhlich in die Kamera, doch die kleinen Augen verrieten, dass das Glück trügerisch war. Schon an diesem Tag hatte sie gespürt, dass sie den anderen Kindern unheimlich war. Es wurde viel getuschelt, und auch die anderen Eltern sahen ihre Mutter und ihren Vater merkwürdig an.

Die anderen Fotos kannte Emily: Szenen aus dem Alltag und Erinnerungen an gemeinsame Ausflüge von ihr und Erica, die ihre Mutter als glückliche Momente festzuhalten versucht hatte. Das Bild ganz rechts auf dem Sims war wenige Wochen vor ihrem Schulabschluss entstanden: Emily trug einen nagelneuen Hosenanzug. Sie hatte noch nie etwas so Schickes und Elegantes getragen.

Als sie nach New York abgereist war, hatte sie ihn im Kleiderschrank hängen lassen.

Einem plötzlichen Instinkt folgend machte sie sich auf den Weg nach oben in ihr altes Zimmer. Der kleine Raum sah noch genauso aus wie früher. Auch der Duft, der ihr entgegenschlug, war derselbe, nach Frühlingsblumen, Büchern und dem immer selben Waschmittel. Die helle Blümchentapete, das weiße Bettgestell mit den hohen Kopf- und Fußenden, der weiß lackierte Kleiderschrank.

Sie öffnete die Tür. Tatsächlich, der Hosenanzug hing noch dort. Ebenso ihr Abschlussballkleid, ein hellblauer Fetzen mit zu viel Tüll, der ihr nur eins eingebracht hatte: einen ganzen Abend auf der Bank an der Seite der Turnhalle, in der der Ball stattgefunden hatte, zusammen mit den anderen Mauerblümchen der Schule.

Emily lief unvermittelt ein eiskalter Schauer über den Rücken, als sie all die vertrauten Gegenstände betrachtete, die sie vor sechs Jahren zurückgelassen hatte. Es fühlte sich an, als wäre viel mehr Zeit seither vergangen. Die Bürsten und Nagellacke auf dem Frisiertisch, Jugendbücher und Kuscheltiere im Regal, Gesellschaftsspiele, Poster von längst nicht mehr aktuellen Popgruppen, getrocknete Blumen aus dem Garten und Schuhe, die ihr nicht mehr passten. All das gehörte in ein anderes Leben. Es gehörte einem Mädchen, das es nicht mehr gab. Emily war erwachsen geworden und hatte in einem anderen Teil der Welt ein anderes, besseres Leben gefunden.

Einmal mehr wünschte sie sich nach New York zurück. Sie wollte sich in ihrer Wohnung verstecken, an ihrem neuen Roman arbeiten, sich auf den Unterricht mit ihren Schülern vorbereiten oder einfach durch die Straßen der Stadt schlendern und das Gefühl genießen, dazu zu gehören.

Seufzend verließ sie das Kinderzimmer und ging über den Flur in das Schlafzimmer ihrer Mutter. Sie hoffte, dort auf etwas zu stoßen, was sie weiterbrachte. Aber sie fand nur das Übliche, als sie die Schränke durchsuchte: Kleidung, Parfum, alte Ansichtskarten, Schuhputzzeug. Der Inhalt der Nachttischschublade erweckte endlich ihr Interesse: Sie enthielt ein Tagebuch.

Emily setzte sich auf das Bett, dessen Matratze unter ihrem Gewicht ins Bodenlose sackte, und schüttelte den Kopf. Sie hatte nie verstehen können, wie ihre

Mutter in einem derart weichen Bett schlafen konnte, ohne erhebliche Rückenschmerzen davonzutragen. Gespannt schlug sie das Tagebuch auf.

Was sie zu finden gehofft hatte, konnte sie selbst nicht sagen, aber sie wurde in jeder Hinsicht enttäuscht. Nachdem sie die Notizen ihrer Mutter eine Weile durchgeblättert hatte, war sie genauso schlau wie vorher. Es schien nur die normalen Sorgen einer Hausfrau und Mutter zu enthalten. Als sie das Buch entmutigt zurücklegte, fiel ihr ein großer Schlüssel auf, der in der Schublade unter dem Tagebuch gelegen hatte und von ihr fast übersehen worden wäre.

Sie nahm ihn heraus und betrachtete ihn eine Weile. Von einem Schrank konnte er nicht sein, dafür war er zu groß. In Gedanken stellte sie sich sämtliche Möbelstücke und Türen in dem Cottage vor, musste aber alle Möglichkeiten ausschließen.

Dann kam ihr eine andere Idee. Schnell stand sie vom Bett auf, trat in den Flur und sah zur Decke hinauf. Und tatsächlich: Die Klappe des Dachbodens besaß ein Schloss, das von seiner Form her durchaus in Frage kam. Emily holte sich die kleine Trittleiter aus dem Badezimmer und versuchte dann, die Klappe aufzuschließen. Sie hatte den Dachboden noch nie betreten, weil er immer verschlossen war. Er war verbotenes Terrain für die kleine Emily Watson gewesen, wie ihr erst jetzt einfiel. Aufgeregt stellte sie die Trittleiter wieder zur Seite und zog dann an dem großen Haken in der Decke, bis die Klappe sich öffnete und sie nach einiger Kraftanstrengung die

darauf befestigte, klapprige Leiter herunterziehen konnte.
Modriger Geruch schlug ihr von oben entgegen. Sie beschloss, zunächst einen Besen zu holen und die gröbsten Spinnweben zu entfernen. Sie war nicht scharf darauf, wie eine Filmheldin die alten Weben zu durchschreiten, ohne mit der Wimper zu zucken.
Nach wenigen Minuten war sie mit dem Besen und einer Taschenlampe zurück und stieg vorsichtig die Leiter hinauf. Zu ihrem Glück fand sie, oben angekommen, direkt neben der Luke an einem Balken einen Lichtschalter. Eine nackte Glühbirne flammte auf und tauchte den überraschend großen Raum in milchig-staubiges Licht.
Um sich in Ruhe umsehen zu können, schritt sie kurz den Raum ab, ohne auf den Inhalt zu achten, entfernte sämtliche Spinnweben und tötete mit heftigen Besenstößen die Spinnen, die zu fliehen versuchten. Dabei schüttelte sie sich vor Ekel, denn manche der überraschten Tiere waren riesig und verdammt flink. Als sie es endlich geschafft hatte und sich relativ sicher war, von weiteren sechsbeinigen Hausgästen verschont zu bleiben, sah sie sich um.
Uralte Holzbohlen knarrten unter ihren Schuhen. Die Wände waren gut isoliert und verkleidet. Es war hier nicht kälter als unten im Haus, auch Geräusche drangen nur gedämpft durch das Dach.
Irgendwie hatte sie gehofft, einen uralten Schaukelstuhl, Kostüme vergangener Jahrhunderte, eine Ankleidepuppe oder ähnlich bizarre Gegenstände zu finden, die dem Klischee eines alten

Dachbodens entsprachen. Doch in dieser Hinsicht enttäuschte Erica Watson ihre Tochter nachträglich.
In einer Ecke lag eine alte, kaputte Wäschespinne, an die sich Emily dunkel erinnerte. Daneben lagen die Reste eines Trockengestells, das früher einmal über der Badewanne aufgestellt worden war. Eine Kiste mit Werkzeug, die ihrem Vater gehört hatte und mehrere große Kartons, die laut der Aufschrift seine Kleidung enthielten, standen an der anderen Seite des Raums. Emily öffnete einen von ihnen und strich zärtlich über den dicken, roten Wollpullover, den ihr Dad immer zur Gartenarbeit getragen hatte. Unvermittelt fing sie an zu weinen. Sie vermisste ihren Vater schmerzlich, auch nach so vielen Jahren noch.
Da der Pulli nicht muffig roch, zog Emily ihn aus dem Karton heraus und streifte ihn sich über. Das plötzliche Gefühl der Geborgenheit, das sie umfing, war überwältigend. Sie wischte sich die Tränen ab und setzte ihre Erkundungstour fort: ihr altes Puppenhaus, zwei kaputte Barbies, ein Stapel mit Zeitschriften. Frauenmagazine, Gartenprospekte.
In einem anderen Winkel des Speichers entdeckte sie eine Art Seesack, der recht neu aussah. Sie beschloss, ihn später mitzunehmen und dort die Dinge hineinzupacken, die sie aus dem Cottage mitnehmen wollte.
Nachdem sie ein Regal abgesucht hatte, in dem kitschige Frauenromane, alte Einmachgläser und Ähnliches herumlagen, fiel ihr Blick auf eine Truhe, die mit einer dicken Staubschicht bedeckt war. Emily ging zurück zur Speicherklappe und griff sich den

Besen, den sie direkt daneben auf den Boden gelegt hatte. Schnell entfernte sie den Staub auf dem Kistendeckel und stieß einen überraschten Laut aus, als sie die fein geschnitzten Ornamente sah, die in den Deckel eingearbeitet waren. Das Alter des Möbelstücks konnte sie nur schätzen, hegte aber die Vermutung, dass die Truhe mindestens zweihundert Jahre alt war. Ein echtes Familienerbstück.
Zu ihrer Freude ließ sich der Deckel ohne Probleme anheben.

Emily wusste sofort, dass sie gefunden hatte, wonach sie die ganze Zeit suchte. Die gesamte Truhe war voll mit alten Fotos, Urkunden und anderen Dokumenten. Sie setzte sich im Schneidersitz davor auf den Boden und fing an, in den Papieren zu kramen, die sich allesamt als unwichtig herausstellten: Heiratsurkunden und Grundbucheinträge von verschiedenen Besitztümern, außerdem ein paar Geburts- und Sterbeurkunden. Sie sagten Emily alle nichts. Aber ihr Bauchgefühl verriet ihr, dass zwischen diesen Papieren das Geheimnis ihrer Familie begraben lag.
Nach einer Weile wandte sie sich den Fotografien zu. Die meisten waren Porträts längst verstorbener Familienmitglieder aus einer Zeit, zu der Fotos nichts Alltägliches waren, sondern nur zu besonderen Anlässen aufgenommen wurden, von professionellen Fotografen. Ein paar Fotos waren aber auch neueren Ursprungs: ein Abzug des Hochzeitsfotos ihrer Eltern zum Beispiel, den Emily wehmütig einen Moment

lang betrachtete. Was für Träume und Hoffnungen mochten ihre Eltern damals gehabt haben?
Dann fiel ihr ein Gruppenfoto ins Auge, das offenbar bei einem großen Anlass aufgenommen worden war. Eine Nachtaufnahme mit einem prunkvollen Feuerwerk im Hintergrund. Sie wunderte sich, dass man schon damals ein derartiges Bild zustande gebracht hatte, ohne dass es überbelichtet oder unscharf wurde.
Das Bild war auf das Jahr 1930 datiert.
Außerdem hatte jemand die Namen aller Anwesenden auf der Rückseite notiert. Eine Weile ging Emily sie durch und betrachtete die dazu gehörenden Gesichter. Bis sie plötzlich mit den Augen über etwas stolperte: An zwei Stellen waren zwar Namen vermerkt, aber auf dem Bild stand dort niemand. Es waren Lücken mitten in dem Gruppenbild vorhanden, wo die Personen hätten stehen sollen, die einem erst auffielen, wenn man genau darauf achtete. Emily sah sich das Fotopapier intensiv an. Es hatte niemand daran herumradiert oder ähnliche Manipulationen vorgenommen. Das Foto war ohne Zweifel ein Original.
Warum waren die Menschen nicht zusammengerückt? Und weshalb hatte jemand Namen in die Lücken geschrieben, obwohl niemand dort stand? Was hatte das zu bedeuten? Sie zerbrach sich eine ganze Weile den Kopf darüber, kam aber zu keinem Ergebnis. Schließlich legte sie das Bild zur Seite, mit dem Vorsatz, es mit in die Pension zu nehmen.

Seufzend ließ sie weiter ihre Hände durch die Stapel von Fotos gleiten. Nur wenige waren in Alben zusammengefasst. Die meisten lagen lose in der Kiste. Während sie darin wühlte, fragte sich Emily, ob es nicht doch irgendein Familienmitglied gab, das sie nach dem Foto oder Details zu ihrer Familiengeschichte fragen konnte. Ganz allein auf der Welt zu sein, erschien ihr surreal, nachdem sie all die Fotos mit Menschen gesehen hatte, die einmal Teil ihrer Familie gewesen waren. Ihre Mutter hatte ihr versichert, dass da niemand wäre. Aber in ihrem Unterbewusstsein war eine Erinnerung verborgen, die sanft von innen an ihren Schläfen kratzte.
Als sie ein weiteres Foto neueren Datums in den Händen hielt, hörte das Kratzen schlagartig auf und wurde zur Gewissheit. Schnell sah sie auf die Rückseite des Bildes.
›Tante Edwina, Juli 1970‹ stand in verschnörkelter Schrift darauf.
»Tante Edwina! Das war's! Mum hat sie erwähnt, als ich klein war! Und gesagt, dass wir sie nicht besuchen, weil sie sehr krank ist und ihr ein Besuch nur schaden würde!«
Sie hatte nie davon gehört, dass diese Tante gestorben war, und Emily war sicher, dass ihre Mutter es erwähnt hätte. Sie wären mit Sicherheit zu dem Begräbnis gegangen, wenn es eins gegeben hätte. Es war ein Hoffnungsschimmer!
Schnell stand sie auf, griff nach dem seltsamen Gruppenfoto, steckte noch ein paar andere Fotos und Dokumente ein, angelte sich den Seesack und verließ eilig den Dachboden. Als sie nach unten stürmte, um

im Wohnzimmer ihre Tasche aufzugabeln, vermied sie bewusst einen Blick in die Küche. Hier war ihre Mutter aufgefunden worden, und die Konfrontation damit wollte sie sich für einen anderen Tag aufsparen. Entschlossen verließ sie das Cottage, schloss die Tür hinter sich ab und machte sich auf den Weg zurück zur Pension.

6

Edwina Watson zu finden war erstaunlich leicht, nach allem, was Emily an Umwegen und Geheimnissen hinter sich hatte. Ein simpler Blick ins Telefonbuch hatte ausgereicht, um sie unweit von Canterbury aufzuspüren. Eine kurze Suche im Internet verriet ihr, dass sich die Adresse außerhalb der Stadt befand. Anscheinend bewohnte ihre Großtante ein Haus auf dem Land, idyllisch gelegen.
Emily war so aufgeregt, zu wissen, dass sie doch noch Familie in England besaß und nicht völlig allein auf der Welt war, dass sie sich erst gegen Abend traute, die Frau auf dem Foto - ihre Großtante - anzurufen. Sie musste sich das Freizeichen eine ganze Weile anhören, bis die alte Dame endlich den Hörer abnahm. Doch zu ihrer Überraschung klang die Stimme, die ihr durch die Leitung entgegenkam, überhaupt nicht alt.
»Ja, Watson?«
Emily war plötzlich unsicher. Was, wenn diese Person gar nicht ihre Großtante war und sie sich geirrt hatte? Vielleicht gab es mehr als eine Frau mit diesem

Namen. Oder sie war die Gesuchte, hatte aber kein Interesse daran, ihre Großnichte zu sehen.
»Hallo?«
»Ja, eh … sind Sie Edwina Watson?«
»Ja. Wer spricht denn da bitte?«
»Hier ist Emily Watson, die Tochter von Erica. Ihre Nichte, glaube ich …«
Totenstille herrschte in der Leitung. Nicht einmal Atemgeräusche waren zu hören.
»Misses Watson? Sind Sie noch dran?«
»Emily. Ich dachte, du wärst nach New York gezogen.«
Erleichterung durchflutete die junge Frau. Ihre Großtante wusste, wer sie war!
»Ja, bin ich. Aber … sicher hast du gehört, dass meine Mutter gestorben ist. Ich bin hier, um ihren Nachlass zu regeln.«
»Erica ist tot? Um Gottes Willen, wie ist das passiert?«
Emily war geschockt. Aber natürlich! Woher sollte Edwina Bescheid wissen, wenn sie selbst gerade erst erfahren hatte, dass sie eine weitere Verwandte hatte!
»Entschuldige. Ich dachte, du wüsstest es bereits. Ich wollte dich nicht erschrecken. Was genau passiert ist, weiß man noch nicht. Man geht bislang wohl von einem Herzstillstand aus, aber eine Autopsie muss das genauer klären.«
»Ein Herzstillstand … nein. Liebes, was hältst du davon, auf eine Tasse Tee vorbeizukommen? Sagen wir morgen Abend? So gegen neun?«
Emily wunderte sich zwar über die Uhrzeit, versprach aber, zu kommen.

»Darf ich dann vielleicht bei dir schlafen? Der Weg ist ziemlich weit, und wenn ich so spät erst kommen soll ...«
»Natürlich, natürlich! Also bis dann!«

Sie überlegte, ob sie mit dem Zug fahren sollte. Dann fiel ihr ein, dass ihre Mutter einen uralten Sierra im Schuppen stehen hatte, der nur selten benutzt worden war. Wenn er nicht seit sechs Jahren herumstand, müsste sie damit nach Canterbury fahren können.
Da sie sowieso nicht wusste, wie sie die restliche Zeit bis zum Abend totschlagen sollte, beschloss sie am nächsten Tag, wieder nach Maidenhead zu fahren und sich um das Auto zu kümmern. Bei der Gelegenheit konnte sie auch einen Blick in die Küche des Hauses werfen und diese leidige Sache endlich hinter sich bringen. Aber vorher erkundigte sie sich bei Prudy, ob es schon Neuigkeiten über den Tod von Stefan Eckamp gab. Wie erwartet begegnete ihr ein Wortschwall, aus dem sie die Informationen mühsam herauspicken musste.
»Oh, Miss Watson! Es ist ja so schrecklich. Haben Sie sich denn ein wenig gefangen? Sie haben schon wieder etwas Farbe bekommen, sehr gut. Nein, man hat uns noch nichts Neues zum Tod des netten Herrn sagen können. Glauben Sie denn, man wird uns informieren? Vielleicht wird nur seiner Familie Genaueres gesagt, und sie kommen seine Sachen abholen, und wir werden nie erfahren, was mit ihm passiert ist! Ich glaube, der nette Police Constable von gestern wollte auch einen Mord nicht völlig ausschließen! Stellen Sie sich das vor! Aber er hat

schon recht: ein kerngesunder Mann, der plötzlich einfach tot auf der Erde liegt, mit nur einer kleinen Wunde, und das auch noch auf dem Friedhof! Was, um Himmels Willen, tut man denn da! Ist er außerdem nicht eigentlich nachts verschlossen?«
Emily zuckte mit den Schultern, lächelte unverbindlich, bedankte sich für die Auskunft und versuchte, die alte Dame schnellstens hinter sich zu lassen. Was sie jetzt nicht gebrauchen konnte, waren weitere schreckliche Geschichten. Außerdem schmerzte es sie, zu lange über Stefan Eckamp nachzudenken.
Entschlossen nahm sie sich ein Taxi, ließ sich nach Maidenhead fahren und schloss zunächst den Schuppen auf, der hinter dem Cottage lag.
Sie hatte sich nicht geirrt! Der alte Ford Sierra stand dort, unter einer Plane verborgen. Als sie sie herunterzog, staunte sie nicht schlecht: Der Wagen war sauber und in einwandfreiem Zustand. Um die Autoschlüssel zu holen, musste sie dann aber doch ins Haus und wagte sich nun endlich auch in die Küche. Sie blieb auf der Türschwelle stehen und sah sich skeptisch in dem vertrauten Raum um. Es waren weder Blut- noch Kampfspuren zu sehen. Anscheinend hatte es sich wirklich um einen Herzstillstand gehandelt. Dann fiel Emily ein kleiner Gegenstand auf, der sie stutzig machte: Auf dem Küchentisch lag die Kette ihrer Mutter mit dem kleinen Kreuzanhänger. Sie sah sich den Verschluss genauer an – er war intakt. Die Kette war mittendrin gerissen, als ob sie gewaltsam vom Hals ihrer Mutter entfernt worden war.

Oder hatte Erica Watson selbst …?
Diese Frage würde ihr niemand mehr beantworten können. Nachdenklich steckte sie die Kette ein und ging zurück in den Flur, wo sie den Autoschlüssel vom Brett nahm und das Cottage wieder verließ.

Zu ihrem Glück sprang der Motor des Sierra sofort an. Sie hantierte mit der Gangschaltung herum, bis ihre Erinnerung daran zurückkam, wie man ein Auto fuhr. Emily besaß zwar einen Führerschein, war aber seit einigen Jahren nicht mehr gefahren, schon gar nicht im mittlerweile ungewohnten Linksverkehr. Sie war komplett aus der Übung. Nach ein paar Runden um den Block, mehreren Einparkversuchen und Schwenkern auf die falsche Straßenseite fühlte sie sich sicher genug, um mit dem Auto zurück zu Prudys Pension zu fahren.
Diese stieß einen entzückten Seufzer aus, als Emily mit dem leuchtend roten Wagen vor dem Haus parkte.
»Miss Watson! Was für ein wundervoller Wagen! Haben Sie ihn sich gekauft?«
Emily erklärte die näheren Umstände, was noch mehr Verzücken in der alten Dame hervorrief.
»Wie schön, Sie haben Ihre Familie wiedergefunden! Darauf müssen wir anstoßen! Kommen Sie herein!«
Emily folgte gehorsam und ließ sich ein halb gefülltes Sektglas in die Hand drücken, schielte aber zwischendurch unauffällig auf ihre Armbanduhr. Sie musste bald los.
»Prudy, ich danke Ihnen sehr für den Sekt. Aber wenn ich meine Großtante nicht warten lassen will, muss ich jetzt meine Tasche packen und losfahren.

Außerdem sollte ich keinen Alkohol trinken, wenn ich noch Auto fahren muss.«
»Natürlich, ich vergaß. Soll ich Ihnen beim Packen helfen? Wie lange werden Sie denn fort sein? Aber Sie kommen doch wieder, ja? Sie haben nicht vor, heute ganz auszuziehen, oder?«
Besorgnis schwang in ihrer Stimme mit.
Emily konnte die Hauswirtin beruhigen und versicherte ihr, dass sie plante, schon am nächsten Morgen wieder zurück zu sein.

Eine Stunde später saß sie im Auto und kämpfte sich durch den Stau, der London in der Zange hielt. Es schien vollkommen egal zu sein, zu welcher Tageszeit man in der Stadt unterwegs war. Trotz zahlreicher Einschränkungen für den Autoverkehr hatte sich die Situation in den vergangenen Jahren nur wenig verbessert. Und gerade jetzt, am Freitagabend, strebte die ganze Stadt nur hinaus und ins Wochenende.
Nach gefühlten Stunden hatte sie das Zentrum endlich hinter sich gelassen und fuhr durch die herrliche Landschaft ihrem letzten Familienmitglied entgegen. Sofern Tante Edwina ihr nicht mitteilte, dass es noch mehr Verwandte gab, die ihre Mutter ihr sorgfältig verschwiegen hatte.
Es war schon lange dunkel, als die Straßenzüge von Canterbury an ihr vorbeiglitten. Uralte Fachwerkhäuser, die sich gegenseitig stützten, schmale Gassen, über denen sich die Giebel gegenüberliegender Häuser fast berührten, und die geschichtsträchtige Kathedrale verliehen diesem Ort

eine einzigartige Atmosphäre. Emily fuhr langsam durch die verwinkelten Straßen und versuchte, im Halbdunkel der Innenraumbeleuchtung die Straßennamen auf der Karte mit denen in der sie umgebenden Realität abzugleichen. Um halb neun hatte sie ihr Ziel ein Stück außerhalb der Stadt endlich erreicht und parkte vor einem kleinen Cottage im Tudorstil.
Für die verbleibende halbe Stunde schloss sie die Augen und versuchte, ein wenig zu schlafen. Wer konnte schon wissen, wie lange sie sich mit ihrer Großtante unterhalten würde.

Um kurz nach neun wurde sie plötzlich von einem heftigen Klopfen gegen die Seitenscheibe des Autos geweckt. Sie schreckte auf und sah sich irritiert um.
Bevor sie realisierte, wer sie so unsanft geweckt hatte, spürte Emily, dass sie komplett durchgefroren war.
Die Person, die draußen auf der Straße stand, musste Edwina sein, auch wenn sie viel zu jung wirkte. Oder hatte Edwina eine Tochter? Damit hätte Emily auch noch eine Cousine gehabt. Die Vorstellung behagte ihr. Steif und müde kletterte sie aus ihrem Auto und lächelte die Fremde an.
»Hallo. Entschuldigung, ich bin wohl eingeschlafen. Und du bist …?«
»Deine Tante Edwina! Was glaubst du denn? Komm herein, wir müssen dich erst einmal warm bekommen! Warum zum Teufel hast du so lange im Auto gesessen? Ich habe die ganze Zeit darauf gewartet, dass du hereinkommst! Als du so gar keine

Anstalten gemacht hast, wollte ich mal nachsehen. Hattest du vor, im Auto zu erfrieren?«
Emily ließ sich gern in die dicke Wolldecke einhüllen, die ihre Großtante aus dem Haus mitgebracht hatte.
»Nein. Ich war zu früh dran und dachte, ich döse noch ein wenig nach der langen Fahrt. Ich wollte dich nicht stören, weil du doch neun Uhr gesagt hattest …«
»Meine Güte, Mädchen. Bei so einer langen Fahrt ist es doch klar, dass du entweder zu früh oder etwas zu spät kommst! Mach das nicht noch einmal, hörst du? Ich sehe mal nach, ob ich noch Tee habe.«
Emily folgte ihrer Großtante ins Haus. Beeindruckt von der Schönheit der Einrichtung schlenderte sie hinter Edwina her in die Küche, wo diese gerade einen Schrank nach dem nächsten öffnete und wieder schloss. Irgendetwas Komisches hatte dieser Raum an sich. Es dauerte einen Moment, bis Emily begriff, was es war: Die Küche machte nicht den Eindruck, je benutzt zu werden.
Keine Kaffeemaschine, kein Toaster. All die üblichen Gerätschaften, die in jeder normalen Küche herumstanden, fehlten hier. Die Arbeitsplatte aus schwarzem Granit glänzte sauber und vollkommen leer.
»Wow, es ist sehr … ordentlich hier.«
Edwina fuhr erstaunt herum, sah sich um und schien für Sekundenbruchteile in Erklärungsnot, bevor sie gelöst zu lachen anfing.
»Ich koche tatsächlich nie. Ich kann es nicht! Meine Küche ist ein trostloser, ungenutzter Ort …«

Die Suche nach Teebeuteln fand schließlich mit der Entdeckung einer Packung Kamillentee ihr Ende. Edwina setzte Wasser auf und führte ihre Nichte in das gemütlich eingerichtete Wohnzimmer. Emily nahm auf dem geblümten Sofa Platz, Edwina in einem dazu passenden Sessel gegenüber. Sie ließ den Blick in Ruhe über die junge Frau wandern, die angespannt auf der Sofakante saß. Über ihre langen braunen Haare, den schlanken Körper und ihre eleganten Gesichtszüge, aus denen sie ein Paar großer Rehaugen ansah, mit einer Mischung aus Unsicherheit und Neugier.
»Du bist ein hübsches Ding geworden, kleine Emily.«
»Du hast mich früher schon einmal gesehen?«
Edwina lächelte traurig. »Ja, als kleines Mädchen. Und nur aus der Entfernung. Aber das ist eine andere Geschichte.«
Schweigen senkte sich über den Raum. Edwina ging zurück in die Küche und brachte Emily eine große Tasse mit dampfendem Kamillentee.
»Hier, bitte. So, und Erica ist also gestorben, sagst du.«
Emily nippte an dem heißen Getränk. »Ja. Vor zwölf Tagen. Sie sagen, es war ein Herzstillstand. Ich wusste nicht, dass meine Mutter krank war. Ich meine … man kippt doch nicht einfach um und ist tot, wenn man gesund ist, oder?«
Edwina antwortete nicht gleich. Nachdenklich legte sie die Finger an ihre Lippen und tippte gedankenverloren auf ihnen herum.
»Wurde das Testament schon verlesen?«

Emily rutschte tiefer in die Couch, lehnte sich an und schlug die Beine übereinander.

»Ja, und genau darauf wollte ich dich heute ansprechen. Die Hinterlassenschaft meiner Mutter wirft einige Fragen auf, und sie hat in ihrem letzten Brief an mich ein großes Geheimnis um etwas gemacht.«

»Was für ein Geheimnis?« Die Frage klang ein wenig zu scharf.

»Das weiß ich noch nicht. Ehrlich gesagt bin ich deswegen hier. Sie hat mir religiöse Gegenstände aus ihrem Bankschließfach vermacht und mir nur geschrieben, dass ich den Rest selbst herausfinden muss. Ich wusste gar nicht, dass sie religiös war.«

Edwina statt unvermittelt auf und ging angespannt im Zimmer auf und ab.

»Was genau waren das für Dinge?«

»Ein Rosenkranz, ein Kreuz und Weihwasser. Und ein Zettel mit einem Hinweis. Ich habe die Sache so weit verfolgt, wie ich konnte, und bin schließlich auf dem Dachboden unseres Hauses auf ein paar alte Fotos gestoßen. Auch auf eins von dir, deswegen bin ich hier. Ich dachte, du könntest mir vielleicht helfen.«

Umständlich kramte Emily die Fotos aus ihrer Handtasche. Zuerst zeigte sie Edwina das von ihr selbst. »Sieh mal. Ist schon eine Weile her, aber …«

Der Rest des Satzes blieb ihr im Halse stecken. Sie schaute auf das Foto, dann auf die Frau vor sich, und musste zu ihrem Erstaunen feststellen, dass sie um keinen Tag gealtert war. Im Gegenteil, Edwina sah noch besser aus!

»Wie zum Teufel ist das möglich ...?«
Ihre Großtante lächelte matt und nahm das Foto in die Hand. Zärtlich strich sie darüber.
»Es ist so lange her ... und doch scheint es mir, als wäre es erst vor Minuten gewesen. Was hast du noch gefunden?«
Emily zeigte ihr das seltsame Gruppenbild.
»Siehst du? Hier und da sind Lücken. Als ob dort jemand stehen müsste. Und auf der Rückseite sind Namen vermerkt. Aber da ist niemand!«
Edwina wurde bleich. »Diese Idioten haben tatsächlich ... es stimmt also.«
»Hm?« Emily sah ihre Tante ratlos an. »Edwina?«
»Ja. Alles in Ordnung. Ich dachte nur gerade ...«
»Sag es mir. Bitte, sag es mir, wenn du mir helfen kannst, dieses ominöse Rätsel zu lösen, das meine Mutter mir aufgegeben hat. Ich stoße ständig auf neue Hinweise, die noch mehr Fragen mit sich bringen, aber nirgendwo scheint eine Antwort in Sicht zu sein. Und ich werde den Verdacht nicht los, dass alles damit zusammenhängt, dass kaum jemand von unserer Familie übrig ist!«
Edwina nickte bedächtig und atmete einmal tief durch.
»Da hast du nicht ganz unrecht, meine Kleine.«
»Du weißt etwas darüber!«
Emily richtete sich vor Aufregung kerzengerade auf.
»Schön, irgendwann wirst du es ja doch erfahren. Dann besser jetzt von mir und in diesem Rahmen. Aber zuerst sag mir: Wie viel weißt du von unserer Familie?«

Emily erzählte ihrer Großtante, dass sie das Grab ihres Urahns Edward Watson gefunden und von dem Brand und seinem Tod erfahren hatte. Auch, dass es ihr merkwürdig vorkam, dass einige Familienmitglieder nicht in der Gruft zu liegen schienen, erwähnte sie.

Edwina reagierte darauf mit einem erneuten tiefen Seufzer.

»Also gut. Du hast schon eine ganze Menge herausgefunden, Kompliment. Aber was du jetzt erfahren wirst, wird dein Leben aus den Angeln heben, fürchte ich. Ich kann dir nur versichern: Alles, was ich dir erzähle, entspricht absolut der Wahrheit. Wenn du nachher nur noch hier raus willst und nie wieder zurückblickst, ist das dein gutes Recht. Vielleicht ist es sogar das Beste für dich. Auch wenn es keine Garantie für deine Sicherheit darstellt.«

»Tante Edwina, du sprichst schon wieder nur in Rätseln! Ich verstehe kein Wort von dem, was du sagst!«

»Fangen wir am Anfang an, bei dem Scheunenbrand 1726. Edward Watson hat die Scheune nicht vorsätzlich angesteckt, dieser Zeitungsartikel hat sich an die Wahrheit gehalten. Er ist mit seiner Laterne gefallen, als er nach dem Rechten sehen wollte, hat dabei das Stroh entzündet und konnte das Flammenmeer nicht mehr aufhalten. Das wusstest du bereits. Und jetzt kommt der erschreckende Teil, den nie jemand herausfand. Bei dem Brand starben eine Frau und ein kleines Mädchen, die in der Scheune übernachten wollten.«

Emily wurde kreidebleich. »Warum stand darüber nichts...«

»Weil es nicht im klassischen Sinne Menschen waren. Auch der Vater der Kleinen war dabei, ein Mann namens Roy. Er konnte fliehen, allerdings in dem Glauben, dass Edward Watson die Scheune mit Absicht angezündet hatte, um seine kleine Familie zu töten.«

»Warum sollte er denn so etwas tun?«

Edwina zögerte einen Augenblick, bevor sie weitersprach.

»Weil Roy, seine Frau und seine kleine Tochter Vampire waren. Roy glaubte, dass der Farmer das wusste und sie töten wollte, damit sie seiner Familie nichts tun konnten.«

»VAMPIRE???«

Stefan und der Reverend hatten doch recht gehabt! Auf erschreckende Art und Weise machte es Sinn. Auch was Edwina weiter erzählte, passte so gut ins Bild, dass ihr Verstand allmählich begann, die Tatsachen zu akzeptieren, wenn auch widerwillig.

»Edward Watson wurde wenig später Opfer von Roys Rache. ›Tötest du meine Familie, töte ich dich.‹ So einfach war das. Man fand ihn beinahe unversehrt...«

Emily bekam kaum noch Luft von der Schwere der Informationen. »... bis auf eine kleine Wunde. Roy hatte ihn ...«

»Gebissen, ja. Aber das reichte ihm nicht. Er war so blind in seiner Wut und Trauer, dass er die ganze Familie auszurotten versuchte. Er tötete Edwards Frau, und auch die Kinder holte er sich später, obwohl sie weggebracht worden waren.«

Edwina ließ ihrer Großnichte einen Augenblick Zeit, um das Gesagte zu verarbeiten. Es dauerte nicht lange, bis Emily die erste Frage stellte: »Meine Mutter ... in ihrem Brief sagte sie etwas von einem Fluch. Was hat sie damit gemeint?«
»Der Fluch – genau er ist es, vor dem du dich in Acht nehmen musst, Emily.«
»Inwiefern?«
»Roy hat damals sehr lange gebraucht, um die Kinder von Edward und seiner Frau zu finden. So lange, dass sie schon eigene Kinder hatten, und diese teilweise schon von zu Hause fortgegangen waren. Er hat also nur einen Teil der Familie gefunden. Er hat versucht, aus Nicolas, Amy und Amber, so hießen Edwards Kinder, herauszubekommen, wo deren Söhne und Töchter sich aufhielten. Er hat sie beschattet, gefoltert und ihnen mit Schlimmerem als dem Tod gedroht. Doch welche Eltern würden ihre eigenen Kinder schon an den personifizierten Tod verraten! Roy musste sich also vorerst damit zufriedengeben, die drei zu töten. Und schwor in diesem Augenblick, dass er nicht ruhen würde, bis er die gesamte Familie Watson ausgerottet hat.«
Emily zitterte vor Anspannung, aber auch vor Erleichterung, obwohl es keinen Grund gab, in irgendeiner Art und Weise erleichtert zu sein. Das Geheimnis war gelüftet. Die Tatsache allein machte ihr Herz ein kleines Stück leichter.
»Wie hat er die Kinder von Nicolas, Amy und Amber denn gefunden? Oder haben sie ihre Namen geändert, sodass er sie nicht finden konnte?«
Edwina gab ein leises Grunzen von sich.

»Emily, du darfst nicht in so begrenzten Dimensionen denken, wenn es um Vampire geht. Namen und Telefonbücher sind in der heutigen Zeit sicher eine Hilfe, aber das Vampirvolk ist auf diese menschlichen Hilfsmittel nicht angewiesen. Roy ist damals wie heute nur einem gefolgt: seinem Geruchssinn. Menschliches Blut riecht, auch wenn es keine Wunden an einem Körper gibt. Und jede Familie hat ihren eigenen, spezifischen Duft. In leichten Varianten natürlich, aber der Grundgeruch ist immer derselbe.«
»Dann ... dann hat er die anderen auch noch gefunden?«
Emily hatte, von der Geschichte ergriffen, vorübergehend verdrängt, dass es sich um ihre eigene Familiengeschichte handelte.
Ein wissendes, trauriges Lächeln huschte über Edwinas Gesicht.
»Denk doch mal nach, Emily. Außer dir ist niemand mehr übrig. Was glaubst du wohl, ist passiert, hm?«
Plötzlich schien der Raum zu klein für sie zu werden. Warum war sie darauf nicht selbst gekommen? Was hatte Edwina eben gesagt: ›*Roy ist damals wie heute seinem Geruchssinn gefolgt.*‹
Was sollte das heißen – ›*wie heute*‹?
Sie war die Letzte der Familie, ihre Mutter nicht einmal zwei Wochen tot ... Ihr wurde schlecht.
»Entschuldige, ich muss ...« Statt den Satz zu beenden, würgte sie. Edwina zeigte ihr verständnisvoll den Weg ins Bad.
Völlig außer sich hielt Emily ihren Kopf über die Toilette und übergab sich mehrmals heftig, bevor sie

sich schwer atmend auf den Badewannenrand fallen ließ und versuchte, wieder einen klaren Kopf zu bekommen. Irgendetwas stimmte an der Geschichte nicht. Sie kam nicht drauf, was es war.
Mit zitternden Knien ging sie zum Waschbecken und klatschte sich eiskaltes Wasser ins Gesicht, sah ihr Spiegelbild lange an. Sie war nur noch ein Schatten ihrer selbst. Sie hatte abgenommen, seit sie in London angekommen war. Ungesunde, teigige Blässe umwölkte ihre Nase. Ihre Augen waren seltsam glasig, als hätte sie Fieber.
Und dann fiel der Groschen. Sie drehte das Wasser ab, ging langsam ins Wohnzimmer zurück. Ihre Schritte waren zaghaft, und die plötzliche Angst, die sie ergriffen hatte, ließ ihr das Herz bis zum Halse schlagen. Edwina war aufgestanden und lächelte ihre Nichte freundlich an.
»Geht es dir wieder besser? Du siehst aus, als wäre dir noch eine Frage eingefallen.«
Emily blieb angespannt im Türrahmen stehen.
»Du weißt schon, was ich dich fragen will, oder?«
Edwina wies die junge Frau an, sich wieder zu setzen.
»Eigentlich hast du zwei Fragen: Du willst wissen, warum ich sagte, du wärst die letzte Watson, die übrig ist. Und du hast dich gerade gefragt, warum ich nicht steinalt bin.«
Emily gab keinen Ton von sich. Die unbenutzte Küche blitzte in ihrem Kopf auf.
»Du kennst die Antwort schon, Emily. Ich werde sie trotzdem aussprechen, damit du es wirklich glaubst: Ich gehöre auch zum Vampirvolk. Schon seit über dreißig Jahren. Das Foto von mir, das du bei dir hast,

ist das letzte, das von mir gemacht wurde. Und das andere Foto ...«, sie deutete auf das Gruppenbild, »wurde lange davor gemacht, als zwei Idioten sich nicht schnell genug aus dem Staub gemacht haben. Vampire können zwar ihr Spiegelbild sehen, aber nicht fotografiert werden. Ich weiß auch nicht, woran das liegt.«
»Das macht doch überhaupt keinen Sinn.«
Emily schüttelte den Kopf.
»Menschen bringen sich jeden Tag gegenseitig um. Das macht auch keinen Sinn, trotzdem tun sie's.«
Edwina nahm das Bild wieder zur Hand und betrachtete es amüsiert.
Emily suchte panisch nach einem Weg, dieses Gespräch und das Treffen schnellstens zu beenden. Wenn ihre Großtante eine Vampirfrau war, war sie hier nicht sicher. Wer sagte ihr, dass Edwina sie nicht nur hierhergebeten hatte, um Roy die Gelegenheit zu geben, den Fluch zu vollenden? Zu Emilys Überraschung reagierte Edwina auf sie, ohne dass sie ein Wort gesagt hatte.
»Emily, ich tue dir nichts. Du bist hier in absoluter Sicherheit. Ich habe noch nie einen Menschen getötet, und ich werde jetzt nicht damit anfangen. Und ich mache keine gemeinsame Sache mit Roy, da kannst du sicher sein!«
Emily stand auf und rauschte wütend durch das Wohnzimmer, wobei sie fast ein großes Porzellanpferd von einer Kommode gerissen hätte. Sie kochte innerlich und war schon wieder an dem Punkt angekommen, an dem sie mehr Fragen als Antworten hatte. Dass ein Vampir namens Roy ihr

Leben bedrohte, machte die Situation kein Bisschen besser!

»Tante Edwina, sei mir nicht böse, aber ich habe jetzt wirklich die Nase gestrichen voll! Meine Mutter ist tot, und ich bin eigentlich nur zurückgekommen, um ihr Haus zu verkaufen und das Testament zu klären! Dann bekomme ich seltsame Hinweise von Mum und muss eine ausgesprochen gruselige und unheimliche Schnitzeljagd starten, bei der nebenbei bemerkt schon ein Mensch ums Leben gekommen ist, der mit all dem nichts zu tun hatte, nur um jetzt zu erfahren, dass meine einzige lebende … dass meine einzige Verwandte eine Vampirfrau ist, und ich, als einzige Überlebende der Familie, von einem Vampir namens Roy verfolgt werde, der nichts weiter vorhat, als mich ins Jenseits zu befördern! Und dann erzählst du mir irgendwas von diesem Gruppenfoto, das ich nicht verstehe und sagst mir, dass dein Foto über dreißig Jahre alt ist, dabei siehst du jünger aus als damals! Streng genommen dürfte es das, was du mir da erzählst, alles gar nicht geben! Wenn du wirklich bist, was du behauptest, existierst du rein wissenschaftlich gesehen überhaupt nicht! Und jetzt hätte ich wirklich verdammt gerne ein paar detaillierte Antworten! Warum siehst du so jung aus? Und was ist mit den zwei Menschen auf dem Foto da passiert? Und …«

»EMILY! Setz dich. Du bekommst deine Antworten, aber um Himmels Willen, setz dich hin und hör auf, dich aufzuregen. Willst du noch einen Tee?«

»Trink *du* doch einen! Vielleicht kannst du mir damit ja beweisen, ob du wirklich eine Vampirfrau bist!«

In dieser Sekunde sah Emily, wie Edwinas Augen plötzlich rot zu leuchten begannen. Sie wich keuchend an die Wand zurück und hielt den Atem an. Als ihre Tante ihren Mund öffnete, sah sie Fangzähne, die sich wie von Zauberhand aus ihrem Kiefer schoben, bis sie dreimal so lang waren wie normale Eckzähne. Spitz wie Scheren-Enden ragten sie zwischen den Lippen hervor und glänzten im Licht der Wohnzimmerlampe.
»Wie ... zum Teufel ... hast ... du ... das ...«
»Glaubst du mir jetzt?«
Genauso schnell, wie sie sie ausgefahren hatte, verschwanden die Fangzähne auch wieder.
»Entschuldige. Das passiert, wenn wir Hunger haben oder wütend werden.«
»Und das gerade ist vor Wut passiert, hoffe ich.«
Emily bewegte sich in kleinen Schritten auf die Tür zu.
»Ja. Aber selbst bei Hunger ... ich falle keine Menschen an. Und dich erst recht nicht. Emily, eins sollte dir klar sein: Ich bin deine beste Lebensversicherung, denn auch ich bin ein Opfer des Fluchs. Und ich würde alles, was noch von mir übrig ist, geben, um dein Leben zu schützen. Damit Roy keine Chance hat, seinen Fluch vollendet zu wissen. Also komm von der Tür weg. Jetzt zu gehen ist keine gute Idee.«
Zögernd setzte sich Emily wieder.
»Was soll das heißen, dass du ein Opfer des Fluches bist? Du bist nicht tot.«
»Roy hat nicht alle Mitglieder unserer Familie getötet, weißt du. Die meisten hat er in kalter Rache

erwischt und sofort kurz und schmerzlos beseitigt. Aber es gab auch ein paar, die sich heftig gewehrt haben. Das hat seine Wut geschürt, und er wollte sie leiden lassen. Und wie kann man einen Menschen am besten leiden lassen? Indem man ihm sein Leben nimmt, und es ihm doch lässt. Ich habe es Roy schwer gemacht. Das habe ich jetzt davon. Ich habe es früher geliebt, in der Sonne spazieren zu gehen. Ich war den ganzen Tag draußen. Ich habe gerne gekocht, mich mit Freunden getroffen. All das kann ich jetzt nicht mehr. Die Sonne tötet uns, menschliches Essen vergiftet uns, ebenso wie Silber. Und nebenbei bemerkt sind Vampire äußerst brennbar. Seit ich nur noch abends in der Dunkelheit das Haus verlasse, haben sich die meisten meiner Freunde von mir abgewandt. Na ja, nach und nach sind sie dann im normalen Lauf der Zeit alt geworden und gestorben. Ich bin einsam. Aber nicht einsam genug, um Roy gewinnen zu lassen und mich dem Volk anzuschließen.«

Ihre Nichte entspannte sich ein wenig.

»Unsere Familie war groß, Emily. Sehr groß. Doch Roy hat sie sich alle im Laufe der Jahrhunderte geholt. Jeden, den er finden konnte. Manche hat er zu Vampiren gemacht und mit sich genommen. Andere hat er getötet und einfach liegen gelassen. Die, die man getötet aufgefunden hat, wurden anständig in der Familiengruft begraben.

Was das Foto angeht: Zwei Großcousins von dir, Gene und Colin, waren auch bei diesem Fest. Sie tauchten erst nach Sonnenuntergang auf und behaupteten, den ganzen Tag auf einer anderen Party

gewesen zu sein. Sie waren echte Playboys, daher glaubte man es ihnen wohl sofort. Die Wahrheit sieht ganz anders aus: Sie sind Vampire. Sie kamen zur Party, und als das Foto geschossen wurde, machten sie sich einen Scherz daraus, mit in der Gruppe zu stehen. Wie gesagt: Vampire können nicht fotografiert werden. Sie fanden es lustig, aber Roy weniger. Er hatte Angst, verraten zu werden, und statuierte an Colin ein Exempel: Er wurde dem Sonnenlicht ausgesetzt. Gene verstand die Warnung und wurde danach ruhiger. Das war etliche Jahre vor meiner eigenen Verwandlung. Menschlich gerechnet waren sie eine Generation älter als ich, aus einem anderen Zweig der Familie.
Die beiden hatten sich nach ihrer Verwandlung schnell dem Vampirvolk angeschlossen und ihr Schicksal angenommen. Aber sie waren noch jung und unbändig. Ich hätte mich ihnen nie anschließen können. Na ja, Colin habe ich persönlich als Vampir ja gar nicht kennengelernt. Gene hat mir von der Geschichte damals erzählt. Er war ein paar Male hier, um mich zu überreden, ihm in die Unterkunft zu folgen. Ich habe ihn jedes Mal wieder weggeschickt.«

Emily dröhnte der Schädel. Es war zu viel. Zu viel Information, und noch immer zu viele Fragen.
»Okay, ihr habt also ein Problem mit der Sonne. Und mit Nahrung und damit, angezündet zu werden. Mit dem Blut und Kreuzen und Weihwasser und so ... das stimmt alles?«
Edwina lachte. »Wir sind keine gottlosen Geschöpfe, meine Liebe! Deine Mutter und einige andere waren

der Auffassung, dass man uns mit Silberkreuzen, Weihwasser und Gebeten verscheuchen kann, aber ... wir sind nicht verflucht, nicht im biblischen Sinne. Wir sind einfach anders. Eine andere Rasse.«
»Und ihr ... verjüngt euch?«
Ihre Großtante schüttelte den Kopf. »Nein, nicht als Prozess. Bei der Verwandlung werden wir optisch wieder ein wenig jünger. Du wirst also nie einem Vampir begegnen, der aussieht, als könnte er dein Großvater sein. Und du wirst auch keinem begegnen, der hässlich ist, denn eins haben alle Vampire gemeinsam: Sie sind schön und sinnlich.«
Emily lief ein kalter Schauer über den Rücken. Als Edwina das gesagt hatte, spürte die junge Frau plötzlich die Aura, die die Vampirfrau umgab. Ihre Großtante hatte recht: Sie war von außergewöhnlicher Schönheit und besaß eine natürliche, sinnliche Ausstrahlung, bei der jeder Mann, egal welchen Alters, sofort schwach geworden wäre.
»Und wie geht es jetzt weiter? Kann ich jetzt nur noch hoffen, dass Roy mich nicht ... riecht?«
Edwina schüttelte den Kopf. »Dafür ist es bereits zu spät, fürchte ich. Du hast gesagt, es hätte bereits ein Opfer gegeben. Erzähl mir davon.«
Emily gab ihr traurig eine kurze Zusammenfassung der Ereignisse und der bisher bekannten Todesumstände von Stefan Eckamp. Dass der Mann ihretwegen sterben musste, versetzte ihr einen Stich ins Herz. Sie hatte begonnen, ihn zu mögen.
»Das ist nicht gut. Ich würde mein Haus darauf verwetten, dass Roy deinen Freund umgebracht hat.«

»Er war nicht mein ...«
»Nicht in dem Sinne, Emily. Aber er hätte dir zur Seite gestanden, richtig?«
Sie nickte stumm und dachte, was für ein grauenvolles Erbe sie angetreten hatte.
»Dass er diesen Mann getötet hat, bedeutet, dass Roy längst weiß, dass du in England bist, und auch wo genau. Entweder hat er dich selbst beschattet oder einen seiner Vertrauten geschickt. Dieser Mann wollte dir helfen. Er hatte keine Chance. Roy will dich, er will die Watsons endgültig ausrotten. Und er scheint nicht gewusst zu haben, dass du in New York lebst, sonst hätte er dich schon lange gefunden. Doch nun ist alles anders: Du bist hier, und er hat deine Fährte aufgenommen. Und du bist die Letzte, er kann sich ganz auf dich konzentrieren. Er wird mit dir spielen und es genießen. Von jetzt an bist du nicht mehr sicher, Emily.«
Die junge Frau begann zu weinen, als sie die Aussichtslosigkeit ihrer Lage begriff. Sie wollte nicht sterben! Vor allem nicht durch die Hand oder das Gebiss eines Vampirs! Verzweifelt startete sie einen letzten Versuch, sich zu retten: »Ich gehe zurück nach New York. Das geht doch! Da hat er mich die letzten sechs Jahre auch nicht gefunden! Ich fliege mit der nächsten Maschine, und ...«
»Emily. Er *hat* dich doch schon gefunden. Ich garantiere dir, dass er die Pension bewacht, in der du wohnst. Wenn er merkt, dass du abreist, ist dein Leben schneller vorbei, als du denken kannst. Und wenn du Pech hast, macht er dich zu einer von uns.«

»Was soll ich denn sonst tun? Mich in eine Ecke setzen und warten, bis er kommt?«

Eine Weile saßen die beiden Frauen ratlos zusammen und überlegten, was sie Roy entgegensetzen konnten. Es mochten fünf Minuten vergangen sein, als Emily sich entschlossen aufsetzte und ihre Großtante grimmig ansah.
»Ich gehe zu ihm.«
Edwina starrte sie ungläubig an. »Wie meinst du das?«
»Du gehörst zu seinem Volk. Du weißt doch sicher, wo ich Roy finden kann! Dieser Vampir denkt, dass Edward Watson ihn damals absichtlich umgebracht hat. Und das ist nicht richtig. Also werde ich zu ihm gehen und ihm erklären, dass das damals ein Unfall war!«
Edwina lachte laut auf. »Emily! Du kannst nicht einfach in eine Unterkunft hinein marschieren und etwas *erklären*! Das sind Vampire! Instinktgesteuerte Wesen, die nur zwei Dinge wahrnehmen, wenn du ihre Welt betrittst: deinen Puls und den Duft deines Blutes! Roy wird dich in seiner Wut sofort zerfleischen!«
»Dann sterbe ich halt etwas früher als geplant. Etwas anderes als der Tod erwartet mich ja anscheinend sowieso nicht! Ich muss es versuchen, Tante Edwina! Ich muss versuchen, ihn davon zu überzeugen, dass es ein Unfall war!«
Ihre Großtante schüttelte energisch den Kopf und erhob sich erregt.

»So geht das nicht. Wirklich nicht. Du rennst in dein sicheres Verderben, und das kann ich nicht zulassen. Roy hat genug von uns getötet, bevor sie auch nur ansatzweise in der Lage waren, ihn über seinen Irrtum aufzuklären. Ich habe es damals versucht, aber in seiner Raserei hat er mir nicht einmal zugehört. Das Resultat siehst du. Du brauchst zumindest ansatzweise … Schutz. Jemanden, der für dich bürgt und darauf achtet, dass die Vampire dich nicht nach zwei Sekunden töten.«
»Aber das würde bedeuten, dass ich mich einem Vampir anvertrauen muss, richtig?«
»Ja. Anders geht es nicht.«
Sie sah ihre Tante ein wenig schüchtern an.
»Wirst du mich begleiten?«
»Nein, meine Liebe. Ich kann dich nicht begleiten. Ich bin in den Unterkünften nicht mehr willkommen. Ich habe zu vehement darauf bestanden, hier mein eigenes, abgeschiedenes Dasein zu führen. Du musst jemanden bei dir haben, der in den Unterkünften zu Hause ist.«
»Na klar. Das wird auch ganz einfach.«
Emily rümpfte die Nase und ließ sich in einen Sessel fallen, als Hoffnungslosigkeit sie übermannte.
»Du hast nur eine einzige Chance. Dein Cousin Gene ist Wächter der Stätte auf dem Highgate Friedhof. Du musst ihn aufsuchen und ihm sagen, wer du bist. Wenn du Glück hast und er gute Laune hat, wird er dir helfen.«
»Wächter der Stätte? Was heißt das?«
»Die Unterkünfte der Vampire sind über ganz England verteilt, und allein in London gibt es

zwanzig, soweit ich richtig informiert bin. Ihr Eingang liegt stets verborgen und ist nur durch einen langen Tunnel mit der eigentlichen Unterkunft verbunden. Aber es gibt genug neugierige Kinder, Hobby-Archäologen oder andere Menschen, die manchmal durch Zufall einen Eingang aufspüren. Für diese Fälle gibt es an jedem Eingang einen Wächter der Stätte. Er bewacht den Eingang und tötet notfalls jeden, der versucht, dort einzudringen. Wie gesagt, dein Cousin Gene ist einer von ihnen.«

Edwina ging zu einem kleinen Sekretär in der Ecke des Wohnzimmers und zeichnete den Weg auf einen Zettel, den sie Emily reichte. Diese runzelte die Stirn, als sie sah, wo die Zeichnung sie hinführte.

»Ich muss wieder in den gruseligen Teil des Friedhofs?«

Edwina lächelte. »Ja, wenn du ihn so bezeichnen willst. Wenn du in die Nähe kommst, ruf leise nach Gene. Rufe gezielt seinen Namen. Dann bist du nicht irgendein Eindringling, sondern er weiß dann, dass du ihn suchst. Eine gute Voraussetzung, um ihn zum Zuhören zu bewegen. Und dann sag ihm sofort, wer du bist. Gene ist ein Vampir und Roy gehorsam, doch er hält immer noch viel auf Familienbande. Er wird nicht wollen, dass sich der Fluch erfüllt, und schon gar nicht durch seine Hilfe.«

Erneut legte sich Stille über den kleinen Raum, und Emily versuchte, sich auszumalen, welcher Albtraum da vor ihr lag. Es gelang ihr nicht. Zu fantastisch und surreal schien die Welt zu sein, in die sie sich begeben würde.

»Emily, noch etwas: Bleib hier bei mir, solange es draußen dunkel ist. Dass dein Freund aus der Pension getötet wurde, beweist, dass Roy dich schon im Visier hat. Er wird auch wissen, dass du hier bist. Er selbst oder einer seiner Handlanger wartet dort draußen auf dich, ich kann es spüren. Wenn du jetzt da rausgehst, überlebst du die Nacht nicht. Warte bis morgen früh, dann kannst du in Ruhe zurück zur Pension fahren, dich frisch machen, vielleicht etwas schlafen und dann in der Abenddämmerung zum Friedhof gehen. Bei allem was du tust, solltest du von jetzt an immer daran denken: Der Tag ist dein Freund, die Nacht dein Feind.«

Emily versuchte, den eiskalten Schauer zu unterdrücken, der ihren Rücken hinunterlief.

Sie folgte Edwinas Anweisungen und machte es sich für ein paar Stunden auf ihrem Sofa gemütlich, bevor sie kurz nach Sonnenaufgang, als Edwina sich bereits zurückgezogen hatte, das Haus verließ und sich auf den Rückweg zur Pension machte.

7

Die letzten Sonnenstrahlen fielen durch die wenigen verbliebenen Blätter an den Bäumen des Friedhofs, als Emily am späten Samstagnachmittag mit zitternden Knien an Dutzenden von Gräbern vorbei schlich, bis sie den alten Teil des Highgate erreichte. Dem Friedhofswärter hatte sie gesagt, sie müsse noch einmal das Grab begutachten, in dem ihre Mutter beigesetzt werden sollte. Da in zwei Tagen die

Beerdigung stattfand, nachdem die Autopsie einen Herzstillstand aus ungeklärter Ursache ergeben hatte, war das ein durchaus schlüssiges Argument, wenn es dem alten Mann auch etwas seltsam vorkam.
»Passen Sie auf sich auf, Lady. Und beeilen Sie sich, wir schließen bald. Außerdem hält sich niemand auf dem Friedhof auf, sobald es dunkel wird.«
Emily versprach es und hatte den Alten bald hinter sich gelassen. Dank Edwina wusste sie jetzt, warum niemand freiwillig nach Einbruch der Dunkelheit auf dem Highgate blieb. Sie wagte nicht, daran zu denken, wie viele Menschen hier schon Begegnungen der anderen Art hatten und sich danach nie wieder in die Nähe der Gräber ihrer Lieben getraut hatten, wenn sie die Begegnung überhaupt überlebten.
Um sich irgendwie beschützt und bewaffnet zu fühlen, auch wenn sie sich der Sinnlosigkeit dessen durchaus bewusst war, hatte sie den Rosenkranz, das Kreuz und das Weihwasser in ihre Tasche gepackt, bevor sie das Haus verließ. Jetzt holte sie das schwere Silberkreuz hervor und schloss so fest ihre Hand darum, dass die Knöchel weiß hervortraten. Wenn sie der Wegbeschreibung ihrer Tante folgte, musste sie die Stelle, an der sie ihren Cousin treffen wollte, in wenigen Minuten erreicht haben. Doch als sie leise seinen Namen rufen wollte, versagte ihr vor Angst zunächst die Stimme.
›*Mum, bitte hilf mir.*‹
Sie nahm allen Mut zusammen und brachte schließlich ein kaum hörbares Krächzen zustande.
»Gene? Gene Watson, bist du da?«

Vorsichtig tastete sie sich weiter. Die Sonne war jetzt untergegangen, Gräber und Bäume traten nur noch schemenhaft hervor.

»Gene?«

Irgendwo hinter sich hörte sie ein leises Rascheln. Erschrocken drehte sie sich einmal um ihre eigene Achse. Das Herz schlug ihr bis zum Hals, als erneut etwas raschelte, ein Ast knackte. Wieder wirbelte sie herum.

»Gene? Bist du das?«

Plötzlich hörte Emily hinter sich eine ihr unbekannte Stimme, die sie zur Salzsäule erstarren ließ.

»Du stinkst nach Angst, meine Süße.«

Unendlich langsam drehte sich Emily zu ihrem Cousin um. Das Herz hämmerte heftig in ihrer Brust, und die Angst vor dem, was sie sehen würde, nahm ihr fast den Atem - bis sie in ein Gesicht blickte, das zwar blass war, ansonsten aber eindeutig bekannte Züge ihrer Familie aufwies. Zudem war Gene ungeheuer attraktiv. Nur die gebleckten Fangzähne des Vampirs wirkten abschreckend.

»Aha. Du bist mutig genug, mich anzusehen. Ich hätte damit gerechnet, dass du direkt ohnmächtig wirst. Und jetzt verrate mir, woher du meinen Namen kennst.«

Emily erinnerte sich an die Worte ihrer Großtante. *›Sag ihm sofort, wer du bist!‹*

»Ich heiße Emily Watson. Wir sind verwandt. Ich bin die Letzte, die aus unserer Familie noch lebt.«

Sie hatte mit Staunen gerechnet, aber Gene kicherte leise und machte es sich auf einem großen Grabstein gemütlich, der halb verfallen in die Erde abgesackt war. Nur für einen Sekundenbruchteil war so etwas wie ehrlicher Respekt in seinen Augen aufgeflammt, bevor sein Blick sie wieder hämisch und belustigt abtastete.

»Soso, da bist du also nun. Ich muss dir ehrlich gestehen, dass ich nicht damit gerechnet hatte, dass du hier auftauchen würdest. Eine Flucht wäre logischer gewesen.«

Emily sah ihn unverwandt an. Langsam verschwand ihre Angst. Gene sprach mit ihr und hatte sie nicht sofort gebissen. Also ging sie davon aus, dass ihre Überlebenschancen in Gegenwart dieses Vampirs nicht schlecht standen.

»Du weißt also schon von meiner Anwesenheit.«

Wieder dieses freche Kichern, das einem eine Gänsehaut über den Rücken jagte.

»Natürlich, was glaubst du denn? Roy hat dich gerochen, sobald du englischen Boden erreicht hattest! Er hat dich *gespürt*. Zu lange hat er nach dir gesucht.«

»Wieso hat er mich nicht direkt getötet? Gelegenheit genug wird er wohl gehabt haben.«

»Ich schätze, er wollte erst einmal sehen, was du vorhast! Jetzt ist er allerdings sauer. Hat gesehen, dass du bei Edwina warst. Sein Überraschungsmoment ist ruiniert.«

Emily verstand. Sie wusste Bescheid und hatte bereits Mut bewiesen, deswegen konnte er ihr nicht mehr unbegrenzt Angst einjagen.

»Hör zu Gene, ich habe mit Edwina gesprochen. Roy hat einen Fehler gemacht. Seine Familie ist nicht ermordet worden. Es war ein Unfall!«

Gene sprang von dem verfallenen Stein und kam lauernd ein paar Schritte auf sie zu. Seine Augen leuchteten intensiv rot. Emily konnte nur vermuten, dass ihre letzte Bemerkung ihn gereizt haben musste. Sie wollte einen Schritt zurück machen, prallte aber sofort gegen einen dicken Baumstamm und saß in der Falle. Gene bleckte seine Zähne, kam langsam auf sie zu.

»Herzchen, das solltest du besser nicht noch einmal sagen. Roy jagt unsere Familie seit Generationen. Bis auf dich hat er alle ausgelöscht oder uns zu Vampiren gemacht. Wir sind seine Obsession. Sein Lebensinhalt. Dich zu suchen hat ihn Jahre gekostet. Und nun flatterst du zurück in dein Nest und willst ihm sagen, dass er einen Fehler gemacht hat? Wie schnell willst du sterben, mein Herz?«

Emily starrte ihren Cousin wie gebannt an. Seine glühenden Augen, die ausgefahrenen Eckzähne … es sah gespenstisch aus. Je näher er ihr kam, desto leidenschaftlicher und schöner wirkte er zugleich. Sie konnte sich gut vorstellen, wie sich reihenweise junge Mädchen seinem Charme hingaben, bevor sie erkannten, was er wirklich war und wollte. Sie versuchte, seine Attraktivität zu ignorieren, ebenso wie ihre Angst.

»Kannst du mich zu ihm bringen, Gene? Ich weiß etwas, das die meisten in unserer Familie nicht wussten. Und die, die es wussten, haben sich nicht getraut, es Roy zu sagen. Aus Angst, ihm zu nahe zu kommen. Vielleicht hat er ihnen auch einfach keine Zeit gelassen, den Mund aufzumachen.«

Gene hatte seine Cousine erreicht, lehnte sich schwer gegen sie und ließ seinen beißenden Atem über ihr Gesicht wandern. Er musste kurz zuvor Blut zu sich genommen haben, denn der metallene Gestank kroch ihm aus jeder Pore. Seine Hände glitten langsam an ihren Seiten entlang abwärts. »Und was, liebe Emily, ist dieses große Geheimnis?«
Sie versuchte, ihm auszuweichen, aber es war unmöglich. Sie war zwischen dem Vampir und dem Baum in ihrem Rücken eingeklemmt wie in einem Schraubstock.
»Roys Familie wurde nicht ermordet. Der Scheunenbrand war ein Unfall. Edward Watson war gestürzt, und seine Laterne hatte alles in Brand gesteckt. Er hat versucht, zu retten, was zu retten war. Er wusste nicht einmal, dass sich Fremde in der Scheune befanden!«
Genes Lachen vibrierte in Emilys Brustkorb.
»Ja, ich habe so was gehört. Edwina erzählte mir davon. Mein Zweig der Familie hat zu Lebzeiten leider nie erfahren, worum es eigentlich bei diesem Gemetzel ging. Aber ... warum sollte Roy dir das glauben, hm? Jahrhundertelang bemüht er sich darum, unsere Familie auszurotten, und dann kommst du daher und willst ihm erzählen, dass das alles nur ein Irrtum war? Ich kann dich zu ihm bringen, aber du wirst tot sein, bevor du ihm auch nur ins Gesicht gesehen hast. Was glaubst du wohl, warum er dich noch immer jagt, hm? Einer von uns hätte ihm schon lange erklären können, dass er einem Irrtum erlegen ist, aber uns allen liegt etwas an unserem Leben. Na ja. Oder an dem, was wir nun sind.«

Emily holte tief Luft, bevor sie Gene entgegenschleuderte: »Dann ist es sowieso egal, denn der Tod scheint ja alles zu sein, wofür ich bestimmt bin! Dann will ich ihm wenigstens vorher in die Augen schauen!«
Dem hatte Gene nichts mehr hinzuzufügen. Er zuckte mit den Schultern, rückte mit einer lasziven Bewegung von ihr ab und deutete in die Richtung der alten Zeder, mit der die junge Frau bereits bei ihrem ersten Besuch auf dem Friedhof Bekanntschaft gemacht hatte.
»Wenn du so scharf darauf bist, möglichst kurzfristig zu sterben, bitte. Vielleicht kann ich Roy ja auch überreden, dich zu einer von uns zu machen. Du würdest eine gute Braut abgeben.«
Wie um sich selbst zu bestätigen, ließ er seinen rotglühenden Blick gierig über ihren Körper wandern. Emily schnaubte verächtlich.
»Gene, wir sind verwandt. Wenn es irgendjemanden gibt, der mich garantiert *nicht* anfassen wird, dann bist du das.«
Sein ignorantes Grinsen verärgerte sie, doch für den Moment war es wohl klüger, ihn bei Laune zu halten. Er bog einige Zweige des riesigen Baumes zur Seite, bis ein winziges Mausoleum zum Vorschein kam. In diesem Augenblick trat der Mond hinter den Wolken hervor und gewährte Emily einen Blick auf die reich verzierte, dicke Holztür des Gemäuers und auf das seltsame Zeichen, das deutlich sichtbar über der Tür prangte: ein Auge mit zwei Tränen, die versetzt darunter angeordnet waren. Gene bemerkte ihren neugierigen Blick.

»Das Blut weinende Auge. Das Zeichen unserer Familie, seit Hunderten von Jahren.«

»Das Zeichen aller Vampire?«

Er schüttelte den Kopf. »Nein, nur unserer Familie, unserer Unterkunft. Nenn es Familienwappen, wenn du willst. Wir leben in Großfamilien. Unsere Verwandtschaft beruht auf Verwandlungen. Wirst du verwandelt, gehörst du automatisch zu der Familie des Vampirs, der dir das angetan hat. Deswegen gehöre ich zu Roys Familie, ebenso wie Tante Edwina, die allerdings eine Geächtete ist. Man kann sich auch freiwillig für eine andere Familie entscheiden, aber diese muss der Aufnahme zustimmen. Dann findet ein Blutritual statt, das deine Entscheidung unumkehrbar macht. Unsere Unterkunft heißt Lumen Lacrimae, kurz einfach Lumen. Wie der Name und das Symbol entstanden sind, weiß wahrscheinlich niemand mehr.«

Emily nickte pro forma. Jede neue Informationsflut über das seltsame Volk der Vampire überlastete ihr Gehirn, weil gleichzeitig immer mehr Fragen auftauchten. Sie würde irgendwann einmal viel Zeit brauchen, um all das zu verarbeiten. Sofern Roy gewillt war, ihr Zeit zu geben.

»Dann lass uns mal durchstarten. Ich sterbe heute Nacht vielleicht. Dummes Herumstehen macht das auch nicht leichter.«

Gene sah sie bewundernd an, nickte dann und drückte die schwere Tür auf. Mit einem leisen Knarren gab sie nach. Statt Spinnweben und Modergeruch erwartete Emily ein kleiner Treppenabsatz, dem eine gut ausgebaute Wendeltreppe folgte, die scheinbar tief ins Erdreich führte. Kleine Fackeln leuchteten in regelmäßigen Abständen und warfen flackernde Schatten auf die groben Wände.

Die Treppe mündete in einen langen Tunnel, der ebenfalls durch Dutzende Fackeln in dämmriges Licht getaucht wurde. Der Boden war aus quaderförmigem, schwarzem Marmor gefertigt, die Wände mit dunklem Holz vertäfelt.

»Also, wenn jemand unbefugt diesen Eingang findet, musst du ihn sofort erledigen, sehe ich das richtig? Ihr versucht nicht gerade zu verstecken, dass sich hier unten etwas tut.«

Gene grinste böse, und ein rötliches Flackern war für Sekunden in seinen Augen zu sehen.

»Warum sollten wir uns verstecken? Wir leben genauso auf dieser Erde wie ihr. Wir haben die gleichen Rechte wie ihr. Aber ihr Menschen wollt das nicht begreifen. Du lässt deinen Hauseingang doch auch nicht verrotten, damit nur ja niemand auf die Idee kommt, dass du dort wohnen könntest, oder? Wir müssen jeden Eindringling beseitigen, weil ihr uns jagt und nicht aus freundschaftlichen Gründen vorbeikommen würdet.«

Emily starrte ihn fassungslos an. »Freundschaftliche Gründe? Dein Ernst?«

»Na gut, das liegt vielleicht daran, dass ihr ganz oben auf unserem Speiseplan steht.« Er kicherte bösartig.

Emily gab sich geschlagen. Genes Bemerkung, dass die Menschen etwas nicht begriffen, hatte sie zwar aufhorchen lassen, aber sie war klug genug, in diesem Augenblick nicht danach zu fragen.

»Wie lang ist der Tunnel?«

»Einen Kilometer ungefähr. Wir sind gleich da. Und wenn ich dir einen Tipp geben darf: Halt den Mund. Du sagst nicht einen Ton. Man riecht dich sowieso zehn Meilen gegen den Wind. Deine einzige Chance, es lebend zu Roy zu schaffen ist, indem man dich für ein Spielzeug hält, das ich mir mitgebracht habe. Ich werde meine Besitzansprüche deutlich machen, dann lässt man dich in Ruhe. Am besten tust du, als wäre dir alles vollkommen gleichgültig. Dann erzähle ich denen, dass du unter meiner Hypnose stehst. Das mache ich öfter. Und versuche, nicht zu denken. Ich würde dich wirklich hypnotisieren, aber dein Geist ist zu stark. Etwas, das ich zugegebenermaßen selten erlebe.«

Wütend sah sie ihn an. »Du hast schon versucht, mich zu hypnotisieren?«

Er zuckte mit den Schultern. »Es war einen Versuch wert.«

Sie spürte, wie ihr das Herz bis zum Halse schlug.

»Lass das.«

»Was meinst du?«

»Du musst deinen Herzschlag unter Kontrolle bringen! Beruhige dich! Das Hämmern dröhnt jedem in den Ohren!«

»Oh Mist. Das wusste ich nicht. Ich tue mein Bestes.«

Gene gab ihr einen Moment Zeit, tief durchzuatmen, bis ihr Herzschlag kaum mehr als ein leises Klopfen war, und öffnete dann die schwere Stahltür, vor der sie nun standen.

Emily wurde sofort von Eindrücken erschlagen, hütete sich aber, Aufregung zuzulassen oder sie sich anmerken zu lassen. Mit starrem Blick trabte sie scheinbar völlig ungerührt hinter ihrem Cousin her durch den riesigen Raum, der mit seinen Polstersesseln und kleinen Tischchen offenbar als Salon diente. Überall lümmelten sich Vampire, die alle eins gemeinsam hatten: Sie waren schön und besaßen eine erotische Ausstrahlung, die geradezu gemeingefährlich war. Sie sah auf den ersten Blick mindestens fünf Männer, denen es ein Leichtes gewesen wäre, sie zu verführen. In der Luft hing der dicke, schwere Geruch von Blut, das in Karaffen auf den Tischen stand und aus Weingläsern dekadent geschlürft wurde. Emily drehte sich der Magen um. Sie atmete flach durch den Mund und versuchte verzweifelt, ihren sich erneut beschleunigenden Puls in den Griff zu bekommen.

Ein überdurchschnittlich großer Vampir, dem sein blondes Zottelhaar wild in die Stirn fiel, versperrte Gene plötzlich den Weg.

»Wohin denn so eilig, mein Lieber? Willst du uns deine neue Freundin nicht vorstellen?«

Gene stieß den Riesen mit der Hakennase aggressiv zur Seite.

»Verzieh dich, Tristan. Die gehört mir.«

Doch der Blonde ließ sich nicht so schnell abwimmeln. »Na, wer wird denn gleich sauer werden? Lass mich sie mal näher betrachten!«

Emily musste all ihre Disziplin zusammennehmen, um ihre Panik in den hintersten Winkel ihres Unterbewusstseins zu verbannen, als der Vampir sie mit raubtierhaften Bewegungen umkreiste. Er schnüffelte an ihr und ließ seine Hand liebkosend über ihre Wange streifen. Ein langer Fingernagel

kratzte verspielt über ihre Haut. Eine Gänsehaut entstand an der Stelle und wanderte schnell hinunter bis zum Hals, bevor sie unbemerkt wieder verschwand.
»Du hast Geschmack, mein Guter, das muss ich dir lassen! Wo hast du sie eingefangen?«
»Du wirst es nicht glauben, aber sie ging direkt auf dem Highgate spazieren! Hatte sich verirrt. Ich konnte die arme Seele doch nicht allein dort lassen.«
Ein gefährliches Grinsen breitete sich um Genes Mundwinkel aus, seine Zähne blitzten hungrig im dämmrigen Kerzenlicht.
Emily hoffte inständig, dass sein Zynismus und der Hunger nur aufgesetzt waren.
»Hast sie hypnotisiert, hm?«
Gene knurrte und zog Emily in eine andere Richtung. Tristan brach in schallendes Gelächter aus, das von den Wänden widerhallte, und griff spontan einer der anwesenden Vampirfrauen in die Hinterbacken, die appetitlich in einer engen Lederhose verpackt waren.
»Du solltest deine Fähigkeiten besser trainieren, Bruderherz! Ihr Herz schlägt zu schnell, du hast sie nicht unter Kontrolle!«
»Halts Maul! Verzieh dich lieber an den Eingang und vertritt mich. Und warte nicht auf mich. Für das Schätzchen hier nehme ich mir Zeit.«
Emily entfuhr ein Keuchen, als er mit seiner Zungenspitze über ihren Hals fuhr. Seine Fänge kratzten gierig an ihrer Haut. Reflexartig wollte sie einen Fluchtversuch starten, aber er packte hart ihren Arm und hielt sie zurück. Seine Finger drückten schmerzhaft in ihr Fleisch.

›Das wäre ein großer Fehler. Spiel das Spiel mit, sonst kommst du hier nicht lebend raus. Gleich sind wir in meinem Quartier.‹ Seine Stimme war nur ein scharfes Flüstern in ihrem Kopf.
Emily begleitete ihn aus dem gruseligen Salon hinaus, fest in seinem Griff gefangen. Als sie durch einen langen Flur gingen, der sich von seiner Innenarchitektur her in jedem größeren Herrenhaus hätte befinden können, ließ er sie endlich los. Erleichtert atmete sie auf und rieb sich den schmerzenden Arm.
Neugierig sah sie sich um. Die Wände waren auch hier mit einer Vertäfelung aus Holz versehen. Zwischen gusseisernen Kerzenleuchtern hingen Porträts von Vampiren in unterschiedlichen Epochen.
»Wer sind diese Menschen?«
Gene grinste. »Formuliere deine Frage anders.«
»Hm? Oh. Ich meinte natürlich, wer diese Vampire sind. Du weißt doch, was ich meinte!«
»Schon gut, kein Grund, gleich aggressiv zu werden. Jede Unterkunft hat ihre eigenen Clanchefs. Wie Familienoberhäupter, nur dass sie in England den Titel ›Lord‹ tragen, was aber nicht mit der menschlichen Bedeutung zu vergleichen ist. Diese Bilder zeigen alle von ihnen, die in dieser Unterkunft geherrscht haben.«
Emily betrachtete die lange Reihe an Gemälden.
»Es sind so viele. Ich dachte, Vampire seien unsterblich?«
Gene lachte.
»Oh Mann. So naiv, so unwissend. Das ist irgendwie sexy, kleine Emily.«

Er erntete einen abfälligen Blick und wurde wieder sachlich. »Wir sterben keines natürlichen Todes, das ist richtig. Logisch, wir sind ja schon tot, so gesehen. Aber das macht es nicht unmöglich, uns umzubringen. Sonnenlicht, Köpfen, Abfackeln … es gibt viele Arten, auf die man uns töten kann. Leider ist es gerade Lords oft nicht vorbestimmt, sehr alt zu werden, weil sie ihre Familien im Kampf verteidigen, auch wenn gerade sie sich lieber zurückhalten sollten. Das geht hin und wieder daneben.«

Vor dem letzten Gemälde blieb Gene stehen und betrachtete es nachdenklich.

»Das ist der Mann, den du suchst. Das ist Roy.«

Emily spürte ihr Herz schmerzhaft in der Brust schlagen. Der Maler hatte die außerordentliche Schönheit der Kreatur auf Leinwand gebannt. Dunkle Augen blickten sie mit magischer Intensität an. Je länger sie den Vampir ansah, der ihre Familie ausgerottet hatte, desto stärker spürte sie die Sehnsucht, die in seinem Blick lag. Sein ernster Gesichtsausdruck, die dunklen Seen seiner Augen, umrahmt von langem, pechschwarzem Haar, musterten sie traurig und entschieden zugleich. Die markanten Gesichtszüge mit der starken Kieferpartie ließen den Lord entschlossen und unglaublich stark wirken. Plötzlich wurde sich Emily der Schuld bewusst, die ihre Familie durch die Generationen hindurch getragen hatte, und die jetzt auf ihren Schultern ruhte. Die Schuld ihres Urahns Edward Watson, der versehentlich die Familie dieses Mannes ausgelöscht hatte.

»Leiden Vampire genauso wie Menschen?«

Gene sah sie irritiert an. »Was meinst du?«
»Wenn ihr ... liebt ihr eigentlich überhaupt?«
»Du meinst, ob wir seelische Schmerzen empfinden können?«
Sie nickte.
»Mehr als jeder Mensch. Wir haben eine ... angeborene Melancholie. Wenn wir uns verlieben, dann wesentlich intensiver als jedes menschliche Wesen. Und wenn uns diese Liebe genommen wird, verzweifeln wir mehr, als es ein Mensch je könnte.«
Emily erschauderte. Sie glaubte zu verstehen, warum Roy diesen Rachefeldzug vollzogen hatte. Ihre Dringlichkeit, ihn über seinen Irrtum aufzuklären, wuchs. Vielleicht fand seine Seele dann endlich Frieden.
»Hat Roy auch einen Nachnamen?«
»Nein. Vampire benutzen keine Nachnamen. Das ist ein menschliches Ding, das der Identifizierung dient und dich einer menschlichen Familie zuordnet. Wir leben anders und brauchen das nicht. Wir identifizieren uns hiermit.«
Gene zog einen Ärmel seines Hemdes hoch und zeigte ihr die Innenseite des Handgelenks. Eine winzige Tätowierung war dort zu sehen, wo bei Menschen der Puls unter der Haut schlug. Das Blut weinende Auge.
»Ihr habt es alle?« Er zog den Ärmel wieder darüber.
»Ja, alle. Nur wenn du verstoßen wirst, wird es beseitigt.«
Emily schwieg einen Moment, bevor sie fragte: »Habt ihr es bei Tante Edwina auch beseitigen müssen?«

»Nein, das war etwas anderes. Sie hat sich entschieden, allein zu leben, bevor sie ein echtes Mitglied der Familie wurde. Jeder weiß, dass sie eigentlich seit ihrer Verwandlung in diese Familie gehören würde, aber sie trägt das Zeichen nicht und ist hier nicht willkommen. Auch eine Art, jemanden zu verstoßen. Es war ihre Entscheidung. Ich habe oft genug mit ihr darüber gesprochen.«
Genes Stimme war kalt. Emily beschloss, Edwinas Namen in dieser Unterkunft und in Gegenwart dieses Mannes nicht mehr auszusprechen.

»Hier ist es. Mein Reich. Komm rein.«
Als Emily das Zimmer gerade betreten wollte, huschte etwas in ihrem Augenwinkel vorbei. Im selben Moment riss Gene sie an sich und küsste sie leidenschaftlich, bevor er sie mit einem leisen Knurren so heftig in sein Zimmer stieß, dass sie mit dem Rücken auf dem Boden aufprallte und den Vampir mit sich riss. Die Tür fiel mit lautem Krachen ins Schloss.
Benommen richtete sich die junge Frau auf und sah Gene wütend an, der noch immer halb über ihr hing.
»Hatte ich dir nicht was zu dem Thema gesagt? Wir sind verwandt, und wenn du das noch mal machst oder etwas anderes versuchst, kannst du dich von deinen Eiern verabschieden!«
Er presste ihr unwirsch die Hand auf den Mund und horchte, ignorierte ihr wildes Herumzappeln.
»Hättest du das mit der Verwandtschaft etwas leiser brüllen können? Ich kann nur hoffen, dass Tristan es nicht gehört hat.«

Sie befreite sich von der Hand auf ihren Lippen.
»Tristan? Ich dachte, er wäre oben am Eingang?«
Gene stand auf, ließ sich in einen schwarzen Ledersessel fallen, und machte keine Anstalten, ihr beim Aufstehen zu helfen.
»Dachte ich auch. Anscheinend war seine Neugier mal wieder zu groß. Er ist uns gefolgt, deswegen die kleine Demonstration gerade. Aber küssen kannst du, das muss man dir lassen, Cousine!«
»Du bist ekelhaft.« Sie stand auf und sah sich um.
»Oh, also noch etwas, was du nicht mitbekommen hast vom Vampirvolk.«
»Was meinst du jetzt schon wieder? Ich habe fast gar nichts mitbekommen, falls dir das nicht aufgefallen ist! Bis gestern wusste ich nicht mal, dass es Vampire tatsächlich gibt!«
Gene stand auf und trat wieder näher an sie heran.
»Dann sollte ich dich wohl aufklären, meine Süße.«
Der Vampir schnupperte gierig an ihr. Emily wollte zurückweichen, aber seine starken Hände legten sich unmissverständlich auf ihren Po und hielten ihn gefangen. Er presste ihr Becken fest gegen seins.
»Lass mich los!«
»Emily, ich muss dir was erklären. Verwandtschaftliche Beziehungen zählen bei Vampiren nicht. Nicht im menschlichen Sinn. Wir sind tot, schon vergessen? Das menschliche Erbgut ist gestorben. Alles, was nach der Verwandlung bleibt, ist ein vampirischer Organismus. Er verändert den Körper, das Erbgut, die Fähigkeiten … einfach alles. Ich töte dich nicht, weil wir als Menschen derselben Familie angehörten, aber was alles andere angeht, bist

du einfach ... ein ziemlich scharfes Geschoss. Und der Titel ›Cousine‹ wird mich von nichts abhalten, was ich wirklich will, hast du das jetzt begriffen?«
Zur Demonstration presste er ihr Becken noch fester gegen seine Härte.
Ein stechender Schmerz hielt ihn von weiteren Annäherungsversuchen ab. Mit einem dumpfen Keuchen sackte er in der Mitte zusammen und krümmte sich auf dem Boden, wo er versuchte, einen klaren Verstand zu behalten, obwohl ihm der Schmerz jeden Sinn raubte.
Emily sah von oben hämisch auf ihn herab.
»Hm, diese menschliche Eigenschaft haben Vampire offensichtlich nicht verloren. Wie schön! Das war nur ein leichtes Zucken im Knie. Wenn du noch mal versuchst, dich an mir zu vergreifen, trete ich dir so in die Eier, dass du dir wünschst, du wärst wirklich gestorben. Hast *du* das jetzt begriffen?«
Gene stieß ein wütendes Keuchen hervor.
»So. Und wenn du gleich wieder Luft bekommst, möchte ich, dass du mir alles über Roy erzählst, was du weißt. Und dann wirst du mir sagen, wie ich es am besten schaffe, zu ihm zu kommen, ohne dass mir dieser Tristan oder irgendein anderer Vampir in die Quere kommt! Vielleicht werde ich bald tot sein, aber vorher hätte ich gerne wenigstens die Chance, Roy zu sagen, wie sehr er im Irrtum war.«
Gene richtete sich mühsam auf. »Gib mir einen Moment.«
Emily tat ihm den Gefallen und ließ ihren Blick über die Einrichtung wandern. Das Quartier bestand nicht nur aus einem Zimmer. Es war ein ganzes Apartment,

in dessen Wohnzimmer sie standen. Eine gemütliche schwarze Veloursledercouch nahm eine Wand ein. Drei dazu passende Sessel waren um den niedrigen Couchtisch verteilt. Aus einer teuer aussehenden Metallschrankwand glotzte sie der dunkle Bildschirm eines riesigen Flat-Screens stumm an, unter dem sich ein Sammelsurium komplizierter Technik stapelte. Vom veralteten Videorekorder über eine Playstation bis zum DVD-Brenner war alles vorhanden.
An den Wänden hingen großformatige Schwarzweißfotos von Tigern, Löwen und nackten Frauen. Eine halb geöffnete Tür führte in ein modern eingerichtetes Schlafzimmer. Das Einzige, was fehlte, war eine Küche.
»Hast du ein Bad?«
Gene deutete auf eine weitere Tür. Er hatte sich inzwischen gefangen. »Dort. Die Küche fehlt aus einem Umstand, den du dir denken kannst.«
Emily setzte sich auf die Kante des Ledersofas.
»Geht's dir besser?«
Er antwortete nicht, ließ sich schweigend in einen der Sessel fallen. Sie folgte ihm mit dem Blick.
»Roy.« Sie sah den Vampir herausfordernd an.
»Okay. Roy.« Er seufzte.
»Das Wichtigste, was du über ihn wissen musst, ist, dass er extrem gefährlich ist. Gefährlicher als andere Vampire.«
»Inwiefern?«
»Wie alle Vampire hat er einen sehr ausgeprägten Geruchssinn, ein ausgezeichnetes Gehör und kann fliegen. Aber Roy ist auch wahnsinnig schnell und kann Gedanken lesen. Nicht alle Vampire können

das, es ist eine besondere Gabe. Das bedeutet im Klartext: Du kannst ihm nichts vormachen, ihn belügen oder Ähnliches. Und versuchst du, zu fliehen, wird das für ihn nur ein Grund zum Lachen sein, weil er schneller ist, als du es dir vorstellen kannst. Alle Vampire können sich so schnell bewegen, dass es für das menschliche Auge kaum sichtbar ist, aber Roy ist unschlagbar. Und, was für dein Anliegen von ziemlich großem Nachteil ist:
Roy lässt sich selten etwas sagen. Er ist der Lord hier, und alle gehorchen ihm bedingungslos, von sehr wenigen Ausnahmen abgesehen. Er ist der Stärkste, und er weiß es. Nicht umsonst ist er das Familienoberhaupt.«
»Okay, und wie komme ich am besten an ihn ran?«
Gene lachte leise, bevor er sich in gespielter Verzweiflung mit der Hand über das Gesicht fuhr.
»Wie ich schon sagte: Du kannst ihm nichts vormachen. Er weiß, was du denkst, noch bevor du den Raum betreten hast. Er weiß schon längst, dass du hier bist! Du bist nur noch nicht bei ihm, weil er es so will. Ich werde dich später zu ihm bringen. Alles weitere ist dann deine Angelegenheit. Du kannst ihm nur offen und geradeheraus gegenübertreten, andernfalls bist du sofort tot.«
Emily stand auf. »Wenn das der Wahrheit entspricht, weiß er entweder bereits, was ich ihm sagen will, oder er wird es sofort in meinen Gedanken lesen. Auch, dass ich die Wahrheit sage. Also los, worauf warten wir. Ich habe nicht vor, hier die Zeit totzuschlagen. Ich will es hinter mich bringen.«

8

Es kam Emily vor, als würde sie Stunden warten. Nach Genes grober ›Einweisung‹ in die Eigenarten von Roys Natur hatte er sie durch ein endloses Labyrinth von Gängen und Treppen geführt, bis sie vor einer großen Flügeltür Halt gemacht hatten. Nun saß sie mit vor Angst eingefrorenen Zügen auf einem Stuhl gegenüber der Tür, fühlte sich an Arztbesuche und Wartezimmer erinnert. Gene erklärte seine Zuständigkeit an diesem Punkt für beendet. Sie war allein, starrte die Tür aus Mahagoni an. Fratzen und Fabelwesen waren filigran in das Holz geschnitzt worden. Ein Anblick, der einer stundenlangen Betrachtung würdig war.

Aber es gelang ihr nicht, sich auf die Schönheit der Schnitzereien zu konzentrieren. Hier saß sie nun, auf einem einfachen Stuhl vor einer riesigen Tür, und wartete höchstwahrscheinlich nur darauf, innerhalb der nächsten fünf Minuten zu sterben. Der Gedanke daran jagte ihr eine Welle der Panik nach der nächsten durch den Körper, bis sie am ganzen Leib zitterte. Sie wagte nicht einmal, sich vorzustellen, auf welche Art und Weise genau Roy sie töten würde, geschweige denn, wie es sich anfühlen und ob sie Schmerzen haben würde. Doch irgendwann – sie vermochte nicht zu sagen, ob zwei oder fünfzehn Minuten vergangen waren – überkam sie eine immer stärker werdende Ruhe. Die Ruhe der Unausweichlichkeit.

Vielleicht war es ihr vorbestimmt. Ihre ganze Familie war ausgerottet, nur sie war übrig. Und hinter dieser Tür wartete der Vampir, der sie alle umgebracht hatte.

Es musste ihr vorbestimmt sein. Ihre Mutter hatte sie mit ihren letzten Hinweisen hergeführt. Es lag in Emilys Hand, das Schicksal der Familie Watson zu ändern, und sie wollte sich dieser Aufgabe stellen, auch wenn es bedeutete, kläglich zu scheitern. Ein Teil von ihr klammerte sich an die Hoffnung, einmal ihren Enkelkindern das Märchen von der Heldin, die ihre Familie so mutig gerettet hatte, erzählen zu können.
Sie stellte sich gerade vor, wie ihre zukünftige Familie aussehen könnte, als sich die Tür plötzlich öffnete. Eine fremde Schönheit trat heraus, deren langes, schwarzes Haar in leichten Wellen bis zu ihren Hüften fiel. Dunkelgrüne Augen musterten sie forschend. Ein süffisantes Lächeln spielte um die Mundwinkel der Vampirfrau.
»Soso. Du bist also die Letzte, die übrig ist. Und du traust dich tatsächlich in die Höhle des Löwen. Du musst entweder sehr mutig oder sehr dumm sein.«
Emily stand auf und sah die Frau kalt an.
»Können wir den Smalltalk lassen? Ich würde jetzt gerne mit Roy sprechen.«
Sie schrak bei ihren eigenen Worten zusammen. Es hatte mutig klingen sollen, aber ihre Stimme zitterte und verriet ihre Angst.
Die Frau lachte leise auf. »Glaubst du ernsthaft, du bist in der Position, Wünsche zu äußern? Aber du hast Glück. Er möchte dich sehen.«
Plötzlich erklang eine tiefe, volltönende Stimme, bei der Emily ein kalter Schauer den Rücken hinunterlief. Sie drang ihr bis ins Mark und schien ihren Körper von innen heraus vibrieren zu lassen.

»Miranda, es reicht. Schick sie rein.«
Die Fremde gehorchte augenblicklich und bedeutete Emily mit einer Handbewegung, in den Salon einzutreten. Mit zitternden Knien ging sie ihrem Schicksal entgegen. Als sie sich noch einmal umdrehte, hatte Miranda die Tür bereits lautlos hinter sich geschlossen und war verschwunden.
Emily konnte Roy im ersten Moment nirgendwo entdecken. Der Raum war angefüllt mit Kissen, Vorhängen und schweren Möbeln. Das gesamte Mobiliar war aus Mahagoni und sicher einige Jahrhunderte alt. Die dicken roten Samtvorhänge, die statt Fenstern wertvolle Gemälde umrahmten, und die zahlreichen, bestickten Kissen, die auf dem Sofa, den Sesseln und dem riesigen Himmelbett lagen, das die hintere Wand des großen Raumes einnahm, hätten zu einem englischen Grafen gepasst. Insofern passte der Titel ›Lord‹.
Plötzlich stand Roy wie aus dem Nichts direkt vor ihr. Mit einem Laut des Erschreckens wich sie zurück und stieß mit den Waden gegen einen kleinen Beistelltisch.
»Emily! Freut mich, dass dir meine Einrichtung gefällt. Ich mag es rustikal.«
Unvermittelt hielt er in der Bewegung inne und starrte sie fassungslos an, musterte intensiv ihre Züge.
Die Zeit schien stehenzubleiben. Sekunden wurden zu Ewigkeiten.
Ein seltsamer Ausdruck huschte über sein Gesicht. Überraschung, Schmerz und uralte Trauer vereinten sich darin. Er trat ganz dicht an sie heran, klemmte ihr behutsam eine Haarsträhne hinter das rechte Ohr.

Ließ seine Fingerrücken unendlich sanft über ihre Wange gleiten. Die Zärtlichkeit und Intensität der Berührung verursachte Emily fast körperliche Schmerzen. Sie hörte sich aufschluchzen.
Ein Flüstern floss über Roys Lippen und hüllte sie vollständig ein: »Das ist doch nicht möglich ...«

Sie war wie gebannt. Die Magie des Augenblicks überwältigte sie völlig und ließ sie an dem zweifeln, was Edwina und Gene ihr über den Lord erzählt hatten. Sie hatte Rachsucht und Brutalität erwartet. Stattdessen begegnete Roy ihr mit einer Mischung aus Zärtlichkeit, Unglauben und Fassungslosigkeit, die ihn offenbar genauso überraschte wie sie.
Emily war davon ausgegangen, dass Roy wusste, wie sie aussah, doch ihr Anblick schien ihn vollkommen aus dem Konzept zu bringen. Etwas Bedeutsames, Magisches ging hier vor sich, aber sie war unfähig zu sagen, was.
Für den Moment war sie nur froh, bis jetzt überlebt zu haben, während sich die Kraft seiner sanften Berührung gegen ihren Willen prickelnd in ihr ausbreitete.
Wenn er ihre Gedanken gelesen hatte, wusste er möglicherweise bereits, warum sie hier war. Ein leises Lachen schien ihre Vermutung zunächst zu bestätigen. Roy hatte seine Fassung wiedergefunden und war wieder Herr der Lage. Sein zärtlicher Blick hatte sich übergangslos in eine kalte, belustigte Maske verwandelt.
»Gene hat dich darauf vorbereitet, was dich erwartet. Kluger Bursche. Er hat soeben eine Beförderung

dafür erhalten, dass er dich hergebracht hat. Ich freue mich schon so lange darauf, dich endlich persönlich kennenzulernen. Ich hätte nie für möglich gehalten, dass du dich aus freien Stücken hierher begibst. Das verdient meinen Respekt, kleine Emily.«
Wie ein Leopard umkreiste Roy sein schönes Opfer und strich ihr mit dem Daumen hungrig über die Halsschlagader. Emilys Herz begann zu rasen, als sie in seine Augen blickte, die in Realität noch viel unergründlicher waren als auf dem Gemälde. Ein seltsamer Zauber ging von ihnen aus. Sie konnte seinem Blick kaum standhalten. Seine Intensität war überirdisch, schmerzhaft.
Roys Ausstrahlung war gefährlich, sanft, sinnlich und brutal zugleich. Emily schwirrte der Kopf bei dem Versuch, diese Kreatur auch nur ansatzweise einzuschätzen.
»Wenn es dich beruhigt: Ich kann nicht alle deine Gedanken lesen. Nur die auf einer bestimmten Frequenz. Die klaren Gedanken, die du als vordergründig empfindest. Ich gebe dir einen Tipp, der Fairness halber und weil es unser kleines Spielchen spannender macht: Wenn du es schaffst, deine Gedanken zu verdrängen, eine Mauer um sie zu errichten, ist mein Vorteil dahin. Ich muss dir aber sagen, dass es bislang keiner aus deiner Familie geschafft hat. Das ist deine Chance, mich zu überzeugen.«
Zu ihrer eigenen Überraschung gelang es Emily sofort, seine ›Hilfestellung‹ umzusetzen. Sie fühlte, wie etwas in ihrem Kopf blockierte und sah Sekunden später in das zutiefst überraschte Gesicht des Lords.

Einen ewigen Moment lang starrte er sie konzentriert an.
»Das kannst du nicht geschafft haben. Nicht so schnell.«
Plötzlich fühlte sie ihn in seinem Kopf. Spürte, wie sein Geist versuchte, in ihre Gedanken einzudringen und die Mauer einzureißen. Sein intensiver Blick durchbohrte sie wütend. Aber sie ließ nur einen einzigen Gedanken zu, schrie ihn stumm hinaus: ›*Raus aus meinem Kopf!*‹
Roy zuckte zurück, als hätte sie ihn geschlagen, und hielt sich die Hände an die Schläfen. Als er sie wieder sinken ließ, sah Emily ehrlichen Respekt und unbändige Wut in seinen rot flackernden Augen. Und noch etwas anderes, das sie nicht zu deuten vermochte.
»Wenn du mir nochmal in den Kopf brüllst, stirbst du! Hast du das verstanden?«
Er begann, sie langsam zu umkreisen.
»Soso. Die kleine Watson hat also telepathische Fähigkeiten. Wer hätte das gedacht. Das macht es noch aufregender.«
Er kicherte leise. Ein kaltes, widerliches Kichern, das unter die Haut ging und kribbelnd darunter entlang kroch.
»Ich habe … *was*?«
»Du hast mir eben deine Gedanken übermittelt. Du hast alles abgeblockt, außer dem, was du sagen wolltest. Ich habe noch nie erlebt, dass jemand so etwas ohne jahrelange Übung schafft. Und schon gar nicht ein Mensch. Es ist eine große Gabe. Wie schade, dass du keine Gelegenheit haben wirst, sie zu nutzen.

Aber jetzt sag mir, was dich dazu gebracht hat, geradewegs zu mir zu kommen, anstatt die Flucht zu ergreifen, als du euer kleines Familiengeheimnis erfahren hast.«
Emily starrte ihn trotzig an. »Heißt das, du wirst mich nicht sofort töten?«
Er lächelte matt. »Du hast Glück: Du erinnerst mich an jemanden, der mir einmal sehr nahestand. Ich möchte mich zuerst ein wenig mit dir unterhalten, dann sehen wir weiter. Aber wenn du mir nicht bald sagst, was dich hergetrieben hat, überlege ich es mir vielleicht anders.«
Emily verschränkte die Arme vor der Brust.
»Wenn du hörst, was ich zu sagen habe, wirst du mich wahrscheinlich sowieso beseitigen. Also kann ich es auch hinter mich bringen. Wie du dir sicher denken kannst, geht es um den Fluch, mit dem du meine Familie belegt hast.«
Ihr Herz raste wie verrückt. Die Angst, dass nun der Moment ihres Todes nah war, und die Hoffnung, doch Erfolg zu haben, hielten sich die Waage und ließen ihre Beine weich werden.
Er lachte schallend, sah sie amüsiert an. »Ja, das dachte ich mir. Warum sonst solltest du hier sein.«
»Roy, du musst diesen Wahnsinn beenden und mich am Leben lassen. Damals bist du einem schrecklichen Irrtum unterlegen, bei dem Scheunenbrand.«
Sie schrie auf, als er sich plötzlich zu enormer Größe aufbäumte und so brüllte, dass sie glaubte, die Erde um sie herum müsse zusammenstürzen!
Seine Fangzähne fuhren aus, und seine Augen flammten rubinrot auf, bevor er sich auf sie stürzte

und mit ihr gegen die nächste Wand flog. Dort schlug sie so hart mit dem Rücken auf, dass es ihr den Atem nahm, blieb jedoch in der Luft hängen, einen Meter über dem Boden, von seiner Hand um ihren Hals gehalten. Sie würgte, zappelte nach Atem ringend.
»Ein *Irrtum*? Nach dreihundert Jahren tauchst du hier auf und erzählst mir, der Tod meiner Familie wäre ein IRRTUM gewesen? Wie kannst du es wagen! Ich werde dich töten, du kleines Biest!«
Er zischte es mehr, als dass er es sagte, und sein vor Wut glühender Atem verursachte Emily Übelkeit. Sein wütendes Grollen ließ ihren Körper vibrieren. Die Schwingungen schienen sich in der Wand hinter ihrem Rücken fortzusetzen. Wieder schnappte sie nach Luft. Ihre Stimme klang verzerrt, als sie bettelte: »Bitte, lass mich runter. Ich erkläre es dir. Was damals passiert ist, war ein schrecklicher Unfall!«
Roy musste in ihren Gedanken gelesen haben, dass sie die Wahrheit sagte. Er setzte sie langsam wieder auf dem Boden ab und löste seine Hand von ihrem Hals, bevor er seine normale Gestalt und Größe zurückerlangte. Emily hustete heftig und versuchte, sich zu beruhigen.
Mit vor Wut rot schwelenden Augen blieb er dicht genug vor ihr stehen, dass sie die Hitze seines Zorns spüren konnte.
»Also schön. Ob ich dich jetzt oder in zwei Minuten töte, spielt wohl keine Rolle.«
Eine Gnadenfrist war besser als gar nichts. Trotz seiner Nähe und der anziehend breiten, starken Brust vor sich versuchte sie, sich darauf zu konzentrieren, was sie zu sagen hatte. Es verwirrte sie zutiefst,

gleichzeitig lähmende Angst und prickelnde Lust in der Nähe dieses Mannes zu empfinden.
»Also gut: Edward Watson, dem damals die Farm gehörte, hatte Geräusche in der Scheune gehört. Als er hineinging, rutschte er auf etwas aus und fiel hin. Dabei verlor er seine Laterne. Sie zerbrach und entzündete das Stroh, das auf dem Boden lag. Er versuchte, das Feuer zu löschen, aber es war zu spät. Alles brannte wie Zunder. Seine ganze Lebensgrundlage löste sich in Flammen auf! Er hatte keine Ahnung, dass sich Menschen … dass sich Vampire in der Scheune befanden!«
Roy hielt seinen Blick fest auf Emily gerichtet. Seine Augen brannten noch immer rot. Plötzlich und völlig unabsichtlich drang sie in seine Gedanken ein, während sie sich fragte, was in dem Vampir vorging. Durch die unfassbare Neuigkeit schien seine Gedankenbarriere vorübergehend eingebrochen zu sein. In diesem Moment ›hörte‹ sie, dass sie eine große Ähnlichkeit mit seiner Frau besaß, die damals zusammen mit seiner Tochter verbrannt war. Als Roy ihren Übergriff bemerkte, stieß er ein wütendes Grollen aus, griff erneut nach ihr und warf sie quer durch den Raum!
Zu ihrem Glück landete sie mitten auf seinem riesigen Bett, wenn auch sehr unsanft. Sie hörte ihren eigenen Schrei und wunderte sich nicht zum ersten Mal darüber, dass sie noch immer einen Puls besaß. Bevor sie sich aufrappeln konnte, war Roy über ihr, drückte sie mit seinem Gewicht auf die Matratze und hielt ihre Handgelenke wie im Schraubstock auf der Bettdecke

fest. Sie schrie auf und versuchte völlig erfolglos, sich aus seinem Griff zu befreien.
»Wenn du das noch mal versuchst, bist du tot! Was du gerade gesehen hast, ist der einzige Grund, warum ich dich nicht auf der Stelle zerfetze!«
Einen Wimpernschlag später stand er wieder mitten im Raum und atmete schwer.
Emily erkannte allmählich, wie unberechenbar dieser Vampir war, und wurde von panischer Angst erfüllt. Er war ebenso gefährlich wie schön, und dass sie ihn wütend gemacht hatte, verbesserte ihre Lage nicht gerade. Doch bedeutete sein Zugeständnis an ihr Leben nicht gleichzeitig, dass sie seine Gefühle weckte, wenn auch auf widersinnige Art und Weise? Ihr schwirrte der Kopf.
Sie saß auf der Bettkante, ließ den Lord nicht aus den Augen und versuchte, ihre Angst unter Kontrolle zu bringen. Roys Raserei hatte sich so weit wieder gelegt, dass er Fragen zu stellen begann, statt sie weiter durch den Raum zu werfen. Emily wertete das als Fortschritt.
»Soll das heißen, dass meine Geliebte und meine süße kleine Tochter vollkommen sinnlos gestorben sind? Durch ein Versehen dieses Bauerntrottels? Das kann ich dir nicht glauben.«
Emily ließ den Kopf hängen. Sie konnte ihn verstehen. Opfer des Hasses eines Menschen zu werden, seine Familie durch eine Art Notwehr zu verlieren, getötet aus der Angst heraus, selbst getötet zu werden, war schlimm genug. Aber dass seine Liebsten vollkommen ohne Grund gestorben waren, durch einen Unfall, schien für ihn nicht hinnehmbar.

Weniger, als es das für einen Menschen gewesen wäre.
Hilflos stand sie auf, blieb einfach im Raum stehen. Verharrte reglos, darauf wartend, was als nächstes passieren würde.
Wartete auf ihr Ende.
Roy kannte nun die Wahrheit. Vielleicht hatte er sie schon lange gewusst, aber nicht wahrhaben wollen. Sich in seinem Zorn einzuschließen und Menschen zu töten war leichter, als tatenlos annehmen zu müssen, dass nun mal Dinge passierten, an denen niemand wirklich schuld war. Roy konnte sie mit einer einzigen Bewegung auslöschen, mit einem einzigen Biss den Fluch erfüllen, der ihn seit Jahrhunderten umtrieb. Die Frage war, ob er danach Frieden finden würde. Die Suche nach Opfern hatte ihm über Jahrhunderte eine Beschäftigung verschafft. Was würde passieren, wenn sie wegfiel?
Zu ihrer Überraschung sah er sie plötzlich unendlich traurig an. Das Glühen in seinen Augen war erloschen.
»Dass du Vivienne so ähnlich siehst, ist tatsächlich der einzige Grund, warum du noch lebst. Mit diesem Umstand hatte ich nicht gerechnet. Es ist, als würde ich meine Frau ansehen, nur, dass du zu rosige Haut hast. Eine niederträchtige Laune der Natur.«
Sie schwieg, aus Mangel an Alternativen.
»Ich weiß nicht, was ich jetzt mit dir tun soll, Emily. Es ist schwer zu akzeptieren, dass das, was du mir eben erzählt hast, wahr sein soll. Aber ich habe in deinen Gedanken gelesen, dass es tatsächlich die Wahrheit ist.«

Er schnippte mit den Fingern. Augenblicklich ging eine kleine Seitentür auf, die Emily zuvor nicht aufgefallen war, und zwei stämmige Vampire mit russischen Gesichtszügen traten ein.
»Igor, Ivan, bringt sie nach unten. Krümmt ihr kein Haar. Sie ist meine persönliche Gefangene und niemand wird sie anrühren, ist das klar?«
Die beiden Männer nickten und starrten die junge Frau fasziniert an. Offensichtlich waren sie Brüder, und sie schienen die Ähnlichkeit zu Roys Frau bemerkt zu haben. Was bedeutete, dass sie ebenfalls schon sehr alte Vampire waren und seit Ewigkeiten in den Diensten des Lords standen.
An Emily gewandt sagte Roy: »Ich komme später auf dich zurück. Bis dahin rate ich dir, deine Gedanken zu verschließen und dich ruhig zu verhalten.«
Sie ließ sich anstandslos von den beiden Vampiren abführen und empfand nur Dankbarkeit dafür, noch zu leben.

Als Igor und Ivan sie ›nach unten‹ gebracht hatten, war Emily angenehm überrascht: Statt eines dunklen Verlieses mit einer kalten Pritsche erwartete sie ein Zimmer, das über alle Annehmlichkeiten verfügte: ein normales, bequem aussehendes Bett, eine Couch, ein Bücherregal mit einigen alten Bänden darin, einen Fernseher sowie ein sauberes, wenn auch kleines Bad. Eine Kamera in der Decke machte allerdings unmissverständlich klar, dass jede ihrer Bewegungen beobachtet wurde. Auch ihre Hoffnung, wenigstens im Bad für sich zu sein, stellte sich später als Irrglaube heraus.

Ivan deutete auf einen kleinen Tisch neben der Tür und erklärte mit ausgeprägtem russischem Akzent: »Später wird dir was zu essen gebracht. Erwarte keine Drei-Sterne-Küche. Du wirst dich mit Take Away-Kram begnügen müssen. Du kannst diesen Raum nicht verlassen. Das ist die einzige Tür, und die wird verschlossen bleiben. Roy wird sich mit dir befassen, sobald er Zeit und Lust dazu hat. Bis dahin tust du gut daran, ruhig zu bleiben. Von mir aus guck die Glotze leer. Ich weiß nicht, was ihr Menschen an dem Scheiß findet, der da gesendet wird, aber ich schätze, das weißt du selbst am besten. Wenn was ist ... sag es einfach, wink in die Kamera da oben oder so. Und wenn du einen kleinen Striptease vorhast ... sag vorher Bescheid, dann hol ich die anderen dazu.«
Er grinste erregt. Als Antwort schenkte Emily ihm einen höhnischen Blick und drehte ihm demonstrativ den Rücken zu, nicht sicher, ob das eine gute Idee war. Aber der Russe rührte sie nicht an, wie Roy befohlen hatte, verließ stattdessen das Zimmer und schloss die Tür hinter sich ab.
Emily war froh, dass sie ihr wenigstens die Handtasche gelassen hatten. Nach einer Durchsuchung mit einigem Gelächter, als die Vampire das Kreuz und die anderen Utensilien entdeckt hatten, war ihr die Tasche wieder ausgehändigt worden, mit allem, was darin war. Nur das Handy hatte man ihr abgenommen.
Allein in ihrem komfortablen Gefängnis festsitzend, wurde ihr plötzlich bewusst, wie viel Glück sie gehabt hatte. Nur der zufälligen Ähnlichkeit mit Roys Frau war es zu verdanken, dass sie noch lebte. Trotzdem

war er nicht gerade sanft mit ihr umgesprungen. Sie hatte das wilde Tier in ihm erlebt, furchteinflößend und unberechenbar.
Im Nachhall an das Erlebte fing sie an, zu zittern, bis ihre Zähne klappernd aufeinanderschlugen.
Schluchzend kauerte sie sich auf dem Bett zusammen und ließ ihren Tränen freien Lauf.
Ein leichter Lavendelduft stieg vom Kissen auf. Sie drückte ihr Gesicht hinein und versuchte, an nichts mehr zu denken. Ihre Gegenwart in diesem Raum bedeutete letzten Endes nur eins: Roy konnte mit ihr machen, was er wollte. Wenn er Lust verspürte, seinen Plan doch noch zu Ende zu bringen, konnte er dies innerhalb von Sekunden tun. Sie war in die Höhle des Löwen marschiert und nun in seinen Klauen gefangen. Hätte sie womöglich länger überlebt, wenn sie sich vor Roy versteckt hätte? Seufzend drehte sie sich auf den Rücken. Es war müßig, sich diese Frage zu stellen.

Als nach ungefähr einer Stunde plötzlich die Tür aufgeschlossen wurde, schrak Emily hoch. Mirandas Gesicht erschien, vollkommen ausdruckslos. In ihrer Hand hielt sie einen Pizzakarton.
»Für dich.«
Sie stellte die Schachtel auf den kleinen Tisch, daneben eine Flasche Mineralwasser. Dann schloss sie die Tür sofort wieder und sperrte die Menschenfrau ein.
Emily wäre dankbar für ein kleines Gespräch gewesen, aber es wurde ihr nicht gewährt. Nicht von Miranda und nicht von Igor oder Ivan, die ihr in den

nächsten zwei Tagen ebenfalls Verpflegung brachten: frische Pasties, Pizza, chinesisches Essen, Hamburger und Salat. Alles, was man in Fastfood-Ketten kaufen konnte, landete in ihrem Magen, und Emily nahm es dankbar an.
Nachdem sie zwei Tage lang ununterbrochen ferngesehen hatte und mittlerweile jede Serie kannte, die das englische Fernsehen zu bieten hatte, kam langsam, aber sicher Langeweile auf. Ein Gefühl, das sie unbedingt verhindern musste, damit ihre Klaustrophobie ihren hauchdünnen Schutzschild nicht durchbrach. Wenn die Angst über das Eingesperrtsein gewann, war sie verloren.
›*So muss es sein, wenn man wirklich im Gefängnis sitzt.*‹
Sie stand auf, sah sich die Bücherwand genauer an. Ließ ihre Finger über die Buchrücken gleiten.
Charles Dickens, Edgar Allan Poe, Tolstoi ... alle Klassiker waren vertreten. Keine leichte Kost, aber besser als nichts. Vielleicht war es sogar gut, sich beim Lesen voll konzentrieren zu müssen.
Emily griff sich einen Gedichtband von Poe. In diesem Moment ging die Tür auf, zu einer untypischen Zeit.
Tatsächlich stand Roy persönlich im Türrahmen. Er sagte kein Wort, sah sie nur aufmerksam an. Forschend.
Seine dunklen Augen ruhten unerbittlich auf ihr, tasteten jeden Millimeter ihres Gesichts ab, bis sie errötete. Emily drückte das Buch schützend gegen ihre Brust und verschränkte die Arme darum.

»Ich hätte erwartet, dass du irgendwann rasend werden würdest.«
Sie sah ihn verständnislos an. »Wie bitte?«
»Du bist hier gefangen, unter ständiger Beobachtung. Wäre es nicht normal, irgendwann auszurasten, die Möbel zu demolieren oder wenigstens zu versuchen, die Kamera zu zerstören?«
Seine Gefangene zuckte gespielt gelassen mit den Schultern. »Wozu denn? Um einen von euch zu verärgern und mein Leben zu riskieren? Das hätte mich auch nicht weitergebracht.«
Sie konnte das Lächeln nicht deuten, das seine Lippen umspielte, als er sich auf ihr Bett setzte, sich bequem auf einen Ellbogen stützte und sie fasziniert ansah.
»Warum gehst du eigentlich davon aus, dass du hier ständig in Lebensgefahr bist? Du lebst, wirst gut versorgt und höflich behandelt. Und meine Leute haben die Anweisung, dich nicht anzurühren.«
Emily stutzte. Was sollte sie darauf antworten? Hatte Roy ihr nicht selbst gesagt, dass ihre Ähnlichkeit mit seiner Frau der einzige Grund war, aus dem sie noch lebte? Aber ihr fielen noch ungefähr tausend andere mögliche Antworten ein.
›*Weil ihr wilde Tiere seid, instinktgesteuert und vollkommen unberechenbar.*‹ Es wäre wohl eine schlechte Idee, dem Vampir das zu sagen. Aber zwei Tage allein in diesem Raum hatten sie vorübergehend vergessen lassen, dass Roy ihre Gedanken lesen konnte.
»Wilde Tiere, hm? Hat Edwina dir das eingeschärft? Was hat sie dir denn sonst noch über uns erzählt?«

Emily biss sich in den eigenen Hintern für ihre Unachtsamkeit und antwortete so gelassen wie möglich: »Nicht viel. Und alles, was ich Stück für Stück erfahre, wirft nur immer neue Fragen auf. Ich weiß nahezu nichts über Vampire. Du wurdest mir von Edwina und Gene als extrem gefährlich beschrieben. Wie ich bei unserer ersten Begegnung feststellen durfte, mit Recht.«

Den letzten Satz brachte sie in einem angriffslustigen Ton hervor. Aus irgendeinem Grund wollte sie ihn plötzlich reizen. Stattdessen begann er, leise zu lachen. Es war ein warmes, volles Lachen. Amüsiert musterte er sie.

»Emily Watson, du erstaunst mich. Es war bislang sehr einfach. Deine Verwandten hatten nicht sehr viel Ausdauer. Sie hatten Angst, haben um Gnade gewinselt und waren leicht zu beseitigen. Aber du bist anders. Mutiger. Ich bewundere das, ganz ehrlich. Und was deinen Vorwurf betrifft … du lebst doch noch, oder?«

Seine Arroganz machte sie allmählich wütend. Doch sie beherrschte sich und versuchte, ihre Gedanken bestmöglich vor dem Oberhaupt der Unterkunft abzuschirmen.

»Und was hast du jetzt mit mir vor? Du kannst mich nicht ewig hier gefangen halten.«

»Das stimmt wohl. Wärst du eine Vampirfrau, könnte ich das, aber als Mensch wirst du zumindest irgendwann an Altersschwäche sterben. Du schaust so überrascht! Du hattest nicht daran gedacht, dass wir den Ausdruck ›ewig‹ hier wörtlich nehmen

können, nehme ich an. Aber keine Angst, ich habe andere Pläne mit dir.«
Er setzte sich aufrecht hin und sah sie ernst an.
»Was hast du bisher von uns mitbekommen?«
Emily überlegte kurz, bevor sie antwortete: »Raubtiere in der Mittagspause, wenn du so willst.«
Erneut brach er in Gelächter aus, und sie nahm erstaunt zur Kenntnis, dass es ein *herzliches* Lachen war, das menschlich klang.
»Das ist gut, wirklich gut! Natürlich, Gene hat dich durch den Salon hereingebracht. Aber weißt du, wir hängen nicht die ganze Nacht herum, immer auf der Suche nach frischem Blut, und verplempern unsere Zeit. Vor ein paar hundert Jahren lief das so ab, aber wir haben uns der modernen Welt angepasst. Wir haben auch die menschliche Wirtschaft infiltriert. Wir sind überall. Mit dem einzigen Unterschied, dass wir nicht in überirdisch gebauten Büros sitzen und meistens nachts arbeiten.«
Emily schrak zusammen, als er plötzlich direkt vor ihr stand und ihre Hand ergriff, seine Finger in ihren verschränkte. Irritiert starrte sie auf die ineinander verschlungenen Hände hinunter. Ihr Herz geriet angesichts der unerwarteten Intimität der Berührung ein wenig aus dem Takt.
»Deine Hand ist warm.«
Sanft lächelnd sah er sie an, ließ seinen Daumen in der Verschränkung über ihren Zeigefinger streichen.
»Natürlich. Nur kranke oder sterbende Vampire haben kalte Haut. Wir sind untot, um den menschlichen Begriff zu gebrauchen, nicht tot. Ein feiner Unterschied. Vielleicht verhilft es dir zu mehr

Verständnis, wenn du dir einfach vorstellst, dass wir eine andere Rasse sind. Eine Art Mutation.«
Er zog sie mit sich zur Tür.
»Komm, ich möchte dir etwas zeigen. Ich möchte, dass du siehst, wie unsere Welt wirklich aussieht. Wenn es nicht um Nahrungsaufnahme geht. Bei Menschen geht es schließlich auch nicht nur ums Essen, oder?«
Emily blieb die Antwort schuldig, folgte dem Anführer des Clans aber ohne Gegenwehr, einmal mehr mit tausend neuen Fragen im Kopf. Vor allem verunsicherte sie die Tatsache, dass er ihre Hand während der nächsten fünf Minuten nicht losließ. Und dass ihr die Berührung gefiel.

9

Was Emily in den folgenden Stunden sah und erlebte, veränderte ihr Weltbild vollständig. Roy führte sie in eine Welt ein, die sich nur in wenigen Punkten von der der Menschen unterschied und doch so vollkommen anders war.
Nachdem sie den großen Salon betreten hatten, in dem einige Vampire faul herumsaßen, begaben sie sich in einen Flügel der Unterkunft, den Emily noch nicht kennengelernt hatte.
»Die Vampire, die du gerade gesehen hast, sind vergleichbar mit den Jugendlichen in deiner Welt, die an Bushaltestellen oder anderen öffentlichen Plätzen herumlungern und nicht wissen, was sie mit sich anfangen sollen. Der Unterschied zu unserer

Unterkunft ist, dass ich sie hier im Blick habe. Aber hier leben auch Familien. Hier wird gearbeitet. Und das möchte ich dir gerne zeigen, damit du siehst, dass wir nicht die blutrünstigen Monster sind, für die du uns hältst.«
Emily folgte ihm gehorsam, aber die Frage nach dem Warum hämmerte hartnäckig und lauter werdend in ihrem Kopf.
»Roy?«
Er drehte sich zu ihr um, schaute ihr tief in die Augen. Sie bemühte sich, seinem eindringlichen Blick standzuhalten.
»Bis vor ein paar Tagen warst du auf der Jagd nach mir, um mich zu beseitigen. Und jetzt zeigst du mir zuvorkommend deine Welt und spielst den Charmanten. Warum tust du das?«
Er legte den Kopf schief und lächelte geheimnisvoll.
»Du wirst es noch erfahren. Sagen wir so: Du kannst mir von Nutzen sein. Alles Weitere später. Komm jetzt.«
Also doch. Emily hatte es geahnt. Er hatte etwas mit ihr vor, nur deswegen hatte sich sein Verhalten ihr gegenüber ins Gegenteil verkehrt. Es war eine Show, um sie für sich zu gewinnen. Er spielte noch immer mit ihr. Nur dass der Einsatz vorübergehend nicht mehr ihr Leben war. Es schürte eine kleine Flamme der Wut in ihr.
Sie hatte keine Gelegenheit, sich weiter darauf zu konzentrieren. Roy klopfte an eine Tür, die seiner eigenen ähnlich war. Geöffnet wurde von einer blonden Schönheit, die sie freundlich lächelnd

hereinbat. Sie strahlte eine Sanftheit aus, mit der Emily hier unten nicht gerechnet hatte.

»Emily, darf ich dir Mindy vorstellen. Mindy, das ist Emily Watson. Sie ist seit zwei Tagen mein … Gast.« Das freundliche Lächeln der Blondine verwandelte sich in pures Staunen, das noch weiter zunahm, als er impulsiv einen Arm um Emilys Hüfte legte. Diese ließ es perplex geschehen und versuchte zu ignorieren, wie gut es sich anfühlte, Roy so nahe zu sein.

Dass Mindy den erstaunten Ausdruck in ihrem Gesicht wieder in ein strahlendes Lächeln verwandelte, war nur einem warnenden Blick ihres Lords zu verdanken. Er verfolgte ein Ziel, und sie stellte besser keine weiteren Fragen.

»Emily! Wir kennen alle deinen Namen, hätten aber nicht damit gerechnet, dich einmal … kennenzulernen.«

Es war nicht zu übersehen, dass sie sich einen weiteren Kommentar verkneifen musste. Sie holte Luft, klappte dann aber schnell den Mund zu, lächelte verlegen und fuhr sich mit der Hand durch die Haare. Roy antwortete an Emilys Stelle: »Ich weiß. Ich würde sagen, die letzten Tage waren für uns alle eine Überraschung. In jeder Hinsicht.«

Er lachte leise und winkte plötzlich einem kleinen Jungen von etwa eineinhalb Jahren zu, der auf einer großen, dicken Decke mitten im Raum saß. Erstaunt bemerkte Emily, dass das Kleinkind blasse Haut hatte.

»Emily, das ist Daniel. Der Sohn von Mindy und Max.«

»Ein VAMPIRKIND?« Sie betonte es so überrascht, dass Mindy herzhaft lachte.
»Roy, du scheinst ihr noch nicht viel über unser Volk erzählt zu haben!«
»Nein. Ich wollte, dass sie es mit eigenen Augen sieht.«
Emily betrachtete den Jungen aufmerksam.
»Ich wusste nicht, dass Vampire Kinder bekommen können.«
Roy trat neben sie. »Wie gesagt: Sieh uns als andere Rasse an. Vergiss mal den Beitrag des Todes dabei. Der Mensch stirbt, der Vampir wird geboren. Eine totale Verwandlung. Wir leben, Emily. Wir sind ein lebendes Volk, das seit vielen hundert Jahren existiert. In der Natur entstehen immer wieder neue Arten durch Mutationen. Wir sind eine menschliche. Dass es uns noch nicht so lange gibt wie die Menschheit an sich heißt nicht, dass wir weniger Rechte haben. Und dass wir uns von Blut ernähren, gibt den Menschen nicht automatisch das Recht, uns zu jagen.«
Sie sah ihn fragend an. »Gene hat bei meiner Ankunft hier etwas Ähnliches gesagt. Was hat es damit auf sich? Warum verteidigt ihr euch so verbittert?«
»Später. Erst gehen wir in den Wirtschaftsflügel hinüber. Dort lernst du auch Max kennen.«

Es stellte sich heraus, dass die Unterkunft wie eine Firma unter Tage funktionierte. Es gab Büros, Computer, Telefone und Internet. Emily erfuhr, dass hier Geschäfte abgewickelt wurden wie in ihrer Welt, und zwar nicht nur innerhalb des Vampirvolkes, sondern auch mit den Menschen.

»Wir betreiben hier eine normale Handelsfirma, wie jede andere auch. Im Handelsregister eingetragen und vollkommen legal. Die einzige Ausnahme ist, dass wir Geschäftstermine nur bei Dunkelheit wahrnehmen und niemals jemanden hierher einladen, auch nicht Vampire aus anderen Unterkünften. Dafür haben wir eine offizielle Geschäftsadresse in der Stadt. Und natürlich weiß niemand, dass diese Firma im Besitz von Vampiren ist.«

Erwartungsgemäß war Emily beeindruckt. Roy beendete den Rundgang mit einer Besichtigung des Schwimmbades und des Fitnesscenters, zeigte ihr die Waffenkammer und die Blutbank, einen gekühlten Lagerraum für die Blutvorräte der Vampire, und brachte sie anschließend in sein eigenes Quartier.

»Du siehst, jede Unterkunft ist als Stadt zu betrachten. Es gibt Wohnungen, Vergnügungen, Arbeit ... es ist alles da. Und wenn uns das nicht reicht, gehen wir hinaus in eure Welt. Bei Nacht sind wir dort genauso zu Hause wie ihr. Du bist mit Sicherheit schon oft abends Vampiren begegnet, ohne es zu merken. Auf der Straße, im Kino, in Clubs ...«

Emily ließ den Lord ausreden, bevor sie die einzige noch offene Frage stellte: »Und wie soll ich dir nun *nützlich* sein? Was hast du mit mir vor?«

Roy lächelte und bot ihr ein Glas Rotwein an, das sie, ohne zu zögern, ablehnte. Er fing laut an zu lachen und stellte die Flasche wieder zurück.

»Keine Angst, es ist wirklich nur Wein! Du kannst auch weißen haben. Ich sammle ihn, trinke aber selten davon.«

Er setzte sich in einen bequemen Sessel und lehnte sich behaglich zurück. Emily blieb instinktiv auf der vorderen Kante eines zweiten Sessels sitzen, was Roy zu amüsieren schien.

»Du darfst es dir gerne gemütlich machen. Innerhalb der nächsten Stunden wirst du weder fliehen müssen noch sterben, das verspreche ich dir. Aber nun zu deiner Frage. Du wirst für mich Diplomatin spielen.«

»Diplomatin? Inwiefern das?«

»Ich habe dir nicht umsonst gezeigt, wie wir leben. Und nicht umsonst habe ich betont, dass wir dasselbe Recht zu leben haben wie die Menschen. Weißt du, es ist nicht ganz richtig, dass kein Mensch von unserer Existenz weiß. Ein paar hochrangige Politiker wissen sehr wohl, dass es unser Volk gibt. Sie haben Angst vor uns, weil sie uns, genau wie du, für wilde Kreaturen halten, die nicht zu kontrollieren sind. Aber dass Menschen angefallen und gebissen werden ist selten geworden. Die Jugendlichen, die du im Salon getroffen hast, tun es gelegentlich, auch wenn ich es ihnen verboten habe. Es gibt sogar Vampirgesetze dagegen, aber genau wie Menschen sind auch Vampire nicht unfehlbar. Dass ich selbst es auch getan habe, um ... na ja, deine Familie auszulöschen, weißt du ja.«

Emily hob die Hand, um ihn zu unterbrechen.

»Wo wir gerade so offen sind: Hast du immer noch vor, uns komplett auszulöschen, oder glaubst du mir, dass es ein Unfall war und ... begnadigst mich?«

Roy sah sie lange nachdenklich an, bevor er antwortete.
»Ich habe Jahrhunderte damit verbracht, deine Familie zu jagen. Du hast keine Ahnung, was für eine lange Zeit das ist. So einen Plan gibt man nicht einfach so auf, auch wenn Fakten dafür sprechen würden. Es ist in mir, es ist ein Teil von mir. Dass du noch lebst, hast du nur zwei Dingen zu verdanken: dem Umstand, dass du Vivienne so ähnelst, und der Tatsache, dass du mir helfen kannst.«
Emily begann, zu verstehen. »Also entweder spiele ich dein kleines Spielchen mit, oder ich bin tot, richtig?«
»Wenn du es so formulieren willst … ja.«
Die junge Frau nickte. »Wow. Erpressung statt Tod. Mal was Neues. Großartig.«
Sie atmete tief ein und aus, kämpfte ihre Wut nieder. Sie würde Roy nicht die Genugtuung verschaffen, in seiner Gegenwart die Fassung zu verlieren.
»Also schön. Da ich keine Wahl habe, wenn ich leben will: Was soll ich tun?«
»Wie gesagt gibt es einige Politiker, die von uns wissen und uns gern tot sehen würden. Und damit meine ich: richtig tot. Nicht mehr existent. Vor etlichen Jahren hat ein unglaublich dämlicher Vertreter unseres Volkes die Wirkung von Drogen ausprobiert. Er ist durchgedreht und hat im Rausch einen hochrangigen Politiker getötet. Leider wurde er auf frischer Tat ertappt. Er diente wochenlang als Versuchskaninchen, bis man zu akzeptieren bereit war, dass es Vampire tatsächlich gibt. Dann folterte

man ihn und zwang ihn so, zu singen wie ein Vögelchen. Er hat Teile unseres Volkes verraten.

Eine Gruppe von politischen Vertretern gründete daraufhin die VHA, die Vampire Hunting Agency, die es offiziell natürlich gar nicht gibt. Sie erforscht unsere Welt, unsere Kultur und unsere Lebensweise, oder versucht es zumindest, denn bislang ist es uns gelungen, sie uns weitgehend vom Hals zu halten. Das Ziel der VHA ist es, unsere Unterkünfte zu finden und unser Volk komplett auszurotten. Dabei sind sie sich sehr wohl bewusst, dass sie das nur in England erreichen können, denn keine politische Macht der Welt würde ihnen glauben, wenn sie von der Existenz von Vampiren erzählen würden. Aber es gibt uns weltweit, daher wäre es nur ein kleiner Sieg. Ich persönlich fände es sinnvoller, unsere Artgenossen in Rumänien im Zaum zu halten. Sie sind nicht so fortgeschritten wie wir. Da unten leben noch die wirklichen Ur-Vampire. Blutrünstige, unzivilisierte Clans.

Was wir hier in England erreichen möchten, ist eine Gleichberechtigung. Wir sind anders, aber keine Monster. Wir zapfen schon seit Jahrzehnten Blutbanken an und beziehen einen Teil des dort gelagerten Bluts zu unserer Versorgung. Es müssen keine Menschen mehr sterben, um uns zu ernähren. Was uns leider davon abhängig macht, dass genug Menschen Blut spenden.«

»Warum geht ihr Familienoberhäupter dann nicht zu den Politikern und sprecht mit ihnen?«

Roy lachte bitter auf und fuhr sich mit der Hand durch sein langes, schwarzes Haar.

»Wie stellst du dir das vor? Die Verantwortlichen werden ständig von Bodyguards bewacht, die der VHA angehören. Ein Schritt in deren Richtung, und wir wären sofort alle Staub. Emily, die lassen nicht mit sich reden, so wie ich dich habe reden lassen. Sie haben Todesangst vor uns. Es würde ihnen im Traum nicht einfallen uns zu glauben, dass wir eigene Firmen haben und in Familien zusammenleben. Sie glauben, dass hinter unserem zivilisierten Verhalten ein anderer, dunkler Plan steckt, was auch immer das heißen soll.«

Sie dachte den Gedanken laut weiter. »Das heißt also, weil du und die anderen Vampire nicht direkt mit den Politikern sprechen könnt, willst du, dass ich mit ihnen rede.«

Er nickte bedächtig.

»Ich soll in irgendein Ministerium spazieren und denen als Mensch erzählen, wie nett Vampire sind.«

Roy rümpfte die Nase. »Ich hätte es anders formuliert.«

»Wenn die VHA so eine Bedrohung für euch ist, warum verlasst ihr England dann nicht?«

Ihr Gegenüber sprang empört auf und sah sie wild an. Ein roter Schimmer trat in seine dunklen Augen. Emily bereute ihre Äußerung sofort und wich erschrocken ein Stück zurück.

»Hast du nicht verstanden, worum es uns geht? Die VHA ist nicht unser eigentliches Problem. Das heißt: Sie ist das Problem, weil sie unserem Ziel im Weg steht: Wir wollen eine Gleichberechtigung. Wir lassen uns nicht verjagen! Wir wollen friedlich Seite an Seite mit euch leben. Das hier ist auch unsere

Heimat! Die Menschen müssen weiterhin nichts von uns wissen, aber wir wollen in Ruhe gelassen werden. In unserer Heimat akzeptiert werden. Und politisch mitentscheiden, weil die Politik der Menschen letzten Endes auch uns zu einem Teil betrifft, zumindest, soweit es wirtschaftliche Interessen angeht.«
»Das werdet ihr niemals erreichen können!«
»Nicht, wenn du uns nicht hilfst, das stimmt. Dann haben wir keine Chance.«
»Ich weiß, dass meine einzige Alternative der sichere Tod ist. Trotzdem brauche ich Zeit, um darüber nachzudenken. Du verlangst sehr viel, und ich muss mir wenigstens sicher sein, eine Art … Schlachtplan zu haben, bevor ich mich auf etwas Derartiges einlasse. Obwohl ich dir auch so versichern kann, dass dein Plan so gut wie aussichtslos ist. Niemand wird eine junge Frau wie mich für voll nehmen.«
Roy war die ganze Zeit stehen geblieben und wich nicht zurück, als Emily aufstand. Plötzlich waren sie sich sehr nahe, und sie konnte den Hauch seines Aftershaves riechen, das sich unauffällig mit dem eigenen Duft der Kreatur vermischte.
Der Vampir blitzte sie aus rot leuchtenden Augen gefährlich an, während er ihr gleichzeitig sanft über die Wange strich. An der Stelle, an der seine Haut auf ihre traf, blieb eine Gänsehaut zurück, die sich bis zu ihrem Hals hinunter fortsetzte. Emily vergaß kurzzeitig, zu atmen.
Dicht an ihrem Ohr flüsterte er: »Überleg nicht zu lange, Prinzessin. Wenn du dich weigerst, werde ich dich schon allein deswegen töten, weil durch deine

Entscheidung unsere Chance auf Gleichberechtigung den Bach runtergeht.«

Sie erkannte plötzlich, dass es für einen Mann wie Roy ein Leichtes war, sich einen anderen Menschen zu suchen, der seine diplomatischen Fähigkeiten in dieser Sache unter Beweis stellte. Doch sie behielt den Gedanken vorsichtshalber für sich. Alles andere hätte sehr schnell ihr Todesurteil bedeutet. Sollte er ruhig glauben, dass er *sie* brauchte.

Als sie den Raum verlassen wollte, hielt der Lord sie am Arm zurück.

»Emily, warte noch. Vielleicht kann ich dir einen kleinen Anreiz geben, was deine Entscheidung angeht.«

Sie sah ihn kalt an und wartete.

»Wenn du unserem Volk in dieser Sache hilfst und loyal zu uns stehst, könntest du damit die Schuld von Edward Watson reinwaschen. Ich würde dich leben lassen, allein für deinen ehrlich gemeinten Versuch, uns zu helfen.«

Als sie am folgenden Abend an Roys Tür klopfte, hielt Emily den Kopf trotzig hochgereckt und verschränkte die Arme vor der Brust, kaum dass sie angeklopft hatte.

Er ließ sie eintreten, einen befriedigten Ausdruck im Gesicht. Er war fest davon ausgegangen, dass sie klug genug war, auf sein Angebot einzugehen. Es gefiel ihm, recht zu behalten.

»Du hast deine Entscheidung also gefällt. Kluges Kind.«

»Wer sagt dir, dass ich mich zu deinen Gunsten entschieden habe?« Sie sah ihn herausfordernd mit hochgezogener Augenbraue an.
Vollkommen unbeeindruckt antwortete Roy: »Sonst wärst du nicht hier, oder schon tot. Ich habe deine Gedanken gelesen, bevor du den Raum betreten hast.«
Emily unterdrückte einen Fluch.
»Dir ist klar, dass du von jetzt an zu einhundert Prozent loyal zu unserem Volk stehen musst?«
Sie nickte widerwillig. Roy machte einen erneuten Versuch, ihr ein Glas Wein anzubieten, und an seinem Blick sah sie, dass sie gut daran tat, es dieses Mal anzunehmen.
»Du wirst es nicht bereuen. Ein ausgezeichneter Jahrgang.«
Sie folgte seiner Geste, sich auf die Couch zu setzen, und zuckte leicht zurück, als er sich überraschenderweise nicht in seinen Sessel fallen ließ, sondern ihr auf dem Sofa Gesellschaft leistete. Er gab sich nicht einmal Mühe, einen natürlichen Abstand zu wahren.
»Du bist wunderschön, weißt du das? Und ich bin sehr froh, dass ich dich fürs Erste nicht töten muss.«
Sie wurde kreidebleich. »Fürs Erste? Was soll das heißen? Du hast mir versprochen …«
»Versteh mich nicht falsch, aber dass du unser Sprachrohr wirst, heißt nicht zwangsläufig, dass ich dir vertraue. Mein Vertrauen musst du dir durch ehrlichen Einsatz und Loyalität erst verdienen.
Meine Güte, du siehst Vivienne wirklich bemerkenswert ähnlich.«

Seine Augen bekamen wieder diesen rötlichen Schimmer, und seine Fangzähne spitzten sich. Emily wusste, was die Reaktion hervorgerufen hatte, und wollte aufstehen. Aber er war schneller, griff nach ihrem Arm und hielt ihn wie in einem Schraubstock gefangen. Wütend blitzte sie ihn an.
»Ich hoffe nicht, dass du mir jetzt eröffnen willst, dass mein Auftrag auch gewisse Gefälligkeiten dir gegenüber beinhaltet?«
Sofort ließ er sie los. Sein Blick haftete jedoch unnachgiebig weiter auf ihr. »So etwas würde ich nie tun. Wenn sich zwischen uns etwas Derartiges entwickelt, dann nur, wenn du es auch willst.«
Er ließ seinen Finger durch ihre braunen Locken gleiten.
Nur wenn sie es *auch* wollte?
Hieß das, dass er bereits …?
Natürlich hatte er daran gedacht. Das rote Glühen seiner Augen verriet ihn. Peinlich berührt blickte Emily zur Seite und versuchte mit heftig klopfendem Herzen, das Thema zu wechseln.
»Also, wie soll ich vorgehen?«
»Du wirst zum Innenminister gehen.«
»Zu Minister Morris? Bist du verrückt? Er wird mich nie empfangen! Wenn ich ihn überhaupt antreffe. Reisen Minister nicht ständig durch die Welt?«
»Ganz ruhig. Zunächst einmal rufst du vorher im Innenministerium an und versuchst telefonisch, einen Termin bei Morris zu bekommen. Wenn das misslingt, gehst du persönlich dorthin und sagst du seiner Sekretärin, dass du Kenntnis über die Existenz

der VHA hast. Dann kann sie dich unmöglich abweisen.«
»Ich spaziere direkt zum Sekretariat des Ministers und sage denen, dass ich weiß, was die VHA ist.«
»Genau.«
»Und wie soll ich bitte bis dorthin kommen?«
Roy grinste entspannt. »Das, meine Liebe, ist der kreative Teil deiner Aufgabe: Lass dir was einfallen. *Du* bist in dieser Welt zu Hause, nicht ich.«
Sie seufzte und legte den Kopf in die Hände.
»Ich hätte in New York bleiben sollen. Ich hätte einfach dortbleiben und den Nachlass meiner Mutter von dort aus abwickeln sollen.«
»Das Schicksal hatte andere Pläne mit dir, Emily. Man kann nicht beeinflussen, was das Schicksal tut. Man muss es einfach zulassen.«

10

Zwei Tage später machte sie sich auf den Weg, um persönlich im Innenministerium vorzusprechen. In ihrer Funktion als Autorin gab sie vor, mit Minister Morris einen Termin für ein Gespräch zu haben, weil sie seine Biografie schreiben wollte. In gespielter Entrüstung regte sie sich furchtbar darüber auf, dass man ihren Termin offenbar verschlampt hatte, und warum niemand im ganzen Gebäude fähig war, die Termine des Ministers vernünftig zu koordinieren. Sie wäre extra aus New York angereist und könne weder mit leeren Händen abreisen noch ihren Aufenthalt in London verlängern. Die

Sicherheitsbeamten waren nicht in der Lage, sie zu beruhigen. Ihr Wutanfall hallte in der Eingangshalle wider und artete langsam, aber sicher in eine Peinlichkeit aus. Endlich schickte man sie direkt zum Sekretariat des Ministers, damit die Angelegenheit in kleinerem Rahmen geklärt werden konnte.

Auch Morris' eingebildete, schnippische Chefsekretärin wusste natürlich nichts und wollte sie gerade wieder bitten zu gehen, als sich Emily vertraulich über ihren Tisch beugte, ihr etwas zu nahekam und zuckersüß in ihr Ohr flüsterte:
»Miss ... Engels.«
Sie schaute auf das Namensschild der Frau, das auf den klobigen Schreibtisch geschraubt war.
»Ich denke schon, dass der Minister Zeit für mich finden wird, denn ich habe zufällig Kenntnisse über die VHA. Schon mal gehört? Sie brauchen es gar nicht abstreiten. Ich weiß *alles*.«
Die Augen der Angestellten weiteten sich.
»Das kann nicht sein...«
Sie hauchte es atemlos in den Raum hinein und wühlte mit fahrigen Händen hektisch auf ihrem Tisch herum.
»Mein Gott, das ist nicht möglich. Wer hat Ihnen... das hat die oberste Geheimhaltungsstufe ...«
»Gott hat damit meines Wissens nichts zu tun, Miss Engels. Aber wer weiß...« Sie ließ vergnügt ihre Augen blitzen.
Das Spiel begann Emily Spaß zu machen. In ihrem Übermut bemerkte sie leider nicht, wie die Sekretärin

mit einer Hand unter den Tisch langte, um ein kleines rotes Knöpfchen zu drücken.
Während Miss Engels scheinbar noch damit beschäftigt war, ihre Fassung zurückzuerlangen, wurde die Tür unwirsch aufgestoßen. Zwei bewaffnete Uniformierte stampfen in den Raum und packten Emilys Arme, rissen sie ihr brutal hinter den Rücken.
Die junge Frau schrie erschrocken auf und wollte sich wehren, aber der Griff war so hart, dass sie nicht die leiseste Chance hatte. Vornübergebeugt blieb sie stehen und keuchte schmerzerfüllt.
»Ah! Verdammt, was soll das?«
Miss Engels baute sich mit eiskaltem Blick vor ihr auf, sah aber nur das Sicherheitspersonal an.
»Bringt sie zu Benson. Sie behauptet, etwas zu wissen. Besser ihr überprüft sie, bevor sie dem Minister zu nahekommt.«
Ohne ein weiteres Wort zogen die Männer Emily mit sich. Auf dem Flur kamen zwei weitere Uniformierte dazu, die darauf achteten, dass ihnen niemand in die Quere kam.
Emily wurde trotz ihres heftigen Protests durch endlose Flure geschleift, landete schließlich in einem Aufzug und wurde, im untersten Kellergeschoss angekommen, mit dem kräftigen Hieb eines Gummiknüppels auf ihren Schädel in tiefe Bewusstlosigkeit geschickt.

Ihr Kopf dröhnte. Sie versuchte, die Augen zu öffnen, was sich als äußerst schmerzhaft erwies. Also schloss sie sie wieder, was keine Besserung brachte.

Übelkeit stand in ihrer Speiseröhre wie abgestandenes Wasser und zog bis in den Kopf hinauf. Oder kam sie von dort? Sie wusste es nicht. Sie versuchte, die Hände zu heben, um sich die Augen reiben zu können, den Schmerz zu vertreiben. Und bemerkte panisch, dass sie vollkommen bewegungsunfähig war! Ihre Arme waren straff nach hinten gespannt, bogen sich um eine Stuhllehne. Etwas Hartes schnitt ihr in die Handgelenke.
›*Kabelbinder*‹, schoss es ihr durch den Kopf. Keine Chance, die Hände auch nur ansatzweise zu bewegen. Bei dem Versuch, ihre Füße zu spüren, kam sie zu dem Ergebnis, dass auch sie gefesselt waren. Emily und der Stuhl, auf dem sie saß, waren so fest miteinander verbunden, als wären sie eins. Sie stöhnte.
Erneut öffnete sie die Augen, sah an sich selbst herunter.
Sie war vollständig angezogen. Erleichterung durchflutete ihren vor Schmerzen pochenden Körper, dann wurde ihr schwindelig, die Übelkeit nahm zu. Schnell schloss sie die Augen und versuchte, gleichmäßig und tief zu atmen.

Nächster Versuch. Sie öffnete die Augen, scannte dieses Mal den Raum. Er war klein, nicht mehr als zwölf Quadratmeter. Die Wände waren nackt und schmutzig grau.
Direkt vor ihr stand ein Tisch mit einer Lampe, die gleißend helles Licht in eine Ecke des Raums schoss. Die Helligkeit schmerzte in ihren Augen, obwohl sie

nicht auf sie gerichtet war. Auf der anderen Seite des Tisches saß ein bulliger Schrank von einem Mann. Sein Zwei-Millimeter-Haarschnitt betonte ein speckiges Boxergesicht. Eine dicke Narbe prangte über dem linken Auge. Das zufriedene Grinsen milderte seine brutale Ausstrahlung nicht ab. Vom Rauchen gelb verfärbte Zähne zeigten sich hinter fleischigen Lippen.
»Sieh an, das Täubchen wird wach.«
Emily wollte sich angewidert wegdrehen, doch bei dem Versuch, den Kopf zu bewegen, schoss ein lähmender Schmerz durch ihre rechte Hirnhälfte. Stöhnend schloss sie erneut die Augen und kämpfte den Würgereiz nieder.
»Oh, sorry. Wir waren leider gezwungen, dich vorübergehend außer Gefecht zu setzen. Es hätte sonst wahrscheinlich Stunden gedauert, dich hier runterzubringen, du kleine Wildkatze.
Und jetzt erzähle mir mal, was du glaubst, unter der VHA zu verstehen.«
Es klang, als würde er mit einem kleinen Kind sprechen. Nur, dass seine Stimme vor Ironie triefte.
»Wer … sind Sie … überhaupt?«
Durch den Nebel des Schmerzes hindurch hatte Emily Mühe, sich klar zu artikulieren.
Der Mann beugte sich gefährlich knurrend über den Tisch und schlug mit der flachen Hand so fest auf die Holzplatte, dass Emily zusammengezuckt wäre, hätte sie sich entsprechend bewegen können.
Wieder brüllte der Schmerz durch ihren Kopf.
»Ich stelle hier die Fragen!«

Er lehnte sich zurück, als wäre nichts passiert, und fuhr zuckersüß fort: »Aber wir wollen die nette Atmosphäre hier ja nicht direkt vergiften. Also schön: Mein Name ist Benson. Mehr musst du nicht wissen, sonst müsste ich dich töten.«
Er lachte dreckig.
»Und jetzt zurück zu meiner Frage. Also?«
»Ich will Minister Morris sprechen.«
Bensons Lachen dröhnte durch den Raum. Er wischte sich gespielt imaginäre Tränen aus den Augenwinkeln.
»Sie will Morris sprechen, ist das zu fassen! Was glaubst du, wer du bist, meine Süße? Einfach ins Ministerium zu spazieren, mit Begriffen um dich zu schmeißen, von denen noch nicht einmal der Premier Ahnung hat, und dann auch noch dreist Forderungen zu stellen? Vielleicht sollten wir dir den Ernst der Lage ein wenig einprügeln?«
Ohne Vorwarnung kam ein Hieb von der Seite, wo aus dem Nichts ein weiterer Mann aufgetaucht war, und traf sie voll in die Magengrube. Emily keuchte und kniff die Augen zusammen, bis der Schmerz etwas nachließ. Plötzlich verstand sie, warum Roy so eindringlich auf ihre Loyalität bestanden hatte. Sie durfte unter Folter nicht weich werden. Wenn sie diese qualvolle Prüfung bestand, würde der Vampir sicher sein können, dass sie zu seinem Volk stand.
»Ich spreche nur mit Minister Morris.«
Ein erneuter Hieb traf sie, so wie in der darauffolgenden Stunde weitere Schläge gegen den Kopf und diverse Beleuchtungsattacken mit der

grellen Lampe, bis Benson erfolglos und genervt den Raum verließ, um eine Pause einzulegen.

Emily wurde losgebunden und halb bewusstlos in eine Zelle gebracht, gegen die ihr Zimmer in der Unterkunft ein Fünf-Sterne-Hotel war. Mit letzter Kraft kroch sie auf eine schmale Pritsche, auf der eine von Motten zerfressene, modrig riechende Wolldecke lag. Ihr Schädel hämmerte, ihre Augen versagten ihr den Dienst, ihre Handgelenke brannten wie Feuer, und ihr Magen fühlte sich an, als hätte ihn jemand von innen nach außen gestülpt.

Sie kauerte sich auf der Decke zusammen und wehrte sich nicht, als Bewusstlosigkeit sie gnädig mit Dunkelheit umfing.

Auch am nächsten und übernächsten Tag zogen sich die brutalen Verhöre weiter hin, bis Emily der festen Überzeugung war, am liebsten sterben zu wollen.

Wenn sie anfing, Benson Fragen zu beantworten, würde sie die VHA direkt zu der Unterkunft von Roy und seiner Familie führen, und alle Vampire wären dem Untergang geweiht. Und sie ebenfalls. Sie mochte sich nicht ausmalen, was Roy mit ihr anstellen würde, wenn sie seinen Clan auslöschte. Irgendwann, zwischen Bewusstlosigkeit und Dämmerzuständen, betete sie, es möge bald ein Ende finden, egal wie dieses aussah.

Überrascht musste sie feststellen, dass Bensons Hartnäckigkeit nicht sehr ausgeprägt war. Oder war er zu dem Schluss gekommen, dass sie nur gebluffT hatte?

Was immer ihn dazu veranlasst hatte – nach zwei Tagen waren die Verhöre plötzlich vorbei.
Von einem Moment auf den anderen verließ Benson den Raum. Man schleppte sie zurück in ihre Zelle und ließ sie dort wie einen Sack Kartoffeln auf den Boden fallen.
Emily blieb liegen, spürte die Kühle des Steinbodens an ihrer Wange. Der Gestank der Toilette in der Ecke drang in ihre Nase. Mit jedem Tag wurde er übler, klebte auf ihrer Haut, in ihren Haaren, ihrer Kleidung. Ihre Gedanken schweiften ab, waberten durch die Dunkelheit ihres Geistes.
Was passierte, wenn die VHA es tatsächlich schaffte, die gesamte Unterkunft auszurotten? Wenn sie es schaffte, Roy zu töten? Dann wäre sie endlich frei und der Fluch, der auf ihrer Familie lastete, wäre gebrochen!
Aber das Risiko war zu groß: Wenn der Lord überlebte, war sie geliefert. Und Emily war sicher, dass er das täte.
Plötzlich öffnete sich ihre Zellentür, und ein ihr bekanntes Gesicht trat ein. Emily zuckte zusammen und setzte sich mühsam aufrecht hin, versuchte, ihre Schmerzen zu ignorieren.
»Miss Watson? Ich habe gehört, Sie wollen mich sprechen.«
Sie rieb sich die wunden Handgelenke und versuchte in dem dämmrigen Licht, den Minister besser zu erkennen. Sie konnte kaum glauben, dass er persönlich vor ihr stand! Sie war einen Schritt weitergekommen. Bald musste Roy sie gehen lassen!

»Michael, bringen Sie mir eine Lampe. Hier drin ist es stockdunkel. Und einen Stuhl bitte. Und wäre es möglich, dass jemand dieses Klo mal putzt? Hier stinkt es pestilenzartig! Ihr sollt die Leute zum Reden bringen und sie nicht mit Krankheiten verseuchen!«
Unvermittelt überlegte Morris es sich anders und half Emily auf die Füße.
»So geht das nicht. In dem Drecksloch führe ich keine Unterhaltung. Michael, holen Sie Benson her. Wenn ich die junge Lady nachher zurückbringe, will ich, dass diese Zelle anständig aussieht. Vor allem das Klo.
Mensch, gucken Sie mich nicht so an! Das soll kein Drei-Sterne-Hotel werden, aber man soll aufs Klo gehen und schlafen können, ohne direkt die Pest am Arsch hängen zu haben! Aus einem toten Gefangenen prügelt man kein Geständnis! Und wollen Sie sich dabei freiwillig mit irgendeinem Scheiß infizieren?«
Michael schüttelte heftig den Kopf.
»Na also.«
Als Emily die stickige Zelle verließ und auf den hellen Flur hinaustrat, konnte sie zum ersten Mal das Gesicht des Mannes sehen, der ihr so aus der Seele gesprochen hatte. Er sah gröber aus als im Fernsehen. Sein schleimiges Lächeln behielt er sich anscheinend für öffentliche Auftritte vor.
Er nickte ihr zu, umfasste sanft ihren Oberarm und führte sie zu dem Aufzug, durch den sie Tage zuvor diese Folterkammer betreten hatte. Schon diese leichte Berührung tat ihr weh. Aber sie hütete sich, einen Ton zu sagen, und stolperte stattdessen mühsam neben dem Politiker her.

»Wir gehen in mein Büro. Alles andere ist unzumutbar. Wie geht es Ihnen?«
Emily hinkte leicht. Bei jedem Schritt spürte sie die Abschürfungen, die die Kabelbinder an ihren Fußgelenken hinterlassen hatten.
»Es ging mir schon besser, danke. Hätten Sie vielleicht etwas zu trinken?«
»In meinem Büro bekommen Sie etwas.«
Schweigend gingen Sie durch das halbe Gebäude, bis sie das Empfangszimmer erreicht hatten, aus dem Emily Tage zuvor hinausgeschleift worden war.
»Mildred, ich will von niemandem gestört werden. Und damit meine ich: von *niemandem*. Haben Sie mich verstanden?«
Die Sekretärin, die Emily direkt in die Hölle geschickt hatte, nickte eifrig und warf ihr einen giftigen Blick zu, nachdem Sie ihrem Chef demütig erklärt hatte, dass er wirklich keine Störung zu befürchten habe.
Dann schloss sich die Tür zu seinem Büro, und Emily fand sich in einer Art Bibliothek wieder. An drei Wänden standen hohe, bis zum Bersten gefüllte Bücherregale. Den Platz vor der rückwärtigen Fensterwand nahm der riesige Schreibtisch des Ministers ein, ein Monstrum aus Glas mit Messingfüßen. Davor luden klobige Ledersessel Besucher dazu ein, Platz zu nehmen und dem Herrn des Hauses zu huldigen.
Morris setzte sich genüsslich in seinen riesigen Schreibtischstuhl und wies Emily an, in einem der Sessel Platz zu nehmen.

Einen Augenblick lang herrschte Stille, den beide zu einer ausgiebigen gegenseitigen Musterung nutzten. Sie ließ sich weder von ihm noch von der Umgebung einschüchtern. Sie hatte Schlimmes hinter sich gebracht und nun lediglich ihren Auftrag im Kopf, dessen Erfüllung ihr die Freiheit schenken würde.
Der Minister machte schließlich den Anfang und durchbrach das Schweigen: »Es tut mir leid, dass man Sie so behandelt hat. Ich habe erst vorhin erfahren, dass Sie versucht hatten, Kontakt mit mir aufzunehmen. Die VHA hat das im Keim verhindert, beziehungsweise meine Sekretärin. Es war nicht meine Absicht, Sie tagelanger Folter auszusetzen. Benson versteht sich nicht auf zivilisierte Kommunikation. Für seine Aufgabe ist er der ideale Mann.«
»Sie sollten Ihre Sekretärin feuern, wenn Sie mich fragen.«
Morris lächelte süffisant und legte die Finger beider Hände nachdenklich aneinander. Emily hasste diese fast schon klischeehafte Politikergeste.
»Miss Engels hat in meinem Auftrag gehandelt. Das kann ich ihr kaum vorwerfen.«
Er legte eine Kunstpause ein, bevor er weitersprach.
»Kommen wir zur Sache: Sie haben sehr vehement darauf bestanden, ausschließlich mit mir sprechen zu wollen. Und es hat den Anschein, dass sie etwas wissen, was Sie besser nicht wissen sollten. Das stellt im Zweifelsfall eine Bedrohung für die Agency und für das normale Leben der Bevölkerung dar. Woher wissen Sie von der VHA?«

Emily schluckte. Der Moment der Wahrheit war gekommen. Es kam jetzt alles darauf an, dass sie die richtigen Worte fand und klarmachte, auf welcher Seite sie stand. Auch wenn es ihr schwer fiel, sich in ihrem desolaten Zustand in erforderlichem Maße zu konzentrieren.
»Minister Morris, da Sie über die VHA Bescheid wissen, muss es mir nicht merkwürdig vorkommen, in Ihrer Anwesenheit von Vampiren zu sprechen.«
Er schwieg, wartete darauf, dass sie fortfuhr.
»Ein Vampir selbst hat mir von der Agency erzählt. Von dem Zweck dieser Vereinigung und von der Ursache ihrer Entstehung. Ich möchte mich mit Ihnen über dieses Problem unterhalten.«
»Präzisieren Sie das bitte.«
Unbewusst rieb sie sich die wunden Handgelenke, verzog schmerzlich das Gesicht.
»Zeigen Sie mal her.«
Die junge Frau sah den Minister irritiert an, tat aber, was er verlangte. Sie stand auf und hielt ihm ihre Arme entgegen. Morris zog die Ärmel ihrer vor Schmutz starrenden Bluse von den Handgelenken und begutachtete die Striemen und tiefen Schnitte, die mit Rändern getrockneten Blutes verziert waren.
»Meine Güte. Das muss behandelt werden. Warten Sie.«
Er beugte sich über sein Telefon und drückte einen der Knöpfe.
»Mildred, bitte bringen Sie mir Heilsalbe und etwas Verbandszeug. ... Nein, nicht für mich. *Sie* haben die junge Lady zu den Affen runter geschickt!«

Er kam um den Tisch herum. Es war ihm anzusehen, dass er die Schäden, die seine Männer in den Verliesen anrichteten, zwar billigte, normalerweise aber nicht zu sehen bekam. So war es halt. Der eine traf die Anordnung, der nächste führte sie aus. Die Auswirkungen waren unerheblich, solange die Resultate stimmten.

»Meine Güte, manchmal frage ich mich, ob sie nur für fünf Penny Verstand hat. Erst wirft sie Sie über meinen Kopf hinweg den Wölfen zum Fraß vor und wundert sich dann auch noch, wenn Sie verletzt wieder hochkommen!«

Er schimpfte weiter leise vor sich hin. Irgendetwas an dieser Szene stimmte nicht. In Emilys Kopf schellten die Alarmglocken.

In diesem Moment ging die Tür auf, und eine zutiefst beleidigte Miss Engels betrat das Zimmer. Sie stellte ein Tablett mit Desinfektionsmitteln, einer Salbe und einem Verband auf dem Glastisch ab und wollte sich schon wieder zur Tür wenden, als sie einen Blick auf Emilys Handgelenke erhaschte. Erschrocken fuhr sie zurück und sah Emily in die Augen. Sie war weiß wie die Wand geworden.

»Ich hatte ja keine Ahnung … möchten Sie vielleicht einen Kaffee, Miss?«

Emily sah ihr überrascht in die hellgrauen Augen und las das Friedensangebot darin. Hatte Miss Engels tatsächlich nicht gewusst, in was sie sie hineinwarf, oder gehörte auch das zu einer gut inszenierten Show? Sie beschloss, vorübergehend mitzuspielen, und nickte dankbar.

Nachdem der Minister persönlich seinem ›Gast‹ die Handgelenke verbunden und sich wieder gesetzt hatte, und Emily einigermaßen selig den wunderbar frischen Kaffee schlürfte, der langsam ihre Lebensgeister weckte, kam er zur Sache.
»Ein Vampir hat Sie also selbst über die Existenz der VHA unterrichtet. Und was führt Sie nun zu mir? Es überrascht mich, dass Sie offenbar auf deren Seite stehen. Es wäre Ihnen doch ein Leichtes gewesen, Benson von Ihrem Kontakt zu berichten und diese leidigen Kreaturen aus der Welt zu schaffen. Es sei denn, es gibt einen besonderen Grund, aus dem Sie diesem Vampir vertrauen. Aber das würde mich sehr wundern!«
Emily trank noch einen Schluck Kaffee, bevor sie Morris alles erzählte. Fast alles.
»Ich bin durch Zufall da hineingeraten. Mit Einzelheiten will ich Sie nicht langweilen. Über mehrere Ecken und Kanten bin ich in der Welt der Vampire gelandet. Nachdem der erste Schock überwunden war, habe ich mich näher mit dieser Spezies auseinandergesetzt, und ... sagen wir ... Man hat mich über die Absichten des Vampirvolkes aufgeklärt.«
»Über ihre *Absichten*? Das ist ja interessant.« Seine Stimme triefte vor Sarkasmus.
»Und warum ist der Vampir, mit dem Sie diese Unterhaltung hatten, nicht selbst hierher gekommen?«
Emily schnaubte leise und beugte sich in ihrem Sessel vor.

»Minister Morris, Sie wissen genauso gut wie ich, dass die VHA jeder Verhandlung zuvorgekommen wäre.«

»Und was genau sollte der Gegenstand dieser ›Verhandlung‹ werden, Miss Watson? Ich nehme an, Roy hat Sie umfassend über seine Pläne in Kenntnis gesetzt.«

Überrascht sah sie auf. »Sie wissen, um wen es sich handelt?«

Er lachte selbstgefällig. »Miss Watson, Sie kämpfen diesen Kampf gerade erst seit fünf Minuten. Ich bin schon etwas länger dabei. Roy und all die anderen sind beinahe wie alte Vertraute geworden. Also, schießen Sie los. Spulen Sie das Band ab, dass man Ihnen ins Hirn gepflanzt hat.«

Emily hätte dem Mann gern widersprochen, aber er hatte recht. Man hatte ihr etwas eingeimpft und sie mit ihrem eigenen Leben erpresst, damit sie brav spurte. Und unter diesen Voraussetzungen musste sie das Vampirvolk verteidigen. Sie war eine Marionette in einem schlecht gespielten Puppentheater.

»Roy und die anderen möchten einen Waffenstillstand. Nein, hören Sie mir erst zu, bitte.«

Der Minister hatte Anstalten gemacht, ihr Gesuch im Keim zu ersticken.

»Bis vor wenigen Tagen wusste ich nicht einmal von der Existenz des Vampirvolks. Dann habe ich sie zunächst für blutrünstige Monster gehalten. Aber ich habe gesehen, wie sie leben, Herr Minister. Es sind Familienmenschen wie Sie und ich.«

Ein kurzes Auflachen donnerte über den Schreibtisch.
»Von Menschen kann man hier wohl kaum sprechen, Miss Watson!«
»Hängen Sie sich meinetwegen an der Wortwahl auf. Vampire haben einen ausgeprägten Familiensinn. Sie leben in großen Gruppen zusammen, arbeiten und haben ein eigenes Familienleben innerhalb ihrer vier Wände. Sie ziehen Kinder groß und umsorgen sie liebevoll. Sie und die anderen Politiker, und noch mehr die VHA, sehen in ihnen nur Kreaturen, die pausenlos auf der Suche nach frischem Blut sind. Aber das ist genauso wenig wahr, als würde man behaupten, Menschen würden ununterbrochen essen. Sie nehmen Nahrung auf wie wir, als Notwendigkeit und Genuss, führen davon abgesehen aber ein Leben ähnlich dem unseren.«
Morris erhob sich und begann, gemächlich im Raum auf und ab zu laufen.
»Miss Watson, es mag Sie erstaunen, aber wir wissen bereits zu großen Teilen, wie Vampire leben. In unterirdischen Katakomben, zusammengerottet und heimlich. Das Blut, das durch unsere Adern fließt, dient ihnen als Nahrung! Allein das ist schon ein Grund, sie auszurotten und die Gefahr von uns abzuwenden! Sie stehen in der Nahrungskette über uns und sind eine ständige Bedrohung!«
Emily wurde langsam wütend.
»Wenn Sie allein mitten in der Steppe stehen und auf ein Rudel Löwen treffen, stehen Sie derselben Gefahr gegenüber. Deswegen wird aber niemand versuchen, diese Tierart auszurotten!«

»Sie vergleichen Äpfel mit Birnen, junge Frau. Löwen können uns aufgrund mangelnder Intelligenz niemals gefährlich oder ebenbürtig werden.
Wie stellen Sie sich das vor? Wir leben alle friedlich nebeneinanderher und finden uns halt damit ab, dass gelegentlich ein paar Menschen sterben, weil ein Vampir seinen Hunger nicht beherrschen kann?«
»Wir Menschen leben doch auch friedlich nebeneinanderher und finden uns damit ab, dass gelegentlich ein paar von uns ihre Lust auf das Töten anderer nicht beherrschen können! Wenn man sich darauf einigen könnte, die Vampire, die das tun, als Verbrecher zu behandeln und zu verurteilen, wie wir das mit Menschen auch tun, und die in Ruhe lassen, die sich an die Spielregeln halten … Vampire haben sogar ihre eigenen Gesetze gegen so etwas!«
»Nein, Miss Watson. Die VHA hat genug Indizien dafür, dass Vampire nicht dazu in der Lage sind, sich an Regeln zu halten.«
Emily sah den Mann verständnislos an. »Indizien! Aufgrund Ihrer Fernforschung? Sie haben niemals eine Unterkunft betreten! Sie haben die Vampire nicht in ihrem häuslichen Umfeld erlebt! Wie auch, Sie hätten ja sowieso sofort alle abgeschlachtet, die Sie erwischt hätten. Urteilen Sie nicht über Dinge, von denen Sie keine Ahnung haben, Minister.«
Der Mann versteifte sich plötzlich, langte über seinen Tisch hinweg und drückte einen Knopf an seinem Telefon. Sofort öffnete sich die Tür und Miss Engels stand im Türrahmen.
»Miss Watson möchte gerne gehen. Sie steht nicht länger unter Arrest. Gehen Sie nach Hause, Miss, und

vergessen Sie alles, was man Ihnen erzählt hat. Das ist besser für Sie. Aber vorher tun Sie mir einen Gefallen als ›Botschafterin‹, zu der man Sie ja klugerweise ernannt hat: Richten Sie Roy aus, dass seine Bitte abgelehnt ist. Sein Volk ist gefährlich und unberechenbar, und wenn er glaubt, sich auf eine Stufe mit den Menschen stellen zu können, dann ist er auf dem Holzweg.«
Damit war Emily entlassen und wurde sanft von Miss Engels auf den Flur hinauskomplimentiert.

11

Sie ging nicht gleich zurück zu dem Eingang auf dem Highgate. Es war helllichter Tag, Roy und seine Familie würden sie also kaum empfangen.
Trotz ihrer schlechten Verfassung wollte sie die wenigen Stunden der Freiheit daher unbedingt ausnutzen. Ihr erster Gang führte sie in eine Apotheke, in der sie Schmerzmittel und eine Salbe gegen Prellungen kaufte. Der Apotheker musterte sie besorgt und fragte Emily, ob er die Polizei rufen sollte. Er fürchtete, sie wäre Opfer eines Gewaltverbrechens geworden. Sie beruhigte den Mann schnell und achtete darauf, ihre Verbände an den Handgelenken zu verbergen.
»Ich ... eh ... möchte als weiblicher Stuntman arbeiten und habe es beim Training etwas übertrieben. Das hat mich gelehrt, in Zukunft vorsichtiger zu sein.«
Sie versuchte es mit einem schiefen Lächeln.

»Vielleicht sollten Sie lieber den Beruf wechseln und normale Schauspielerin werden. In Liebesfilmen oder so. Männer zu küssen ist nicht so gefährlich.«
Emily musste unwillkürlich lachen und hielt sich schmerzverzerrt den Bauch.
»Das kommt ganz auf den Mann an, würde ich sagen.«
Der Apotheker stimmte in ihr Lachen ein und hielt ihr zuvorkommend die Tür auf, als sie mit allem Nötigen versorgt war.

Humpelnd und leicht gekrümmt kam sie am frühen Nachmittag zurück in die Pension, wo sie von Prudy sofort mit einer besorgten Umarmung und einem gewaltigen Redeschwall empfangen wurde.
»Miss Watson, Gott sei Dank sind Sie zurück! Nachdem unser deutscher Gast so plötzlich ums Leben kam und Sie nun auch mehrere Tage verschwunden waren, habe ich mir die größten Sorgen gemacht! Ich muss sofort die Polizei anrufen und das melden. Ich hatte Sie als vermisst gemeldet!«
Emily war dankbar, dass die alte Dame es offensichtlich zunächst wichtiger fand, die Polizei zu entwarnen, als sich um sie zu kümmern. Dennoch wurde sie sanft in die Küche geschoben und ermahnt, sich nicht von der Stelle zu bewegen.
Nur wenige Minuten später sah sich Prudy ihren Schützling von oben bis unten an. Sie stemmte die Hände in die Hüften und schüttelte entsetzt den Kopf.
»Mein liebes Kind, was haben Sie nur getrieben? Sie sehen ja furchtbar aus! Wo waren Sie die ganze Zeit?«

Emily ließ den Kopf hängen, plötzlich unendlich erschöpft. »Das kann ich Ihnen nicht in allen Einzelheiten erzählen, Prudy. Aber ich kann Ihnen sagen, dass mir in den letzten Tagen wirklich übel mitgespielt wurde.«
»Was haben Sie nur gemacht? Wurden Sie entführt? Möchten Sie vielleicht Anzeige erstatten?«
Emily winkte ab und schüttelte heftig den Kopf. »Nein, nein, vielen Dank. Es ist kompliziert, und ich kann es Ihnen wirklich nicht erklären. Aber ich glaube, ein heißes Bad …«
In diesem Moment knurrte Emilys Magen laut und vernehmlich.
»Oh.« Jedes weitere Wort war überflüssig.
»Meine Güte, sicher haben Sie nicht mal was Richtiges zu essen bekommen! Sie müssen vollkommen ausgehungert sein! Aber Sie haben Glück und sind genau zum richtigen Zeitpunkt nach Hause gekommen! Ich habe einen Schmorbraten im Ofen, der in wenigen Minuten fertig sein wird! Dazu mache ich Ihnen schöne Rosmarinkartoffeln und eine Portion Coleslaw, dann geht es Ihnen gleich wieder gut! So mein Kind, aber jetzt lasse ich Ihnen erst mal ein heißes Bad ein. Dann wird gegessen, und dann schlafen Sie sich ordentlich aus!«
Die Hauswirtin plapperte energisch weiter, während sie Emily die Treppe zu ihrem Zimmer hinaufschob und sich den Schlüssel geben ließ, da Emilys Hand so zitterte, dass sie das Schlüsselloch nicht traf. Prudy verschwand kurz im Bad, um Wasser in die Wanne laufen zu lassen, und blieb mit einem Ausruf der Überraschung stehen, als sie wieder ins Schlafzimmer

kam: Ihr Schützling lag in Embryonalstellung auf dem Bett und war tief und fest eingeschlafen.

Zwei Stunden später wurde Emily von nagendem Hunger und hartnäckigen Schmerzen aus dem Tiefschlaf gerissen.
Sie öffnete die Augen. Ihr Blick fiel durch die geöffnete Badezimmertür auf das mittlerweile kalt gewordene Schaumbad. Stöhnend drehte sie den Kopf und sah Prudy am Fenster stehen. Sie war damit beschäftigt, Emilys Kleidung ordentlich zusammenzulegen und über die Stuhllehne zu legen. Zunächst wollte sie böse über diesen Eingriff in ihre Privatsphäre werden, aber dann wurde ihr klar, dass Prudy sie lediglich umsorgte, wie es eine liebevolle Mutter getan hätte.
Mühsam erhob sie sich und zischte dabei vor Schmerzen durch die Zähne. Das Geräusch ließ Prudy aufmerksam werden.
»Oh, Sie sind wach, sehr schön. Ich hätte Sie sonst bald geweckt. Schlafen können Sie nachher noch, jetzt brauchen Sie erst einmal Ihr Bad und etwas zu Essen.«
Sie stand unvermittelt hilflos im Raum, ohne einen Ton zu sagen. Als Emily sie fragend ansah, bemerkte sie die Tränen in den Augen der Frau.
»Prudy, was ...?«
»Ich bin so froh, dass Sie wieder da sind. Ich hätte es mir nie verziehen, wenn Ihnen etwas zugestoßen wäre.«
Emily schloss die herzliche, alte Dame sanft in die Arme. Plötzlich standen ihr ebenfalls Tränen in den

Augen. Es tat gut, von einem lieben Menschen umgeben zu sein, und in etwas, das sich wie ein normales Leben und ein Zuhause anfühlte, einzutauchen.
»Brauchen Sie Hilfe, mein Kind?«
»Nein danke, Prudy. Machen Sie sich keine Sorgen. Ich nehme jetzt ein Bad, und danach würde ich mich sehr über eine Portion Ihres Schmorbratens freuen.«
Prudys Augen leuchteten auf, und sie ließ ihre neu erklärte Ziehtochter schnell allein, um das Essen vorzubereiten.

Um halb acht am Abend saß Emily auf ihrem Bett in der Pension und versuchte, ihre Gedanken zu ordnen. Nach einem langen, heißen Bad, dem Versorgen ihrer Verletzungen und einer sehr groß geratenen Portion Schmorbraten ging es ihr schon wesentlich besser.
Sie war nicht erfolgreich in ihrer Mission gewesen, hatte aber ehrlich ihr Bestes gegeben. Ihr körperlicher Zustand war Beweis genug. Roy musste sie gehen lassen! Der Gedanke verursachte pure Glücksgefühle in ihr. Allerdings wurden diese durch ihre Wut auf ihn gedämpft. Er hätte sie vorwarnen müssen, dass sie in den Fängen der VHA Folter zu erwarten hatte!
Sie würde in dieser Nacht zu Roy zurückgehen, ihm die Antwort des Ministers ausrichten und morgen den ersten Flug zurück nach New York nehmen. Um das Haus und dessen Inhalt konnte sich ein Makler kümmern. Nach allem, was in den vergangenen Tagen passiert war, hatte sie nicht mehr den Wunsch, die Sachen ihrer Mutter oder die ihrer eigenen

Kindheit zu durchwühlen. Sie wollte alles nur noch hinter sich lassen.

Ein leises Klopfen riss sie aus ihren Gedanken. Es war bereits dunkel, und ein fremder Mann stand draußen vor ihrem Fenster.

Emily zuckte zusammen. Er konnte gar nicht dort stehen. Sie wohnte im ersten Stock. Dann dämmerte es ihr: Er schwebte. Es war ein Vampir.

Ihr Herz raste wild. Gedanken und Vorahnungen schossen so schnell durch ihren Kopf, dass sie sie nicht einmal klar erfassen konnte. Da der unangemeldete Besuch sich nicht vom Fleck rührte, blieb ihr nichts anderes übrig, als zum Fenster zu gehen und es zu öffnen.

»Roy schickt mich. Pack deine Sachen zusammen und verlasse die Pension.«

Emily stutzte. »Wozu? Ich habe getan, was ich sollte. Ich habe keine Ahnung, wer du bist, aber da Roy dich geschickt hat, richte ihm bitte aus, dass unser Plan gescheitert ist. Ich habe mein Bestes gegeben und musste vorher ausgiebige Folter ertragen! Wenn er sein Wort hält, muss er mich gehen lassen. Wir sind mehr als quitt, und ich bin frei!«

»Tu, was ich dir gesagt habe!«

Damit verschwand der Fremde so blitzartig, wie er gekommen war. Emily kochte vor Wut! Aber etwas in seiner Stimme hatte ihr Angst gemacht. Ihre Intuition sagte ihr, dass der Vampir gekommen war, um sie zu beschützen.

Mit zitternden Händen packte sie schnell ihre Sachen zusammen. Jetzt war sie dankbar, dass sie bei ihrem Besuch im Haus ihrer Mutter den Seesack vom

Dachboden mitgenommen hatte. Sie stopfte ihre Sachen dort hinein und ließ den großen Koffer zurück.
Auch den Inhalt ihrer Handtasche ließ sie in den Reisesack gleiten. Falls das eben eine Aufforderung zur Flucht gewesen war, schien es besser zu sein, nur ein Gepäckstück mit sich zu führen. Eine einzelne Tasche, die ihr momentanes Leben enthielt.
Dann nahm sie ein Blatt Papier und beeilte sich, der Hauswirtin einen kurzen Abschiedsgruß zu schreiben.

Liebe Prudy,
es tut mir leid, meine Zelte hier so schnell abbrechen zu müssen, nachdem Sie mich gerade erst wieder so liebevoll aufgenommen haben.
Doch ich muss gehen, und zwar noch heute Nacht.
Wie ich Ihnen bereits sagte, ist es kompliziert, aber Sie brauchen sich nicht um mich zu sorgen.

Sie zögerte einen Moment, ehe sie weiterschrieb:

Ein Mann wird sich um mich kümmern und mich beschützen.
Danke für alles.

Ihre Freundin Emily

Sie legte den Zettel auf den kleinen Tisch, schwang sich ihren Seesack über die Schultern und verließ eilig und so lautlos wie möglich das Zimmer.

Auf der Straße schlug der jungen Frau ein eisiger Wind entgegen. Dicke Regenschleier hüllten sie ein wie ein nasses Tuch. Da Emily nur gesagt worden war, sie solle die Pension verlassen, folgte sie ihrer inneren Eingebung und machte sich zu Fuß auf den Weg zur U-Bahn.

Als sie gerade um die nächste Straßenecke bog, sauste ein riesiger Schatten auf sie herunter und riss sie mit sich in eine dunkle Seitengasse. Bevor sie schreien konnte, hatte sich eine große Hand in einem schwarzen Lederhandschuh fest auf ihren Mund gelegt.

Ein schwerer Körper presste ihren gegen eine schmutzige, feuchte Hauswand. Emily spürte schmerzhaft jede geprellte Rippe und wimmerte leise vor sich hin.

Roy verstärkte den Druck seiner Hand und raunte in ihr Ohr: »Wir müssen verschwinden. Morris hat die VHA auf dich gehetzt. Du hättest sie direkt zu unserer Unterkunft geführt, ohne es zu merken. Wenn du jetzt fliehst, bringen sie dich um. In ihren Augen gehörst du zu uns.«

Emily versuchte, sich von dem Vampir zu lösen, aber er drückte sie wie eine Metallplatte weiter an die Wand.

»Ich weiß, es ist viel verlangt nach allem, was du durchgemacht hast, aber vertrau mir nur dieses eine Mal. Dass die VHA dich beschattet, ist Beweis genug, dass du getan hast, was ich von dir verlangt habe. Als Gegenleistung lass mich dein und mein Leben retten.«

Unvermittelt sah er auf und riss sie blitzschnell hinter eine überfüllte Mülltonne. Mit einem kurzen Blick bedeutete Roy ihr, absolut still zu sein. Emily vergaß vor Schreck sogar, zu atmen, was sich als sehr gut herausstellte, da man ansonsten ihren Atemnebel in der kalten Nachtluft gesehen hätte. Sekunden später gab der Vampir Entwarnung, flüsterte aber weiterhin.
»Pass auf. Ich weiß, dass du Angst hast. Sie quillt dir aus jeder Pore. Aber wenn du überleben willst, musst du mir jetzt vertrauen.«
»Du verlangst wirklich verdammt viel! Weißt du eigentlich, dass ich dank deines Plans tagelange Folter ertragen musste? Ich dachte, ich überlebe das nicht!«
Emily fauchte ihn so leise wie möglich an.
»Das können wir später diskutieren. Wenn du die VHA überleben willst, dann tust du, was ich dir sage. Wir müssen fliehen, und es wird eine ziemlich weite Reise. Wir werden fliegen, also halte dich an mir fest. Schling deine Arme um meinen Hals und wenn es irgendwie geht, deine Beine um meine. Hier.«
»Fliegen? Du meinst doch nicht...«
»Doch. Still jetzt.«
Emily kam sich hilflos und ein wenig verklemmt vor, als Roy ihr half, sich eng an ihn zu schmiegen. Die intensive Nähe stand in krassem Gegensatz zu ihrer Wut und ihrem Wunsch, das Weite zu suchen.
Dann verlor sie den Boden unter den Füßen, und ihr Halt an Roy war das Einzige, das verhinderte, dass sie wie ein Stein fiel! Wie von Zauberhand schoss er mit ihr in die Luft. Sie keuchte und spürte schon nach wenigen Metern, wie ihre Kräfte schwanden.

»Roy, was genau meinst du mit einer weiten Reise? Ich bin nicht sicher, wie lange ich die Kraft habe, mich an dir … oh mein Gott!«
Mit einer Geschwindigkeit, die an einen Jet erinnerte, schossen sie immer höher in die Luft, bis Emily das Lichtermeer von London komplett überblicken konnte. Sie schrie leise auf und klammerte sich noch fester an Roy, was ihr zusätzliche Schmerzen bereitete. Als er unerwartet eine Kurve flog, um einen weiten Bogen um ein landendes Passagierflugzeug zu machen, überschätzte er die Kräfte seiner verletzten Begleiterin. Sie wurde ohnmächtig und spürte nur noch, dass zwei starke Arme sie sicher festhielten.

Nach einer ganzen Weile erwachte Emily davon, dass sie vor Kälte zitterte. Außer Roy, in dessen Armen sie hing, sah sie überhaupt nichts. Und alles, was sie hörte, war das Rauschen des nächtlichen Windes um sie herum. Ihre Stimme krächzte eingerostet, als sie ihn bibbernd und mit klappernden Zähnen ansprach:
»Rrrroy, wo sssind wir? Warum ist mmmir so kalt?«
Der Vampir schaute sie überraschend freundlich an. Als er lächelte, konnte sie die Ansätze seiner Fangzähne erkennen, die selbst in eingefahrenem Zustand beeindruckend waren.
»Wir haben gerade die Grenze zu Schottland überquert. Du warst ganz schön lange weggetreten. Dass dir so kalt ist, liegt an der Höhe und der falschen Kleidung. Und daran, dass dein Kreislauf durch die lange Ohnmacht heruntergefahren ist. Hast du warme Kleidung in deiner Tasche?«
»Ja. Wo ist meine Tasche überhaupt?«

»Hängt über meiner Schulter. Kannst du dich wieder festhalten? Ich will runter. Das geht leichter, wenn du dich selbst festhältst.«
Emily tat ihr Bestes, aber im Flug ihre Beine um ihn zu schlingen, die dank der Kälte so gut wie taub waren, stellte sich als ein Ding der Unmöglichkeit raus.
»Es geht schon. Wenn dir gleich schlecht wird, sag bitte rechtzeitig Bescheid. Ich versuche, sanft zu landen.«
Kaum hatte Roy das ausgesprochen, sausten sie rasant Richtung Boden. Als sich Emilys Magen umdrehte, gab sie ein Ächzen von sich, aber da waren sie schon gelandet. Roy stellte Emily auf ihre Füße. Sie drehte sich sofort von ihm weg und übergab sich heftig in ein Gebüsch.
Mit dem Handrücken wischte sie sich den Mund ab, versuchte, sich in der Dunkelheit zu orientieren.
Es war schwärzeste Nacht. Nur schemenhaft offenbarten sich die Bäume in der näheren Umgebung. Zu ihrer Rechten lag ein freies Feld, auch dieses in vollkommener Dunkelheit. Nicht einmal Ansätze menschlicher Zivilisation waren zu erkennen.
»Wo sind wir hier?«
»Irgendwo in den schottischen Wäldern. Es ist nicht so wichtig. Wir haben unser Ziel noch nicht erreicht, aber ich dachte, du könntest eine Pause gebrauchen und dir was Warmes anziehen. Wenn wir gleich weiterfliegen, versuche, eine weitere Ohnmacht zu vermeiden. Du würdest eine traumhafte Aussicht auf die Dörfer verpassen.«

»Ehm, ich müsste mal …«
Emily sah Roy verlegen an, der in dem Moment leider ein Brett vor dem Kopf zu haben schien und sie verständnislos ansah.
»Roy!«
»Kannst du bitte mal in ganzen Sätzen sprechen? Was musst du? ... Oh.«
Endlich blitzte es in seinen Augen auf.
»Verstehe. Entschuldige. Geh da hinter den nächsten Baum. Aber nicht weiter weg. Hier gibt es nämlich Vampire. Zumindest einen.«
Er zwinkerte Emily verschmitzt an, und für einen Sekundenbruchteil spürte sie ein leichtes Ziehen in der Magengegend. Wie war es möglich, dass eine so gefährliche Kreatur, die sich in Rage in etwas verwandelte, das so zum Fürchten war, gleichzeitig so charmant sein konnte?
Er drehte sich nun doch verlegen um. Weniger, um ihr Privatsphäre bei ihrem ›Geschäft‹ zu ermöglichen, sondern vielmehr, damit sie die Wandlung seiner Augen nicht sehen konnte. Lange hatte er keinen Scherz mehr gemacht. Seit Jahrhunderten war er zu niemandem mehr wirklich freundlich gewesen. Dass er sich nun so spontan dafür geöffnet hatte, ausgerechnet dieser Menschenfrau gegenüber, die seiner Vivienne in so vielerlei Hinsicht ähnlich war, erschreckte und faszinierte ihn gleichermaßen. Ihre Wärme hatte sich gut angefühlt während des Flugs, und ihr Gewicht in seinen Armen zu spüren, sie beschützen zu können, hatte etwas in ihm geweckt, dass er vergessen und gestorben geglaubt hatte.
Emilys Stimme riss ihn aus seinen Gedanken.

»Okay. Fertig. Wir können.«

Als er sich umdrehte, musste Roy unwillkürlich lachen. Emily hatte sich eine dicke Winterjacke angezogen und die gefütterte Kapuze über ihren Kopf gestülpt, den Kragen vorne zu geknöpft.

»Hey, lach nicht! Da geht kein Luftzug durch, alles hermetisch abgedichtet! Außerdem habe ich noch eine Hose daruntergezogen und zwei Paar Socken. Frieren werde ich da oben garantiert nicht mehr!«

Damit zog sie sich auch noch dicke Handschuhe an.

Roy glaubte ihr aufs Wort. Bei ihrem Anblick glaubte er auch nicht, dass ihm in ihrem Beisein je wieder kalt sein würde, in Anbetracht der Hitze, die sich langsam in seinem Inneren ausbreitete. Dass Emily in diesem Moment doch den verräterischen, rot schimmernden Glanz in seinen Augen zur Kenntnis nahm, entging ihm.

Als sie dieses Mal dicht an ihn herantrat, um sich an ihm festzuhalten, hatte sich die Atmosphäre zwischen ihnen deutlich geändert. Sie spürte die intensive Hitze, die von dem Vampir ausging, durch ihre dicke Jacke hindurch und wusste, dass Roy ihr Herzklopfen hören konnte. Schweigend hielten sie sich aneinander fest und schossen durch die Baumkronen zusammen in den Nachthimmel hinauf.

12

Das ungleiche Paar erreichte die Highlands kurz vor Sonnenaufgang. Emily hatte Wort gehalten und war nicht wieder ohnmächtig geworden. Dafür wurde sie

mit einer unglaublichen Aussicht auf die urtümliche Landschaft belohnt, über der noch das bleierne Grau der Nacht lag. Eine Weile folgten sie dem River Spey und überflogen Ballindaloch Castle, bis Roy die Richtung änderte und über dem Örtchen Rathes tiefer ging.
Emily fühlte sich in seinen Armen sicher und fing wider Willen an, ihm zu vertrauen.
Dass er sie vor der VHA gerettet hatte, konnte bedeuten, dass er sie doch lieber persönlich töten wollte, weil sie ihren Auftrag nicht zu seiner Zufriedenheit erfüllt hatte. Aber etwas in ihr zweifelte daran. Sie glaubte an sein Versprechen, ihr die Freiheit zu schenken.
»Ich werde dich nicht töten, du kannst diese Sorge getrost vergessen.«
Es war eine trockene Bemerkung, und Emily schrak zusammen. Roy hatte wieder ihre Gedanken gelesen.
»Wenn du vor mir verbergen willst, was in dir vorgeht, sieh dich vor und konzentriere dich darauf, deine Gedanken zu verschließen. Andernfalls musst du damit leben, ein offenes Buch für mich zu sein.«
Wenige Minuten später setzte Roy endgültig zur Landung an. Gerade rechtzeitig, da im Osten die erste Morgenröte über den Horizont kroch. Emily war vollkommen erschöpft und hoffte inständig, dass bald ein bequemes Bett auf sie wartete.
Der Vampir überflog das riesige, verriegelte Tor eines gewaltigen Anwesens und setzte vor dem Eingangsportal sanft auf dem Boden auf.
»Geschafft. Willkommen zu Hause, Emily.«
Sie sah ihn überrascht an. »Wie bitte?«

»In meinem Zuhause meine ich. Das Anwesen gehört mir. Vor zweihundert Jahren habe ich hier gewohnt. Bis die Menschen in Rathes herausfanden, was ich bin. Danach musste ich die Gegend verlassen, um nicht massakriert zu werden. Aber das Anwesen gehört noch immer mir, und das Rätsel um den Besitzer ist längst zu einer Legende geworden. Wir brauchen uns also keine Sorgen zu machen, entdeckt zu werden. Hier traut sich schlicht und einfach niemand mehr hin.«
»Und wenn jemand sieht, dass hier Licht ist?«
Roy lächelte. »Die Fenster sind alle gut von innen geschützt. Mit neuester Technik. Ich kann mich auch bei Tageslicht völlig frei im Haus bewegen. Und wenn wir abends die Vorhänge schließen, sieht uns niemand. Aber davon abgesehen ... Ich werde mich wohl noch ungestraft in meinem eigenen Haus aufhalten dürfen. Komm rein, wir haben nicht mehr viel Zeit.«
Als die ersten Sonnenstrahlen über den Platz vor dem Anwesen tanzten, schloss Roy die große Eingangstür von innen zu.

»Wow!«
Mehr brachte sie nicht heraus, als sie mitten in der mit Marmor gefliesten Eingangshalle stand. Eine imposante Holztreppe führte ins nächste Stockwerk, und von der hohen Decke hing ein wuchtiger Kronleuchter herunter. Ein dicker Perserteppich schluckte jeden Schritt. Emilys Füße sanken weich in den Flor ein.

Es roch nach altem Gemäuer, Feuchtigkeit und Geschichte. Der Duft, der allen alten Schlössern zu eigen war. Emily liebte ihn. Für die Länge eines Atemzugs schloss sie die Augen und sog den Geruch tief ein.
Die linke Wand war ausgefüllt von einem übermannsgroßen Porträt. Roys magische Ausstrahlung griff förmlich nach einem, sobald man das Gemälde betrachtete. Er hielt eine Frau im Arm. Vor den beiden stand ein kleines Mädchen.
Emilys Blick glitt zu der schönen Brünetten neben Roy.
»Was...!«
Sie wich zurück, als hätte sie einen Stromschlag bekommen, und starrte fassungslos auf das gemalte Gesicht der Frau!
»Das ... das ist nicht möglich!«
Er beobachtete fasziniert ihre Reaktion auf das Gemälde. Er hatte gewusst, dass sie schockiert sein würde.
»Ich sagte dir bereits, dass du Vivienne sehr ähnlich siehst.«
Emily schlug eine Hand vor den Mund und trat einen weiteren Schritt zurück, um das Bild besser betrachten zu können.
»Nein, du hast gesagt, es wäre eine gewisse Ähnlichkeit vorhanden! Du hast mir nicht gesagt, dass ich ... dass ich eine Kopie deiner Frau bin! So etwas gibt es doch nicht! Soll das ein schlechter Scherz sein?«
Ihr Blick haftete auf dem Porträt. Sie war nicht in der Lage, sich abzuwenden. Es war, als wäre sie selbst

dort in Öl gebannt. Das Kind war eine jüngere Version ihrer selbst. So hatte sie mit sieben Jahren ausgesehen, nur dass das Mädchen auf dem Bild rabenschwarzes Haar hatte.
Der Vampir legte Emily sanft eine Hand auf den Rücken, um sie in den Salon weiterzuleiten.
»Über Vivienne mache ich keine Scherze.«
Emily wich seiner Berührung aus und ging ihm voran in den gemütlichen Salon. Noch immer geschockt von dem Anblick ließ sie sich auf die Kante eines Barocksessels sinken.
»Das ist tatsächlich der einzige Grund, warum ich noch lebe, oder? Du hast mich, als Gene mich in eure Unterkunft gebracht hat, nur nicht sofort getötet, weil ich exakt so aussehe wie deine Frau. Du konntest es nicht.«
Er schwieg. Eine unheimliche Stille breitete sich über dem Raum aus. Er trat ans Fenster, betrachtete den Sonnenaufgang, der ihm hinter der vor UV-Licht schützenden Verglasung nichts anhaben konnte. Ein Luxus, den er seit seiner Verwandlung nicht mehr genossen hatte. Es weckte alte Sehnsüchte und Erinnerungen an sein menschliches Dasein in ihm.
»Komm ans Fenster.«
Emily stellte sich neben ihn, hielt etwas Abstand. Wut, Unsicherheit, Verwirrung und ein unbestimmtes Prickeln schufen eine deutliche Kluft zwischen ihnen. Der Vampir schien in Gedanken aber vollkommen woanders zu sein.
»Das ist das erste Mal seit meiner Verwandlung, dass ich einen Sonnenaufgang sehe. Ich habe diese Verglasung erst kürzlich einbauen lassen und noch

nicht testen können. Aber wie's aussieht, funktioniert es.«
Er drehte und wendete seine Hände, fasste sich ins Gesicht. »Nichts angebrannt, oder?«
Widerwillig musste Emily lächeln. »Nein. Nichts angebrannt.«
Roy rückte ein Stück näher und drehte sich zu ihr. Sie zuckte zurück, als seine Hand ihr Kinn umfasste.
»Bei Sonnenlicht betrachtet siehst du Vivienne tatsächlich noch viel ähnlicher, als ich gedacht hatte. Ihr könntet Zwillingsschwestern sein. Dieselbe Person. In einer anderen Welt würde ich glauben, sie wäre nicht gestorben, und du wärst sie.«
Emily zog sich verstört zurück. Ihr gefiel nicht, was Roy sagte. Und noch weniger gefiel ihr das rote Glimmen in seinen Augen und das Gefühl, das es in ihr auslöste.
»Ich bin aber nicht Vivienne. Vergiss das nicht.«
Sie versuchte, das erneute Ziehen in ihrer Magengrube zu ignorieren und schob es schnell auf den Hunger, der sich plötzlich lautstark zu erkennen gab.
»Seit wann hast du nichts gegessen?«
»Seit ich die Pension verlassen habe. Hast du überhaupt etwas hier, das ich essen könnte?«
»Komm mit.«

Emily juchzte verzückt auf, als sie die große Küche des Schlosses betraten. Das Anwesen mochte einem Vampir gehören, doch er hatte für seinen menschlichen Gast durchaus vorgesorgt. Der Raum war mit allen modernen Schikanen ausgestattet, die

man brauchte, und der helle Landhausstil der Küche ließ den Raum einladend und freundlich wirken.
Roy bemerkte das selige Strahlen in ihren Augen und lächelte zufrieden. »Wir sind nicht alle düster und verkorkst, weißt du?«
»Ja, das weiß ich inzwischen. Und das habe ich auch eindringlich dem Minister gesagt.«
Die Erinnerung an die Folter und ihr Scheitern ließ sie innehalten. Roy kam zu ihr herüber und legte seine Hände sanft auf ihre Schultern.
»Es tut mir leid, dass sie dich gefoltert haben, ehrlich. Ich hatte nicht damit gerechnet, dass sie eine junge Frau derart hart anpacken. Und was dein Scheitern angeht … Mach dir keine Vorwürfe. Es hätte mir klar sein müssen, dass Morris nicht auf unsere Forderungen eingeht. Ich glaube, ich wollte …«
Er zog seine Hände zurück und ging verlegen auf Abstand. Emily sah ihn fragend an.
»Was denn?«
»Ich glaube, ich habe dich da nur mit hineingezogen, um dich von dem … Fluch, wie du es nennst, zu befreien, ohne mein Gesicht zu verlieren. Es ist nicht meine Art, einfach einen Fehler zuzugeben. Und es hätte mich um das Ansehen meiner Familie gebracht.«
Sie nickte stumm und wusste nicht, wie sie dieses recht persönlich gewordene Gespräch wieder beenden sollte. Sie traute Roy noch nicht wirklich, spürte aber eine immer stärker werdende Nähe zwischen ihnen und befürchtete bereits, sich in seiner Gegenwart zu verzetteln.

Gedankenverloren zupfte sie an den Verbänden ihrer Gelenke herum, bis sein Blick darauf fiel. Er riss ihre Arme erschrocken ein Stück zu sich.
»Was zum Teufel ist das?«
»Au! Was glaubst du wohl? Die hier sind nur von den Fesseln. Aber sie haben meine Augen mit Licht geblendet und mich so lange mit Fäusten bearbeitet, bis ich dachte, ich würde sterben.«
Er ließ ihre Arme los und sah sie schuldbewusst an.
»Emily ... es tut mir leid. Das ist nicht wiedergutzumachen.«
Sie entschied, dass sie nun genug darüber gesprochen hatten. Die Schuldgefühle würden ihn noch eine Weile beschäftigen, was ihr sehr recht war.
»Wie geht es denn jetzt weiter? Ich meine, wegen der VHA und Morris und so.«
Roy akzeptierte den Themenwechsel und öffnete die Kühlschranktür.
»Wir bleiben erst mal hier und warten ab. Ich habe dich rechtzeitig abgefangen, die VHA weiß also glücklicherweise noch immer nicht, wo unsere Unterkunft ist. Aber sie waren nun näher dran als je zuvor und werden ihre Suche intensivieren. Benson wird versuchen, Mitglieder meiner Familie zu erwischen und sie zwingen, die Unterkunft zu verraten.
Die anderen werden also erst mal nicht rausgehen und sich zusammenrotten. Gene und zwei andere wissen Bescheid, dass ich mit dir unterwegs bin, allerdings kennt nur mein engster Vertrauter Vincent dieses Anwesen und weiß, dass wir hier sind. Wir werden heute Abend Verbindung mit ihm aufnehmen und die

Lage checken. Aber es kann dauern, bis alles ein wenig im Sande verlaufen ist.«

Emily schloss die Kühlschranktür an Roys Stelle, da außer ein paar Getränken sowieso nichts drin war.

»Das heißt, wir sitzen hier fest.«

Der Gedanke war ihr unangenehm und löste gleichzeitig ein unbestimmtes Prickeln in ihr aus, über dessen Ursache sie lieber nicht nachdenken wollte.

Sie öffnete den Gefrierschrank und fand endlich, was sie suchte: Unmengen von Fertiggerichten, frischem, eingefrorenen Gemüse, Fleisch und Beilagen.

»Wieso hat ein Vampir solche Mengen an Vorräten im Tiefkühler?«

Roy lachte. »Ganz einfach: Als hier alle Umbauarbeiten abgeschlossen waren, fragte der Verwalter mich, wann ich einziehen würde und ob er Vorräte beschaffen soll. Er hat natürlich keine Ahnung, dass ich ein Vampir bin, also schien es mir klüger, zuzustimmen. Ich habe ihm gesagt, er soll sich auf Tiefkühlkost beschränken, weil ich nicht weiß, wann ich komme. Praktisch, oder? Jetzt hat das wenigstens einen Sinn.«

Emily ließ ihren Blick begeistert über die Auswahl wandern.

»Stört es dich, wenn ich mir etwas koche? Ich habe wirklich Bärenhunger.«

Roy machte eine zustimmende Geste und sah ihr amüsiert zu, wie sie zielstrebig verschiedene Beutel mit Tiefkühlkost aus dem Gefrierschrank nahm und sie unter heißes Wasser hielt, damit sie schneller auftauten.

»Was genau machst du dir da jetzt?«

»Ich dachte, wo die Auswahl schon mal so exquisit ist, gönne ich mir ein Steak mit Country Potatoes und Pfannengemüse. Und das in großen Mengen. Wer weiß, wann ich wieder die Gelegenheit bekomme.«

Man konnte ihren Gemütszustand beinahe als entspannt bezeichnen, als sie dort in der geräumigen Küche stand, sich mit großem Appetit das Essen kochte und dabei gelegentlich aus dem Fenster sah, wo die Morgensonne in den riesigen Garten fiel, der mit einer glitzernden Decke aus Raureif bedeckt war. Eigentlich war es mehr ein Park. Es gab sogar einen Springbrunnen, der aber zu dieser Jahreszeit nicht in Betrieb war.

Roy war zwar etwas angewidert von dem Essensgeruch, blieb aber trotzdem in der Küche und stellte sich neben Emily, um ebenfalls den Blick aus dem Fenster zu genießen.

»Ich hatte vergessen, wie schön die Tage sind.«

»Bereust du es manchmal, ein Vampir geworden zu sein?«

Das leise, ironische Lachen jagte Emily einen kalten Schauer über den Rücken und ließ sie ihre Frage bereuen.

»Es ist nicht so, als ob ich eine Wahl gehabt hätte. Aber alles hat seine zwei Seiten. Ja, ich wäre gerne ein Mensch geblieben, ich wäre auch heute gerne einer. Aber diese Kräfte zu besitzen und den Wandel der Zeit mitzuerleben, technischen Fortschritt nutzen zu können … das hat auch seinen Reiz. Aber was bringt es, darüber nachzudenken? Es ist, wie es ist.«

Nachdem Emily in einem Tempo, das dem Hausherrn vollkommen unbegreiflich war, ihr Essen verschlungen hatte, erhoben sich die beiden von dem gebeizten Esstisch, der an zwei Seiten von einer gemütlichen Eckbank eingerahmt war, und gingen in Richtung Treppe.
»Du schläfst in einem der Gästezimmer. Du musst dir nur das Bett vorher beziehen. Hier gibt es keine Haushälterin.«
Sie nickte und traute sich nicht, die Frage zu stellen, die ihr auf der Zunge lag. Da sie ihre Gedanken abschottete, musste Roy aus ihrem Gesicht gelesen haben, was sie wissen wollte.
»Ich schlafe nicht im Keller. Keine Angst. Und auch nicht in einem Sarg. Das mache ich in London nicht, und hier tue ich es ebenfalls nicht.«
Er lachte leise auf und fuhr sich mit einer Hand über das markant geschnittene Gesicht und durch die seidig glänzenden Haare.
»Ich habe ein eigenes Schlafzimmer, und ich ziehe einfach die Vorhänge zu, wie du. Dann ist es stockdunkel. Und ich schlafe genauso gerne in einem gemütlichen Bett wie jeder Mensch auf der Welt, wie du schon in der Unterkunft festgestellt hast.«
Emily lächelte nun ebenfalls. Sie hatten die Tür zu ihrem Zimmer erreicht, und Roy blieb davor stehen, schob unsicher die Hände in die Hosentaschen.
»Tja, angesichts des Sonnenscheins draußen ist es wohl unangebracht, dir eine gute Nacht zu wünschen. Schlaf gut.«
»Und was ist, wenn über Tag etwas passiert? Wenn jemand versucht, hier einzudringen, oder dein

Vertrauter dir eine Nachricht zukommen lassen will?«
»Keine Sorge. Du bist voll von Klischees, Emily. Ich bin nicht tot, wenn ich die Augen schließe. Ich schlafe nur. Und wenn was ist, wache ich auf, genau wie du. Außerdem habe ich ein Telefon und einen E-Mail-Zugang in meinem Schlafzimmer, und dieses Anwesen hat eine sehr gut funktionierende Alarmanlage. Entspann dich und schlaf dich aus, okay?«
Sie schloss die Schlafzimmertür aber trotzdem sicherheitshalber von innen ab. Dann ließ sie sich todmüde in das riesige Himmelbett fallen, ohne es zu beziehen oder sich selbst umzuziehen.

Es war später Nachmittag, als sie aufwachte. Zunächst hatte sie keine Ahnung, wo sie war. Der angestaubte Geruch des alten Holzes, der in der Luft lag, erinnerte sie daran, dass sie sich in Roys Landhaus befand. Oder in seinem Schloss, je nachdem, wie man das riesige Anwesen bezeichnen wollte.
Als sie sich aufrichtete, stöhnte sie laut auf vor Schmerzen. Das stundenlange Festhalten an dem Vampir während des unbequemen Fluges hatte ihr einen enormen Muskelkater beschert, zusätzlich zu den sonstigen Verletzungen. Jeder Muskel ihres Körpers tat weh, sodass sie, in dem viktorianisch eingerichteten Badezimmer angekommen, kaum fähig war, sich die Zähne zu putzen. Gelegentlich entfuhr ihr ein Stöhnen, und als sie sich ausziehen wollte, fing sie einfach an zu weinen.

Plötzlich klopfte es an der Schlafzimmertür und Emily schrak hoch.
»Ja?«
Roys Stimme drang gedämpft durch das robuste Holz: »Alles in Ordnung? Ich habe Stöhnen gehört!«
Schnell bedeckte Emily ihre Blöße, in Erwartung, dass jede Sekunde die Tür aufgehen würde, obwohl sie diese ja Stunden zuvor abgeschlossen hatte.
»Ehm ... ja, alles okay. Ich hab nur Muskelkater von dem Flug gestern.«
Sie hörte ihn amüsiert lachen, dann entfernten sich seine leisen Schritte wieder. Schnell schloss sie auch noch die Badezimmertür ab, bevor sie sich unter eine belebende heiße Dusche stellte.
Da Roy sich offensichtlich wieder in sein Zimmer zurückgezogen hatte, nutzte sie die freie Zeit nach ihrer Dusche, um sich ohne die Anspannung, die zwischen den beiden seit ihrem nächtlichen Flug herrschte, in dem riesigen Haus umzusehen. Aus ihrem Reisesack hatte sie bequeme Kleidung gefischt: ein schickes, dunkelblaues Sweatshirt mit Rollkragen und eine hellblaue Jeans. Dazu trug sie Turnschuhe, in denen sie wesentlich besser laufen konnte als in den Stiefeln, die sie in der Nacht zuvor getragen hatte. Außerdem hatte sie sich mit etwas Makeup frisch gemacht und sich danach lächelnd im Spiegel angesehen. Wenn sie schon hier festsaß und sich auf einen Mann wie Roy verlassen musste, der so widersprüchliche Gefühle in ihr hervorrief, wollte sie sich dabei wenigstens wohl in ihrer Haut fühlen.
Ihre braunen Locken band sie auf dem Hinterkopf zu einem lockeren Zopf zusammen und fand, dass sie der

Frau auf dem Porträt in der Halle in diesem Outfit nur noch bedingt ähnlichsah.

Emily schlenderte durch die Flure, vorbei an Gesichtern auf Gemälden, die ihr absolut fremd waren, und öffnete neugierig eine breite Flügeltür, die zu ihrer Rechten auftauchte. Es war die Bibliothek des Anwesens.
Schwere Bücherregale aus Kastanienholz fassten den ganzen Raum ein und reichten fast bis zur Decke. Am Fenster stand ein verschlissener, Leder bezogener Ohrensessel neben einem kleinen Beistelltisch, über den ein weißes Laken gebreitet war. Emily wanderte langsam an den Regalen entlang, ließ die Finger behutsam über die vergilbten Buchrücken gleiten und atmete den vertrauten, tröstenden Duft alter Bücher ein. Als sie die Titel und Einbände betrachtete, fiel ihr die Kinnlade herunter: Diese Bibliothek war voll von echten Antiquitäten, deren Wert mit Sicherheit in die Hunderttausende ging! Hunderte Jahre alte Bücher reihten sich aneinander. Darunter Werke, die, wie sie wusste, lange verboten gewesen waren. Die Bandbreite ging von historischen Romanen bis hin zu Anleitungen des Exorzismus und Bücher über schwarze Magie.
»Da solltest du die Finger von lassen. Schwarze Magie kann mitunter gefährlich sein.«
Emily fuhr mit einem leisen Aufschrei herum und sah Roy mit wild klopfendem Herzen an. Dabei entging ihr nicht der anerkennende Blick, mit dem er sie von oben bis unten musterte.

»Musst du mich so erschrecken? Ich dachte, du schläfst!«
Er lachte herzlich, und dieses volltönende, dunkle Lachen fuhr ihr unerwartet tief in die Magengrube und ließ ihre Knie weich werden.
»Ich war schon lange wach, bevor sich dein Muskelkater so lautstark gemeldet hat. Ich brauche nur sehr wenig Schlaf.«
Sie legte gespielt den Kopf schief. »Und dann lässt du mich hier einfach durch dein Haus wandern?«
»Na ja. Ich bin davon ausgegangen, dass du nicht vorhast, etwas kaputtzumachen. Und da die Alarmanlage an ist, hättest du nicht fliehen können, ohne … diverse Abwehrmaßnahmen über dich ergehen lassen zu müssen, die ich für den Notfall eingebaut habe. Wir sitzen hier sicher in dieser hübschen kleinen Festung fest.«
»Ah ja. Hast du in dieser Festung auch so was Ähnliches wie Kaffee? Mein Kreislauf ist nämlich noch nicht an den Wechsel der Tag- und Nachtschicht gewöhnt. Ich habe ... so was wie einen Jetlag. Aber wenn ich es mir recht überlege …«, sie blitzte ihn gespielt provokant aus ihren braunen Rehaugen an, »könntest du dich eigentlich auch auf meinen Rhythmus einstellen, da du hier so tolle Fenster eingebaut hast! Dann könntest du zumindest für eine Weile den Anblick des Sonnenscheins draußen genießen.«
Roy lächelte sie bewundernd an. Ihr spitzbübischer Charme und ihre gute Laune gefielen ihm mehr, als er zugeben wollte. Zudem sah er sie heute zum ersten Mal nicht mit den Augen eines Mannes an, der seine

verstorbene Frau wiederzuerkennen glaubte. Sie hatte ihr Aussehen so verändert, sich so geschminkt, dass er nur sie sah: Emily Watson. Und was er sah, gefiel ihm sehr.
»Tatsächlich würde ich das sehr gerne tun. Aber du bist in die Welt der Vampire geraten, und wir müssen mit den anderen in Verbindung bleiben. Also wirst du dich wohl oder übel nach uns richten müssen.«
Der Blick, mit dem er sie bedachte, ließ ihr die Röte ins Gesicht steigen. Um das erneut aufkommende Knistern zwischen ihnen im Keim zu ersticken, ging sie demonstrativ an ihm vorbei auf die Tür zu.
»Gut, wenn es sein muss. Aber nicht ohne ein ordentliches Frühstück! Hatte ich im Gefrierfach heute Morgen Brötchen gesehen?«
Der Vampir folgte ihr auf dem Fuß, und sie spürte die Blicke förmlich, mit denen er ihr Hinterteil und ihren sanften Hüftschwung bedachte.
»Du willst um halb sechs abends Brötchen essen? Auch wenn bei dir jetzt alles verdreht ist: Sollte es nicht lieber ein richtiges Abendessen sein?«
Emily lachte. »Gut, dann eben noch einmal Steak!«
Es wurde kein Steak, sondern ein Gemüseauflauf aus der Packung, aber satt war sie anschließend trotzdem. Nachdem sie die Küche wieder in Ordnung gebracht hatten, bat Roy sie, ihm in sein Arbeitszimmer zu folgen. Er nahm eine Flasche Rotwein mit und beschloss spontan, ein Glas mitzutrinken.
Emily staunte über die Kommunikationsanlage in dem relativ kleinen Raum. Der Vampir hatte ein Bildtelefon installieren lassen, konnte seinen Gesprächspartner beim Telefonieren also sehen.

Er schaltete es ein und wählte auswendig eine Nummer. Sekunden später erhellte sich der kleine Monitor, und ein Fremder war zu sehen, der den Lord freundlich begrüßte.
»Roy! Endlich! Wir haben uns schon Sorgen gemacht. Bist du dort?«
»Ja. Hallo Vincent. Die kleine Watson ist wohlbehalten bei mir, wie du siehst. Wie ist die Lage?«
Der blonde Vampir, augenscheinlich ein Baum von einem Mann, ließ die Schultern hängen und schüttelte den Kopf.
»Es sieht nicht gut aus, Roy. Die VHA hat bereits zwei von uns auf dem Gewissen. Sie haben dichtgehalten und wurden dafür dem Sonnenlicht ausgesetzt. Aber Dorothy haben sie noch in der Mangel. Sie ist nicht gerade das stärkste Glied unserer Kette. Ich weiß nicht, wie lange sie durchhält.«
Roy nickte nachdenklich. Emily sah rotes Feuer in seinen Augen. Er war wütend, weil er zur Hilflosigkeit verdammt war. Als Familienoberhaupt war es momentan seine oberste Priorität, so lange wie möglich zu überleben, um die anderen leiten zu können.
»Vincent, du verhängst sofort eine absolute Ausgangssperre. Niemand darf hinaus, und die, die draußen sind, dürfen auf keinen Fall hinein. Wer weiß, wen sie sonst ungewollt mitbringen. Du hast meine Erlaubnis, den Notvorrat anzuzapfen, wenn es nötig sein sollte. Halte mich auf dem Laufenden.«
Vincent nickte, dann brach die Verbindung ab.

Eine Weile herrschte Schweigen im Arbeitszimmer, das im Gegensatz zu den anderen Räumen spärlich eingerichtet war und sich weitgehend auf die moderne technische Spielerei beschränkte.
Irgendwann erwachte Emily aus ihrer Starre.
»Was hast du mit dem ›Notvorrat‹ gemeint?«
Roy reagierte unerwartet ungehalten: »Na, was schon? Eine Speisekammer für den Notfall! Eine separate Blutbank in der Unterkunft, die Reserven für einige Wochen beinhaltet und die ganze Familie ernähren kann! Nicht die, die du gesehen hast.«
Sie wich gekränkt zurück und machte Anstalten, das Zimmer zu verlassen. Doch Roy hielt sie, plötzlich wieder sanft, am Arm fest.
»Schon gut, tut mir leid. Ich mache mir Sorgen. Ich wollte es nicht an dir auslassen. Dorothy macht mir Sorgen. Ich befürchte, dass sie reden wird. Ich muss mir überlegen, was wir dann tun. Macht es dir was aus, dich eine Weile allein zu beschäftigen?«
»Nein, ist okay. Ich gehe wieder in die Bibliothek und schmökere ein wenig, wenn du nichts dagegen hast.«
Im Rausgehen hörte sie Roys leise Stimme: »Emily, ich bin froh, dass du hier bist.«

13

Tiefe Nacht hatte sich längst über das schottische Anwesen gelegt. Emily saß noch immer in dem Ohrensessel in der Bibliothek. Sie hatte sich in eine Lektüre über schwarze Magie vertieft und war erschrocken über die Praktiken und deren

versprochene Erfolge. Wenn es stimmte, was auf diesen Seiten zu lesen war, hatte der Großteil der modernen Welt keine Ahnung, in welcher Gefahr durch praktizierende schwarze Magier sie ständig schwebte.
Irgendwann nahm ihre innere Uhr überhand und sie fiel in einen unruhigen Schlaf.
Sie flog, in Roys Armen gefangen, über ein weites Feld hinweg, auf dem Vampire abgeschlachtet wurden und in der aufgehenden Sonne unter markerschütternden Schreien zu Staub zerfielen. Dann lösten sich auch Roys Arme plötzlich in Staub auf, und Emily fiel viele hundert Meter tief. Sie landete in einem schwarzen Nichts, aus dem sich ihr Dutzende Hände entgegenstreckten, um sie in die ewige Stille zu ziehen.
»Aaah!« Mit einem lauten Aufschrei wachte sie auf und saß kerzengrade in dem Sessel. Das Buch lag aufgeschlagen auf dem Boden. Ruckartig stand sie auf und bekam sofort Kopfschmerzen, fiel, von plötzlichem Schwindel gepackt, auf die Knie. Der ganze Raum drehte sich wie ein Karussell.
»Emily? Mein Gott. Was ist passiert?«
Sie hörte Roys Stimme zwar, war aber einen Augenblick lang nicht in der Lage, zu antworten. Sie atmete nur tief ein und aus und spürte, wie seine starken Arme ihren Oberkörper anhoben, bis sie sich, an seine Brust gelehnt, langsam aufrichtete.
»Du bist ja kreidebleich!«
Nuschelnd antwortete sie: »Nur mein Kreislauf. Ich bin zu schnell aufgestanden. Alles okay.«

»Wie lange bist du schon hier? Hast du zwischendurch mal etwas gegessen? Oder getrunken?«
Kaum merkliches Kopfschütteln.
»Emily. Normalerweise schläfst du nachts und brauchst nichts zu dir zu nehmen. Aber jetzt ist das deine Wachphase. Da musst du essen wie sonst tagsüber! Komm, ich bringe dich in die Küche.«
Er half ihr auf, schlang einen Arm um ihre Hüfte und leitete sie so durch den langen Flur. Emily lehnte ihren Kopf an seine Schulter. Flüchtig nahm sie sein angenehmes Aftershave wahr.
»Was möchtest du? Fertignudeln oder so was? Warte. Auf jeden Fall brauchst du erst mal einen Zuckerschub.«
Roy setzte Emily auf einem der Küchenstühle ab und holte eine Flasche Cola aus dem riesigen Kühlschrank, die er ihr zusammen mit einem frischen Glas reichte.
»Trink das.«
Emily verzog das Gesicht. »Ich mag keine Cola.«
Er grinste amüsiert und goss ihr ein volles Glas ein.
»Du kannst schon wieder schimpfen, es geht dir also besser. Sehr schön! So, du hast die Wahl: Tortellini, was immer das auch sein mag, oder … Fischstäbchen?«
Sie verzog das Gesicht, als sie die Cola in einem Zug herunter kippte. Einen Moment später ging es ihr schon viel besser, und ihr Kreislauf stabilisierte sich.
»Tortellini. Lass mal, ich mach sie mir schon.«
»Du bleibst, wo du bist. Auf der Packung steht, wie's gemacht werden muss.«

Sie sah dem Vampir belustigt zu, wie er umständlich eine Pfanne aus dem Ofen nahm und damit kämpfte, den modernen Herd einzuschalten.
»Früher haben wir den Ofen noch mit Feuerholz geheizt. Hier sind nur Knöpfe!«
Jetzt stand sie doch auf und ging zu ihm hinüber.
»Du hast die Küche doch gekauft!«
»Ja, aber ich habe einen Menschen damit beauftragt, die Geräte auszusuchen. Ich war nicht dabei.«
Die junge Frau schüttelte verständnislos den Kopf, drückte auf den Knopf für die richtige Herdplatte und schob Roy sanft zur Seite.
»Ich mach das. Du bringst es fertig und lässt die Nudeln anbrennen. Hm, mit Käsesoße. Lecker. Du hast gut eingekauft ... einkaufen lassen.«
Sie musste grinsen, als sie seinen hilflosen Blick sah.
»Du hast hier wirklich alles von anderen machen lassen?«
»Ich war wirklich sehr, sehr lange nicht mehr hier. Warum kippst du Öl da rein?«
Ihr lautes Lachen hallte durch die Küche. »Du hast eindeutig noch nie gekocht!«
Als sie gemütlich zusammensaßen und Emily ihre Nudeln aß, kam ihr eine Frage in den Sinn:
»Sag mal ... wann isst du eigentlich? Wir sind schon eine Weile zusammen, aber ich habe dich noch nie ... essen ... trinken ... wie auch immer ... gesehen.«
»Erstens trinkt man Blut. Es ist flüssig, weißt du.«
Er blitzte sie frech aus seinen dunklen Augen an.
»Und zweitens habe ich das gemacht, als du nicht dabei warst. Es würde dich vielleicht erschrecken, und das möchte ich nicht.«

Sie dachte darüber nach, während sie sich eine mit Hackfleisch gefüllte Nudel in den Mund schob. Er hatte recht: Der Gedanke, dass er sich Blut in ein Glas füllte und trank, erfüllte sie mit Abscheu.

Nach dem Essen gingen sie gemeinsam in den Salon, wo Roy im Kamin ein Feuer anzündete. Die Flammen spiegelten sich in seinen Augen und übertünchten den rötlichen Schimmer, den sie angenommen hatten.
Er goss ihnen beiden Wein ein, und sie machten es sich gemütlich. Emily kam es surreal vor, mit einem Vampir, dazu einem Familienoberhaupt, vor dem Kamin zu sitzen, während da draußen ein erbitterter Kampf tobte. Ein Kampf um Leben und Tod, um das Überleben einer ganzen Rasse.
»Wie alt war deine Tochter?« Die Frage kam unüberlegt heraus.
»Entschuldige, ist mir rausgerutscht. Du musst nicht antworten!«
Roy hob beschwichtigend die Hand und nippte an seinem Wein. »Schon gut. Violette war fast einundzwanzig, in Vampirjahren gerechnet. Entsprechend unserer Unsterblichkeit altern Vampirkinder langsamer. Sobald sie ihre Volljährigkeit erreicht haben, also mit dreiundsechzig Vampirjahren, hört ihr Altern auf. An menschlichen Maßstäben gemessen war meine Tochter ungefähr sieben, als das Feuer …« Seine Stimme brach ab.
»Also verhält es sich mit eurer Altersrechnung ungefähr so wie mit Hundejahren. Wie hast du deine Frau kennengelernt?«

»Vivienne und ich haben uns während einer Hetzjagd auf Menschen kennengelernt. Wir waren mit einer ganzen Gruppe unterwegs und hatten nur eins im Kopf: unseren Blutdurst zu stillen. Ein ganzes Dorf sollte dran glauben. Während wir durch den Wald rannten, kam Vivienne auf mich zu. Sie war die Tochter eines Lords, der sich ebenfalls in der Gruppe befand. Ihr Vater durfte nicht wissen, dass sie uns heimlich gefolgt war. Sie hielt mich mitten im Lauf am Arm zurück und bat mich inständig, die Dorfbewohner in Ruhe zu lassen. Sie selbst ernährte sich nur von Tieren. Von ihr habe ich gelernt, Menschen als Individuen anzusehen und nicht nur als Futterquelle.
Sie war verdammt hartnäckig. Ich konnte die Jagd nicht fortsetzen. Es ist mir unglaublich auf die Nerven gegangen. Ich habe sie hinter einen Baum gezerrt und angebrüllt, damit sie mich loslässt und wieder nach Hause geht. Und während wir dastanden und uns wutentbrannt anstarrten ...«
Roy wurde rot und sah verlegen zur Seite. Emily grinste in sich hinein. Glaubte er wirklich, nur Vampire waren zu Leidenschaft fähig? Anscheinend erinnerte er sich kaum noch an sein menschliches Leben.
»Auch bei Menschen kommt es vor, dass sie sich anbrüllen und im nächsten Moment übereinander herfallen, schon vergessen?«
Der Vampir grinste verlegen. »Na ja. So ungefähr war es. Von da an gehörten wir zusammen. Ihr Vater hatte keine Chance, etwas dagegen zu tun. Er spürte, wie stark unsere Verbindung war. Wir sind dann nach

einer Weile den Bund eingegangen. Als Vivienne wenig später schwanger wurde, war ich überglücklich.
Aber es gab Mitglieder in unserer Familie, die mir das Glück neideten. Lange kämpften wir um ein friedliches Miteinander. Wie unter Menschen gibt es auch unter Vampiren die ewig Uneinsichtigen. Also entschieden wir uns nach einigen Jahren dafür, wegzugehen, woanders ein ruhiges Leben zu führen. Und kamen eines Nachts in die Scheune deines Verwandten, um uns dort ein bis zwei Tage auszuruhen, bevor die Reise weitergehen sollte. Den Rest der Geschichte kennst du.«
»Es tut mir leid, was damals passiert ist. Ich weiß, dass Edward Watson seine Scheune nie anzünden wollte. Er hat gekämpft, um das Feuer zu löschen. Und er wäre zutiefst entsetzt gewesen, wenn er gewusst hätte, dass sich dort … jemand aufhält. Er kann es nicht mehr, aber ich entschuldige mich an seiner Stelle für das, was passiert ist.«
Roy starrte in sein Weinglas. »Entschuldigung angenommen.«
»Was hast du danach gemacht? Bist du zu deiner Familie zurückgegangen?«
Er trank einen Schluck.
»Nein. Ich bin Jahrzehnte lang durch ganz England gestreift, um jedes Mitglied deiner Familie zu finden und zu töten. Ich war voller Hass und Verbitterung. Irgendwann verliefen einzelne Spuren im Sand. Die dauernde Jagd war anstrengend. So bin ich vor vielleicht hundert Jahren zu meiner Familie zurückgekehrt und habe Kraft geschöpft, die Jagd

ruhen lassen. In der Zeit bin ich dann auch Lord geworden, aber das ist eine andere Geschichte.
Ich bin dort geblieben, bis mich meine Brüder auf Edwina aufmerksam gemacht haben, und auf deine Eltern und Großeltern. Nacheinander habe ich sie alle aufgesucht und ein Spiel daraus gemacht, sie zu töten. Einige wehrten sich, hatten Feuer im Blut. Sie hatten es verdient, ein neues Leben zu führen, weswegen ich sie zu Mitgliedern unseres Volkes gemacht habe. Edwina zum Beispiel. Sie ist schön und stark, sie hätte eine glänzende Karriere bei uns vor sich. Aber sie will es nicht. Sie hing an ihrem menschlichen Leben und tut es bis heute. Sie wird mir nie verzeihen. Tja, und dann bist du so einfach in mein Leben spaziert und hast mir erzählt, dass diese ganzen Morde vollkommen sinnlos waren.«
Roy sah auf und zuckte zusammen. Er war völlig in seine Erinnerung versunken gewesen und hatte gar nicht bemerkt, welche Reaktion er bei der Frau neben sich hervorrief. War er denn völlig von Sinnen, ihr leichthin zu berichten, wie er ohne Skrupel ihre ganze Familie ausgelöscht hatte? Aber es war zu spät, er konnte das Gesagte nicht rückgängig machen.
Sie war kalkweiß geworden, die Lippen zu schmalen Schlitzen zusammengepresst.
»Emily, bitte …«
Hilflos blieb er sitzen, starrte sie an und verfluchte sich innerlich für seine Kaltschnäuzigkeit. Ihr Kinn zitterte. Sie versuchte erfolglos, die Tränen zu unterdrücken, die sich unaufhaltsam ihren Weg über die rosigen Wangen bahnten. Nur Minuten vorher hatte sie sich bei ihm für den Tod seiner Familie

entschuldigt! Wie konnte es sein, dass dieser Mann sich erst so rührend in der Küche um sie gekümmert hatte, um ihr dann im Plauderton zu erzählen, wie er ihre Familie getötet hatte?
Voller Wut sprang sie auf und ging vor dem Sessel auf und ab, um Fassung ringend, bevor sie sich wieder dem Vampir zuwandte.
»Und wie hast du meine Eltern getötet? Hast du sie auch gequält und mit ihnen gespielt?«
Roy stand ebenfalls auf und trat an Emily heran. Demütig stellte er sich mit gesenktem Kopf vor sie.
»Nein, ich habe sie nicht leiden lassen. Es tut mir leid, dass ich es dir so erzählt habe. Dein Vater hat mich gesehen, er war ein unglaublich intelligenter Mann. Er hat sein Ende kommen sehen, noch bevor ich ansetzen konnte, ihn zu töten. Bevor ich ihn beißen konnte, zog er plötzlich eine Waffe und erschoss sich selbst.«
Emily wischte sich mit dem Arm die letzten Tränen von den Wangen. Das klang wirklich nach ihrem Vater. Sie wusste, dass er stets eine Waffe bei sich getragen hatte, und kannte nun den Grund dafür: Er hatte Angst, auf den Vampir zu treffen, der sie seit Jahrhunderten verfolgte und von ihm verwandelt zu werden. Da nahm er sich lieber selbst das Leben. Auf seltsame Weise war es beruhigend, endlich Gewissheit über die Umstände seines Todes zu haben.
»Und meine Mutter?«
Roy schluckte, als er ihren Gesichtsausdruck sah. Fast leblos, als ginge es sie nichts an.

»Sie hat nicht gemerkt, dass ich kam. Sie hat mich nicht einmal gesehen. Bevor sie wusste, was passierte, war sie schon ...«
Emily hatte plötzlich nur noch den Drang, wegzulaufen. Der Mörder ihrer gesamten Familie hatte sie erpresst, sie dann mit seinem Charme eingelullt, und nun saß sie mit ihm zusammen vor einem knisternden Kaminfeuer und hörte zu, wie er in skrupellosen, mörderischen Erinnerungen schwelgte! Roys Hand auf ihrem Arm ließ sie aus ihrer Starre erwachen.
»Emily, es tut mir so leid. Es tut mir unendlich leid, deiner Familie und dir so viel Kummer bereitet zu haben. Ich war all die Jahre ... Jahrhunderte davon überzeugt, dass dein Urahn uns mit voller Absicht auslöschen wollte. Dass er meine Frau und meine Tochter ermordet hat. Jetzt weiß ich, dass das nicht so war und dass ich der Einzige bin, der tatsächlich skrupellos eine Familie ausgelöscht hat. Ich weiß, dass keine Entschuldigung dafür ausreicht, aber ich hoffe, dass du mir irgendwann verzeihen kannst.«
Zu Roys und ihrem eigenen Erstaunen entzog sie ihm ihren Arm nicht. Sie mochte ihn schon zu sehr, wie sie plötzlich erkannte. Er hatte ihr zwar erst jetzt selbst erzählt, was er getan hatte, aber die Fakten waren ihr schon lange bekannt. Dass er sie hier aufgenommen und vor der VHA gerettet hatte, war Grund genug für Emily, ihm wenigstens ansatzweise dankbar zu sein. Ihr schwirrte der Kopf. Die Gefühle, die seine Berührung in ihr auslösten, und die sie nicht zulassen wollte, die Dankbarkeit, noch zu leben, und die Angst vor dem, was er einst gewesen und

vielleicht noch heute war, hielten sich die Waage. Ein Teil von ihr wollte ihm bedingungsloses Vertrauen entgegenbringen, ein anderer Teil wehrte sich mit jeder Faser ihres Körpers dagegen und hätte ihn am liebsten geschlagen. Ihre innere Zerrissenheit begann, sie mürbe zu machen. Erschöpft rieb sie sich übers Gesicht.
»Ich denke, wir sind dann jetzt quitt. Mein Verwandter hat deine Familie ausgelöscht und du meine, und jedem tut es leid. Ich will nie wieder darüber sprechen.«
Roy spürte, wie ein Knoten in seinem Bauch zu schmelzen begann. Eine uralte Last, derer er sich nicht einmal mehr bewusst gewesen war. Diese junge Frau hatte ihm den Frieden gebracht, nach dem er all die Jahre gesucht hatte. Vergebung, die ihm bis zu diesem Moment unwichtig erschienen war. Die Erkenntnis schoss ihm plötzlich in die Lenden, und seine Augen begannen, tiefrot zu glühen.
Als Emily das sah, räusperte sie sich verlegen. Er setzte sich peinlich berührt zurück in seinen Sessel. Lange schwiegen sie einander an, jeder in seine eigenen Gedanken versunken. Roy stellte sich vor, wie es sein mochte, diese Frau an seiner Seite zu haben, als Teil seines Volkes. Sie verfügte bereits als Mensch über die Gabe der Telepathie. Nicht auszudenken, was für Fähigkeiten sie erwerben würde, wenn sie zu seiner Welt gehörte. Zusammen wären sie unschlagbar und mächtiger, als er es allein je sein würde. Nachdem sie nun quitt waren, war dies nicht die Gelegenheit, sie vor die Wahl zu stellen?

Er dachte nicht lange darüber nach. Roy wollte sie. Er wollte sie an seiner Seite haben, diese Frau, die ihm seinen Frieden gegeben hatte und ihn allein durch ihre bloße Anwesenheit zutiefst verwirrte.

»Emily, hast du schon mal darüber nachgedacht, wie es wäre, eine Vampirfrau zu sein?«

Verblüfft sah sie den Mann an, der ihr im warmen Schein des Feuers gegenübersaß.

»Wie bitte?«

Er beugte sich nach vorn und stütze sich auf seinen Knien ab. »Seit wir uns kennen, seit du von unserer Welt weißt - hast du je darüber nachgedacht, wie es wäre, unsterblich zu sein, ausgestattet mit wunderbaren Kräften?«

»Nein. Warum sollte ich?«

»Deine telepathischen Fähigkeiten wären immens. Vielleicht könntest du auch Gegenstände bewegen, nur durch die Kraft deiner Gedanken.«

»Wozu sollte das gut sein?« Emily hatte noch nicht erfasst, worauf er hinauswollte.

»Du könntest Kinder bekommen und sie nicht nur aufwachsen sehen, sondern mit ihnen und ihren Nachkommen zusammenleben. Du hättest endlich eine richtige Familie.«

Emily sah den Vampir abschätzend an. Jetzt dämmerte ihr, dass hier etwas vor sich ging, dass er etwas beabsichtigte. Aber sie wagte nicht, den Gedanken zu denken, der dahintersteckte.

»Ich kann auch so Kinder bekommen. Ich suche mir in New York einen netten Mann, bekomme einen Haufen Kinder und Enkelkinder und habe dann auch eine richtige Familie. Mit dem Unterschied, dass ich nicht auf Steaks, Tortellini und chinesisches Essen verzichten muss und mir, so oft ich möchte, den Sonnenaufgang ansehen kann.«

Roy gab noch nicht auf. Außerdem machte ihn der Gedanke plötzlich ungemein eifersüchtig, dass sie ihr Leben mit einem anderen Mann verbringen wollte.

»Du könntest den Wandel der Zeiten miterleben. Neue Technologien, die Eroberung des Weltraums. Und vielleicht, eines Tages, doch den Frieden zwischen Menschen und Vampiren.«

Emily lachte abfällig. »Weißt du, das Problem der Sterblichkeit habe ich mit der ganzen Menschheit gemeinsam. Ich finde, das relativiert die Angelegenheit ziemlich.«

»Ich glaube, du hast noch immer nicht verstanden, was ich hier gerade tue, oder du willst es nicht verstehen: Ich stelle dich vor die Wahl. Ich habe das niemandem aus deiner Familie ermöglicht, aber ich möchte dir dieses Geschenk machen.«

Er wurde mit einem verächtlichen Grunzen belohnt. »Dieses *Geschenk*? Ich sehe das nicht als Geschenk an! Die Ewigkeit bedeutet mir nichts, ich lebe im Hier und Jetzt und liebe das Leben, auch wenn du es mir in der Vergangenheit indirekt ziemlich schwer gemacht hast. Und ich habe nicht vor, dieses Leben in der nächsten Zeit zu beenden! Ich denke, das ist Antwort genug.«

Sie wollte sich gerade zur Tür wenden, als Roy plötzlich dicht vor ihr stand. Sie hasste es, wenn er sich so schnell bewegte!

»Geh nicht. Bitte. Ich akzeptiere deine Entscheidung, aber die Nacht ist noch lang, und wir haben nichts zu tun. Ich möchte mich weiter mit dir unterhalten. Ich habe mich seit Ewigkeiten mit niemandem mehr so gut unterhalten.«

Sie nahm seine Nähe und die Hitze, die wieder von ihm ausstrahlte, intensiv wahr. Es verschlug ihr den Atem und ließ ihr Herz schmerzhaft in der Brust hämmern. Als sie aufsah und in Roys Gesicht blickte, musste sie sich zwingen, nicht zurückzuzucken. Er war ihr näher gekommen und senkte seinen Kopf langsam zu ihr herab. Seine Augen waren zu rotglühenden Kugeln geworden.

Bevor er Gelegenheit hatte, sie zu küssen, entzog sie sich schnell und nahm auf dem Sofa Platz, das zwischen den beiden Sesseln platziert war.

Die Situation überforderte sie komplett. Hass, Wut, Faszination, Anziehungskraft - alles vermischte sich und ließ ihren Kopf und ihr Herz schwirren. Um ihre Verwirrung zu überspielen, atmete sie tief durch und versuchte, wieder Kontrolle über die Situation zu erhalten.

»Also schön. Unterhalten wir uns. Aber ich möchte noch ein Glas Wein trinken.«

Roy nickte, setzte sich an das andere Ende der Couch und versuchte mit aller Macht, die Anzeichen seiner Erregung vor ihr zu verbergen. Es herrschte angespanntes Schweigen, das Emily schließlich brach: »Wie bist du eigentlich ein Vampir geworden?«

Verwundert sah Roy sie an. »Mit dieser Frage habe ich jetzt nicht gerechnet. Aber gut, ich erzähle es dir.«

Emily ließ sich gegen die Lehne der Couch sinken und hörte dem Lord gespannt zu. Sie war froh, die

Situation entschärft zu haben. Das leidenschaftliche Glühen seiner Augen hatte ihr Angst gemacht. Sie wusste nicht, was er mit ihr angestellt hätte, wenn es erst zu einem Kuss gekommen wäre. Wie gut war ein Vampir in der Lage, seine Gier im Zaum zu halten?

»Der Name Graf Dracula ist dir sicher ein Begriff. Sein eigentlicher Name war Graf Vlad der Dritte Draculea. Sein Vater war Mitglied des uralten Drachenordens. Über sein Leben möchte ich dir nicht viel erzählen. Er war zu Lebzeiten ein brutaler Massenmörder, der sich den Spitznamen ›der Pfähler‹ einfing, weil er seine Opfer aufspießte. Wahrscheinlich hast du davon gehört. Trotz alledem verehren ihn die Rumänen bis heute. Kein Wunder, es waren ja auch die Türken, die er gepfählt hat.

Was für das Vampirvolk aber viel wichtiger ist, sind seine Todesumstände. Die offiziellen Stellen sagen, dass sein Grab in Snagov ist, einem Ort in Rumänien. Es ist aber auch bekannt, dass sich seine Leiche nicht darin befindet. 1931 hat man zuletzt nachgesehen, fand aber nichts. Wir Vampire wissen, warum.«

Emily hielt gespannt die Luft an. Sollte es tatsächlich wahr sein, dass die Legende um Graf Dracula der Wahrheit entsprach?

Er ließ sie nicht lange im Ungewissen: »Nur wenige Stunden nach seiner Beisetzung hörte man aus dem Grab Vlads des Dritten seltsame Kratz- und Klopfgeräusche. Ein armer Tropf von einem Bauern war so sorgsam, nachzusehen. Es war wohl mehr aus Angst als aus Sorge. Und tatsächlich: Wir wissen bis heute nicht, wie es passiert ist, aber der Graf hatte sich in eine blutsaugende Kreatur, in Dracula, verwandelt.

Er tötete den Bauern auf der Stelle und trank sein Blut, um sich zu stärken.

In den nächsten zwei Jahrhunderten mordete Dracula ausschließlich, bis er herausfand, dass er Menschen zu seinesgleichen machen konnte, indem er sie nur biss, ohne sie allerdings blutleer zu saugen. Anfang des 17. Jahrhunderts trat auf diese Weise Jure Grando an Draculas Seite, ein einfacher Mann aus Kringa in Kroatien. Aber er wollte sich mit seinem Schicksal nicht abfinden und suchte nur wenige Jahrzehnte später das Sonnenlicht.

Dracula begab sich auf die Reise und kam schließlich nach England, wo er sich vorübergehend in London niederließ. Auf seinem Weg dorthin schaffte er sich ein eigenes Volk. Er biss unzählige Menschen und ließ sie sich verwandeln. Diejenigen, die er in Rumänien zurückließ, überließ er ihrem Schicksal. Sie wurden zu Wilden, ohne jede Disziplin.

In England, Frankreich und angrenzenden Ländern lernte Dracula dazu: Er kontrollierte das Vampirvolk, brachte sie dazu, Regeln zu befolgen und sich in gewissen Punkten der menschlichen Zivilisation anzupassen, um nicht aufzufallen. Das war nötig, da es in Frankreich zu zahlreichen Vampirmorden gekommen war. Obwohl wir in der Nahrungskette über den Menschen stehen, stellen sie unsere größte Gefahr dar. Dracula zwang sein Volk also in den Untergrund, um ihre Existenz zu sichern. Abgesehen davon, dass wir vor Jahrhunderten noch keine Hightech-Verglasungen besaßen und tagsüber gezwungen waren, die absolute Dunkelheit unter der Erde zu suchen. So entstand nach und nach unsere heutige Lebensweise. Als die ersten Familien sich in Unterkünften zusammenrotteten, lief Dracula ein junger Mann über den Weg, der etwas zu neugierig auf die Wesen der Nacht war. Er glaubte, sie mehrmals gesehen zu haben, und grub zu tief im Untergrund. Bis Dracula ihm eines Nachts einen größeren Einblick gewährte, als ihm lieb war. Dieser junge Mann war ich.«

»Und was ist mit Dracula passiert? Er lebt doch nicht mehr in London, oder …?«

Eine dunkle, angsteinflößende Unruhe erfasste Emily bei dem Gedanken daran.

»Nein, keine Sorge. Er ist vor langer Zeit untergetaucht. Man sagt, er sei nach Transsylvanien zurückgekehrt. Andere erzählen sich, dass er in eine Art ewigen Winterschlaf gefallen ist. Vielleicht stimmt beides, wer weiß.«

Es war unglaublich. Emily fühlte sich, als sei sie persönlich in Bram Stokers ›Dracula‹ eingetaucht und wäre ein Teil der Geschichte geworden. Graf Dracula gab es also wirklich. All die düsteren Legenden entsprachen der Wahrheit. Die Tatsache jagte ihr einen angstvollen Schauer über den Rücken.

Erst jetzt bemerkte sie, dass Roy während seiner Erzählung langsam näher an sie herangerückt war. Er saß nun unmittelbar neben Emily auf dem Sofa, beziehungsweise eher vor ihr, da sie sich einander zugewandt hatten. Ihre Beine berührten sich. Liebevoll strich er mit seiner Hand über ihre Wange, bis sich eine Gänsehaut ihren Hals hinunter bildete.

»Emily, du bist in etwas hineingeboren, aus dem du nicht mehr herauskannst. Deine Eltern wussten das und haben versucht, dich davor zu beschützen. Aber jetzt bist du hier, und die Welt der Vampire wird für immer ein Teil deines Lebens sein.«

Sie wollte sich ein Stück zurückziehen, doch Roy ließ es nicht zu und legte seine Hand in ihren Nacken. Instinktiv verspannte sie sich bis in die Zehenspitzen und zog ihre Beine zurück.

»Ich glaube, du irrst dich. Ich kann mich in den nächsten Flieger setzen und verschwinden. Wenn die VHA erst mal merkt, dass ich mit dir nichts mehr zu tun habe, werden sie das Interesse an mir verlieren. Und ich kann mein normales Leben weiterführen.«

Angst und Erregung flammten gleichzeitig in ihr auf, als sie sah, dass Roys Augen erneut zu lodern begannen.

»Die VHA wird vielleicht das Interesse an dir verlieren. Ich aber nicht.«

Er flüsterte es nur, bevor er ihr Gesicht näher zu seinem zog und begann, sie sanft zu küssen. Sie stemmte ihre Fäuste mit aller Kraft gegen seine Brust, doch der Vampir war unglaublich stark. Er schien ihre Anstrengung nicht einmal zu bemerken und vertiefte seinen Kuss ungerührt so lange, bis sie seinem wunderbar intensiven, sinnlichen Werben nicht mehr widerstehen konnte und weich gegen seine Brust sank.

Roy drückte sich auf sie, sodass ihr zarter Körper unter ihm auf der Couch gefangen war, und küsste sie ungehemmt und leidenschaftlich weiter, bis seine ausgefahrenen Fangzähne ihn zur Vorsicht zwangen. Und eben diese Zähne waren es, die Emily wieder zur Besinnung brachten. Kurz bevor sie sich völlig dem

Moment hingab, spürte sie das leichte Kratzen der Spitzen an ihren Lippen und wich erschrocken zurück. Sie wusste, dass es seine Gier nach ihr war, die die Zähne hatte wachsen lassen. Aber Emily war sich plötzlich der Gefahr sehr bewusst, die gleichzeitig von ihnen ausging. Diese Zähne hatten ihre Mutter getötet.

Mit diesem Gedanken stieß sie den Mann heftig von sich, rappelte sich auf und rannte panisch aus dem Zimmer.

14

In den darauffolgenden vierundzwanzig Stunden gingen sich die beiden aus dem Weg. Emily verkroch sich in ihrem Zimmer und dachte über die Situation nach, während Roy in seinem Arbeitszimmer auf und ab ging und seine Sorge abwechselnd seinen Gefährten in der Unterkunft und der jungen Frau in seinem Haus galt.

Er hatte seit dem Gespräch mit Vincent nichts mehr von den anderen gehört, und seine Angst wuchs stündlich, dass die Unterkunft eventuell schon ausgelöscht war, wenn Dorothy dem Druck der VHA nicht hatte standhalten können.

Trotzdem schweiften seine Gedanken immer wieder ab. Er hoffte, Emily würde im Laufe der Nacht hinunter in die Küche gehen, sodass er sie abfangen und das Gespräch suchen konnte. Was ging in einer Frau vor, die in der einen Sekunde einen Kuss leidenschaftlich erwiderte, in der nächsten aber

schlagartig die Flucht ergriff? Ihm war nicht klar, was ihren Rückzug ausgelöst haben könnte.
Er würde die Frauen nie verstehen. Ein schrilles Klingeln ließ ihn plötzlich aufschrecken! Roy stürzte zum Schreibtisch. Vincent rief auf der sicheren Leitung an! Schnell nahm der Lord das Gespräch an und riss erschrocken die Augen auf. Das Gesicht seines Bruders war schmerzverzerrt und blutig.
»Vincent, was zum Teufel …«
»Roy! Das Schlimmste ist passiert! Die VHA hat es geschafft, sich Zugang zu verschaffen! Dorothy ist unter den Qualen der Folter zusammengebrochen. Sie haben sie halb tot zu uns zurückgebracht. Igor hat sie eben mit einer Silberkugel erlöst. Danach ist die Hölle über uns hereingebrochen! Es war ein regelrechter Massenmord! Nur fünf von uns sind übrig: Mindy, Max und Daniel, außerdem Igor und ich. Gene und ein paar andere konnten glaube ich fliehen, aber ich habe keine Ahnung, wo sie sind. Ich hoffe, weit genug weg von diesem Massaker hier. Was sollen wir tun, Roy? Hier können wir nicht bleiben. Der Eingang wird bewacht, und ich bin sicher, dass sie mittlerweile die ganze Stadt überwachen. Wir können in keiner anderen Unterkunft untertauchen, ohne zu fürchten, die VHA dann auch direkt dorthin zu führen.«
Roy rieb sich über das Gesicht und seufzte tief. Es war eine Katastrophe, deren Ausmaß er nicht überblicken konnte. Sein Zuhause war enttarnt und verwüstet, seine Familie nahezu ausgelöscht.
Er zuckte zusammen, als sich plötzlich eine warme, menschliche Hand auf seine Schulter legte.

»Mein Gott, Roy. Das ist schrecklich. Es tut mir so leid für dich.«
Emily musste schon eine Weile im Raum gestanden und zugehört haben. Er war dankbar für ihre Nähe.
»Hör mir jetzt gut zu, Vincent. Du wirst persönlich Sorge dafür tragen, dass Mindy, Max und Daniel in Sicherheit gebracht werden. Es ist mir egal wie, aber bring sie raus aus London. Bring sie so weit wie möglich weg, und wenn ihr dafür England verlassen müsst. Die drei müssen unbedingt beschützt werden, unter allen Umständen.
Igor soll alles retten, was in der Unterkunft noch zu retten ist. Möbel, Notvorräte, Bücher … völlig egal. Alles. Es gehört uns, und ich will nicht, dass die VHA etwas davon in die Finger kriegt. Benutzt den Geheimgang. Den haben sie garantiert nicht im Visier. Lasst alles irgendwo sicher einlagern, aber außerhalb von London. Das ist jetzt ein zu heißes Pflaster geworden.
Und dann bringt ihr beide euch ebenfalls in Sicherheit. Wir finden uns wieder, Vincent. Lass mir auf der sicheren Leitung eine Nachricht zurück. Ich werde mich jetzt persönlich darum kümmern, dass dieser Krieg beendet wird.«
Vincent schüttelte traurig den Kopf. »Das ist kein Krieg, Roy. Das ist eine Ausrottung.«

Nachdem sie das Gespräch beendet hatten, drehte sich Roy zu Emily um.
»Wir müssen die VHA aufhalten. Egal wie. Ich werde nicht zulassen, dass die mein ganzes Volk ausrotten! Wirst du mich begleiten?«

Sie zögerte. Ihr wurde plötzlich klar, dass sie, rein rational gesehen, keinen Grund hatte, den Vampiren zu helfen. Roy hatte sie ihrer Familie beraubt, und auch wenn sie sich offiziell gegenseitig verziehen hatten, wollte sie mit diesen Wesen nichts zu tun haben. Ironischerweise war die VHA aber jetzt auch ihr Feind. Sie galt als Verbündete der Vampire, und wenn sie das Land verließ, würde man vermuten, dass sie im Ausland irgendeinen Plan verfolgte.
Wenn sie je wieder in Frieden leben wollte, musste sie bei Roy bleiben, bis der Krieg vorbei war.
»Ja.«
Er sah sie forschend an. »Tust du es, weil du es willst, oder weil du keine andere Wahl hast?«
Sie zuckte mutlos mit den Schultern. »Ich habe ja tatsächlich keine Wahl. Was spielt es da für eine Rolle, ob ich es will oder nicht?«
Sie versuchte, seiner Hand auszuweichen, die sanft ihr Kinn umfasste. Er hielt sie fest und zwang sie, ihn anzusehen.
»Emily, bevor ich dich mitnehme und dich mit meinem Leben beschütze, muss ich es wissen: *Willst* du das tun? Für mich und mein Volk?«
Sie wollte es. Für ihn. Obwohl sie sich innerlich heftig dagegen wehrte. Sie war seinem Charme verfallen, dem intensiven Blick aus den Augen mit der Tiefe eines ganzen Ozeans, seinen weichen Lippen und der Hitze, die er verströmte. Sie nickte und ließ es zu, dass er sie als Reaktion darauf heftig küsste, auch wenn sie seinen Kuss aus Angst vor allem, was auf sie zukommen mochte, nicht erwiderte und sich bald aus seinem Griff befreite. Als sie nach

oben ging, um ihre Sachen zu packen, hielt Roy sie nicht auf. Er folgte ihr wenige Minuten später und lehnte sich an den Türrahmen ihres Zimmers. Sah zu, wie sie sorgfältig ein Kleidungsstück nach dem anderen in ihrem Seesack verstaute.

»Es ist schon zu spät, wir warten den Tag noch ab. Bei Sonnenuntergang fliegen wir sofort los.«

Emily runzelte die Stirn. »Müssen wir wirklich wieder fliegen?«

»Ich weiß, es war hart für dich. Aber dieses Mal wirst du … stärker sein.«

Irritiert sah sie ihn an. »Ich will ja nichts sagen, aber so schnell baue ich keine Muskeln auf!«

»Nein, das meine ich nicht. Ich werde dir Kraft geben. Du bekommst etwas von meiner Stärke.«

»Das klingt nicht so, als ob es mir gefallen würde. Wie willst du das anstellen?«

»Es wird dir tatsächlich nicht gefallen, aber es geht nicht anders. Du musst bei Kräften sein. Du wirst ein wenig von meinem Blut trinken.«

Sie blockte sofort ab und schmiss ihre Schuhe in den Beutel. »Vergiss es! Das mache ich auf keinen Fall. Ende der Diskussion.«

Roy umfasste von hinten ihre Schultern und drehte sie zu sich herum. Sie hatte nicht bemerkt, dass er sich ihr genähert hatte. Genervt schlug sie seine Hände weg, aber sie landeten sofort wieder dort.

»Es muss sein. Du warst völlig fertig, als wir nach dem Flug hier angekommen sind. Das kann ich nicht gebrauchen. Wir ziehen in den Krieg. Wenn wir in London ankommen, musst du fit sein, um uns zu folgen. Du musst mit unseren übermenschlichen Kräften mithalten können.«

»Was heißt denn mit ›unseren‹ Kräften? Ich dachte, alle aus der Unterkunft sind weg!«

»Im Moment ja. Aber wenn Gene und ein paar andere wirklich entkommen konnten, hoffe ich, dass sie zurückkehren. Sie werden wissen, dass ich sie brauche. Also wie gesagt: Du musst mithalten können.«

»Roy, Menschen trinken kein Blut. Blut überträgt Krankheiten. Wenn es etwas gibt, mit dessen Weitergabe die Menschen äußerst vorsichtig geworden sind, dann ist es Blut. Woher weiß ich denn, was bei dir alles drin ist? Und außerdem wäre es einfach nur unglaublich ekelhaft, das Zeug zu trinken!«

Es entstand eine kleine Pause, in der der Vampir überlegte, wie er die Frau vor sich am geschicktesten zu dieser Sache überreden konnte.

»Mein Blut überträgt keine menschlichen Krankheiten, denn ich bin kein Mensch. Was in meinem Blut fließt, ist meine Stärke, sind meine Fähigkeiten. Es würde dich eindeutig töten, wenn du zu viel davon trinkst, weil dein Körper der Intensität der Kräfte nicht gewachsen wäre. Aber ein kleiner Schluck wird dich stark machen und, wenn du Glück hast, sogar Wunden schneller heilen lassen. Für eine gewisse Zeit.«

Sie machte eine abwehrende Geste, aber ihr Gesichtsausdruck verriet deutlich, dass sie sich der Unausweichlichkeit bewusst war. Roy ließ seine Hände langsam hinunter zu ihren Hüften gleiten, kam noch näher und sagte leise: »Das ist auch für mich nicht mal eben getan. Einen anderen von seinem Blut trinken zu lassen, ist für einen Vampir eine sehr persönliche Angelegenheit. Ich würde es dir nicht anbieten, wenn ich nicht …«

Er ließ seinen Satz unvollendet, und Emily war ihm dankbar dafür. Sie fand, dass sie für die nächste Zeit genug Intimitäten ausgetauscht hatten. Er war eine Kreatur, die es eigentlich nicht geben durfte, und dass er trotzdem nie gekannte Gefühle in ihr geweckt hatte, machte ihr große Angst. Sie entdeckte eine Seite an sich, die ihr bis jetzt unbekannt gewesen war. Es fühlte sich zugleich fremd und doch mehr nach ihr selbst an, als sie es je zuvor erlebt hatte, und das erschütterte sie bis ins Mark. Alles, was sie bislang über sich selbst zu wissen geglaubt hatte, schien sich zu verändern.

Dann fiel ihr plötzlich ein, dass sie vor nicht allzu langer Zeit bereits dabei gewesen war, zarte Gefühle für einen anderen Mann zu entwickeln, auch wenn dieser ihr längst nicht so nahegestanden hatte wie Roy jetzt, und sie nicht in diesem Maße aus dem Gleichgewicht gebracht hatte: Stefan Eckamp.

Sie fand, es war an der Zeit, mehr über seine Todesumstände zu erfahren, und schob den Vampir ein Stück von sich fort.

»Roy, hast du den deutschen Gast aus der Pension getötet?«

Er stutzte und sah sie fragend an. »Welchen Deutschen?«

»Kurz bevor ich in eure Unterkunft kam, hat man einen Mann, der in derselben Pension gewohnt hat wie ich, auf dem Highgate tot aufgefunden. Kaum verwundet, bis auf eine kleine Stelle am Hals. Sei bitte ehrlich: Warst du das?«

Erkennen blitzte in Roys Augen auf. »Ach, den meinst du. Ich wusste nicht, dass er Deutscher war. Es spielt auch keine Rolle. Nein, ich habe ihn nicht getötet. Vincent hat dich für mich beschattet. Er hat euer nettes Beisammensein in deinem Zimmer beobachtet und gehört, dass der Mann zurückkommen wollte, um dir zu helfen. Das musste verhindert werden. Wenn du dich erinnerst: Damals hatte ich noch die Absicht, dich zu töten.«

Eine Welle der Trauer durchlief ihren Körper.

»Es spielt sehr wohl eine Rolle! Und sein Name war Stefan Eckamp, falls es dich interessiert! Er war charmant und er wollte mir helfen! Warum musstet ihr ihn deswegen direkt töten? Er hatte doch gar nichts getan. Er war ...«

»Du mochtest ihn, oder?« Die Frage klang beißend.

Emily schnappte nach Luft. »Was?«

Sie zögerte kurz und sah dann traurig zu Boden.

»Ja, ich mochte ihn. Und ich hätte ihn gerne besser kennengelernt.«

Plötzlich begriff sie, dass Roy eifersüchtig war. Es gab ihr überraschenderweise ein gutes Gefühl. Er wollte sie, und er würde sie tatsächlich mit seinem Leben beschützen, wenn es sein musste.

»Roy, für Stefan ist es zu spät, aber ... ich möchte, dass du mir etwas versprichst.«

»Und das wäre?« In seiner Stimme schwang Skepsis.

»Ich möchte, dass du mir versprichst, dass auf der Reise, die wir antreten, und bei dem Krieg, in dem wir

kämpfen, keine Unschuldigen mehr getötet werden. Die VHA ist eine andere Sache. Dass die nun auch *mein* Feind ist, habe ich verstanden. Auch, dass sie ein ganzes Volk bedroht, unabhängig davon, um was für Wesen es sich handelt. Aber keine Unschuldigen mehr. Versprochen?«
Roy nickte. »Die Zeit meiner Rache ist vorbei, Emily. Menschen sind nicht unsere Feinde, und der Mensch an sich ist auch nicht unsere Nahrung. Wir brauchen nur sein Blut, das wir, wie ich dir bereits erklärt habe, schon lange bekommen, ohne dafür jemanden zu verwunden oder zu töten. Wenn in diesen Krieg unschuldige Menschen hineingezogen werden, werde ich persönlich für ihren Schutz sorgen.«
Emily war von diesem Versprechen sichtlich beeindruckt, denn sie sagte nichts mehr.
»Pack deine Tasche fertig. Danach komm in mein Zimmer, dann versorge ich dich mit Blut.«
Der Vampir sah nicht mehr, wie sie in kalter Furcht vor diesem Akt die Arme um ihren Körper schlang und zu zittern begann, da in ihm selbst beim Hinausgehen die widersprüchlichsten Gefühle tobten angesichts der Intimität, die beide bei der Blutgabe erwartete.

15

Es war später Vormittag, als Emily widerwillig an Roys Schlafzimmertür klopfte. Wie von Zauberhand schwang diese daraufhin auf.
»Komm herein, setz dich.«

Roy war nirgendwo zu sehen. Unschlüssig blieb sie im Türrahmen stehen und sah sich verlegen um. Sie betrat zum ersten Mal das Schlafzimmer eines Mannes.
»Vielleicht warte ich lieber im Wohnzimmer ...«
»Nein. Setz dich.« Er stand plötzlich wie aus dem Nichts vor ihr und zeigte mit der Hand auf sein Bett.
Sie bewegte sich keinen Millimeter.
»Was ist los? Stimmt was nicht?«
Sie verschränkte die Arme vor der Brust und trat unsicher von einem Fuß auf den anderen.
»Ist es dir etwa unangenehm, dich auf mein Bett zu setzen? Das ist albern, Emily. Glaubst du ernsthaft, ich würde in dieser Situation versuchen, dich zu verführen? Es könnte sein, dass du ohnmächtig wirst, wenn du mein Blut getrunken hast. Deswegen dachte ich, auf dem Bett fällst du wenigstens weich.«
»Ohnmächtig? Herrgott noch mal, wie viel soll ich denn von dem Zeug trinken?«
»Nur einen kleinen Schluck, hab ich doch gesagt!«
Roy wurde langsam ungehalten. Sie konnte nicht wissen, wie viel es ihm bedeutete, ihr sein Blut zu geben, und dass ihr abfälliges Verhalten ihn auf eine Art beleidigte und verletzte, die nur ein Vampir verstehen konnte.
Die ganze Stärke, all seine Fähigkeiten, lagen in seinem Blut. Die Unsterblichkeit, die Unverwundbarkeit, seine Kraft ... all das besaßen diese Kreaturen nur, weil Vampirblut durch ihre Adern floss. Etwas davon Emily zu geben, kam einem ungeheuer wertvollen und intimen Geschenk gleich.

Sie wagte nicht noch einmal, zu widersprechen, und setzte sich endlich auf die Kante des riesigen, weichen Bettes.

Roy setzte sich dicht neben sie, fuhr seine Fangzähne aus und biss in sein eigenes Handgelenk. Aus zwei kleinen Wunden quoll das Blut dunkelrot und dickflüssig hervor. Er hielt ihr die Wunde an den Mund, bevor Blut auf das Laken tropfen konnte.

»Trink. Nur einen Schluck. Wirklich nur einen.«

Emily verkniff sich eine bissige Bemerkung und hielt seinen Arm angewidert fest. Sie schloss ihre Lippen um den Biss und gab einen überraschten Laut von sich. Jetzt wusste sie, warum diese Angelegenheit so persönlich war. Sie schmeckte Roy. Sie schmeckte, was ihn ausmachte, als läge sein innerstes Wesen offen auf seiner Haut. Dem Blut entströmte ein intensiver, aphrodisierender Duft, der sie benommen machte. Sie überwand Furcht und Ekel und saugte einmal kräftig an Roys Vene. Er stöhnte auf, widerstand dem Drang, sie weitertrinken zu lassen, entzog ihr schnell seinen Arm und ließ die Wunden dank seiner Kräfte sofort heilen.

Emily hingegen krümmte sich zunächst nach vorn, von fürchterlicher Übelkeit gepackt, und versuchte, das krampfhafte Würgen, das sie ergriffen hatte, unter Kontrolle zu bringen. Blut zu trinken war etwas unglaublich Widerwärtiges.

Roys Kraft breitete sich in ihr aus wie ätzende Säure. Ihr Magen schien zu verbrennen, ebenso wie ihr Herz, ihre Arme und ihre Beine, und sie schrie vor Schmerzen auf. Als die Energie ihr Gehirn erreichte,

wurde ihr schwarz vor Augen. Ihr Körper erschlaffte und sank nach hinten auf die weiche Decke.
Roy deckte sie behutsam zu, bevor er sich neben das Bett setzte, um ihre Ohnmacht zu bewachen.

Emily erwachte in tiefer schottischer Nacht. Roy stand neben dem Bett und half ihr, sich aufzurichten. Eine Welle des Schwindels erfasste die junge Frau, doch er hielt sie sicher in seinem Arm, sodass sie nicht wieder in die Kissen zurückfiel.
»Gib deinem Körper einen Moment, um sich daran zu gewöhnen.«
Ihr Mund war trocken. Der metallische Geschmack von Blut lag wie ein Pelz auf ihrer Zunge.
Wenn sie sich darauf konzentrierte, konnte sie die Veränderung spüren, mit denen ihr Körper auf die Blutgabe reagierte. Ihre Wahrnehmung war schärfer geworden. Sie sah und hörte besser und war so energiegeladen und fit wie seit Jahren nicht. Sie hätte Bäume ausreißen können! Aber am liebsten hätte sie sich sofort an ihren Schreibtisch gesetzt und zehn neue Romane hintereinander weg geschrieben. Die Ideen sprudelten geradezu durch ihren Kopf.
»Wow. Das ist es also, was passiert.«
»Ja. Fühlst du dich gut?«
Emily lachte begeistert auf. »Gut? Ich fühle mich spitze! Ich habe mich seit Jahren nicht mehr so gut gefühlt! Ist vor dem Abflug noch ein großes Frühstück drin?«
Roy reichte ihr die Schuhe. »Ich fürchte nein. Dein Magen war mit meinem Blut so überfordert, dass du dich sofort übergeben würdest. Aber konzentrier dich

mal auf deinen Körper. Verspürst du überhaupt Hunger?«
Er hatte recht. Aus Gewohnheit hätte Emily etwas gegessen, aber sie war eigentlich überhaupt nicht hungrig.
»Eine kleine Nebenwirkung. Bist du so weit?«
Sie nickte, hielt Roy aber impulsiv am Arm zurück, als er in den Flur verschwinden wollte.
»Roy, warte. Ich …«
Er wartete geduldig darauf, dass sie weitersprach, und sah ihr direkt in die Augen.
»Ich habe Angst. Was hast du jetzt vor? Wohin fliegen wir? Was erwartest du von mir?«
Das Lächeln, das er ihr schenkte, war so zärtlich, dass ihre Beine weich wurden. Sanft strich er mit dem Daumen über ihren Handrücken.
»Du traust dich ganz allein nach Sonnenuntergang auf den Friedhof, um einen Vampir in seiner Unterkunft zu besuchen, der dich töten will, hast aber Angst davor, nach London zurückzufliegen, in eine Stadt, die du kennst und das auch noch mit einem Mann an deiner Seite, der dich beschützt?«
Sie antwortete nicht, senkte nur den Blick.
»Emily. Sieh mich an. Du bist nicht mehr allein auf der Welt. Solange ich bei dir bin, hast du keinen Grund, ängstlich zu sein.«
Sie griff nach ihrer Tasche, um die Spannung aufzulösen, die einmal mehr zwischen ihnen entstand.
»Na dann, lass uns gehen.«
Sie sagte ihm nicht, dass sie seine Nähe seit der Blutgabe intensiver wahrnahm. Dass ihr der Duft seines Blutes nicht mehr aus der Nase ging und sie

den Augenblick herbeisehnte, in dem sie sich an ihm festklammern konnte, um von ihm in die Luft empor getragen zu werden.

Während er das Haus verriegelte, band sich Emily ihren Reisesack fest um, sodass er nicht verloren gehen konnte.
»Bevor wir uns auf den Weg machen, möchte ich aber trotzdem wissen, was du eigentlich vorhast. Geheimniskrämerei ist schön und gut, aber ich weiß gerne, was auf mich zukommt. Da ich in deiner Nähe bleibe, besteht wohl kaum die Gefahr, dass ich dich verrate. Nur für den Fall, dass du mir noch immer nicht traust.«
Roy stellte sich dicht vor sie. So dicht, dass ihre Körper sich auf voller Länge berührten.
»Du hast recht. Komm, leg deine Arme um mich und halt dich gut fest. Wenn wir fliegen, schling deine Beine um meine. Ist dir warm genug?«
Sie bezweifelte, dass sie bei so intensiver Nähe je wieder frieren würde.
»Ja, alles gut. Dieses Mal bin ich warm angezogen, habe alles gesichert und mehr Kraft. Wird schon werden. So, aber jetzt sag mir bitte, was der Plan ist. Und vielleicht auch noch, was Plan B ist, falls du so was parat hast.«
Roy legte seine Arme fest um sie, bis sie in einer Umarmung standen, die so intim war, dass sie ebenso gut miteinander hätten verschmelzen können.
»Wir fliegen zum Wohnsitz des Innenministers und entführen ihn. Er wohnt in einem Außenbezirk von London. Da die VHA ja zu keinerlei Verhandlungen

bereit war, müssen wir sie wohl oder übel dazu zwingen. Schau mich nicht so an, wir haben keine andere Wahl. Du hast ja wohl gehört, was sie mit meiner Familie gemacht haben. Extreme Situationen erfordern extreme Maßnahmen.«
»Super! Ich gelte dann also nicht nur als Verbündete der Vampire, sondern werde auch offiziell als Entführerin eines hohen Politikers gesucht! Sag mal, willst du mich ruinieren? Ihr Vampire habt mit unserem Rechtssystem nicht viel zu schaffen, das ist mir klar. Aber du sorgst gerade dafür, dass ich ein ordentliches Strafregister anhäufe, für mich gilt das menschliche Rechtssystem nämlich!«
»Das wirst du nicht. Der Minister und auch die VHA sehen dich nicht mehr als Menschen an. Du bist jetzt eine von uns, in deren Augen.«
Emily wollte empört zurückweichen, merkte aber in diesem Moment, dass sie schon abgehoben hatten und über dem Boden schwebten.
Sie seufzte. »Super. Ist mein Leben als Menschenfrau in der Öffentlichkeit jetzt also endgültig vorbei oder beschränkt sich das auf die britischen Inseln?«
Roy zuckte die Schultern und gewann an Höhe.
»Ich schätze, in New York weiß keiner was von deinen neuen Bekanntschaften, wenn dich das beruhigt, außerdem gibt es da keine Organisation wie die VHA, soweit ich weiß. So. Halte dich fest, wir dürfen keine weitere Zeit verschwenden. Und noch etwas: Egal, was ich dir ab jetzt sage: Tu es einfach, ohne Fragen zu stellen. Ich werde nichts tun, was dir schaden kann.«

Sie verstärkte ihre Umarmung und quietschte leise, als er das Tempo erhöhte und sie wie ein Blitz gen Himmel schossen.

Der Flug dauerte mehrere Stunden, aber dank Roys Stärkung hielt Emily ohne Probleme und ohne Pause durch. In seiner Umarmung fühlte sie sich geborgen und sicher. Die meiste Zeit schwiegen sie und hingen ihren eigenen Gedanken nach, wobei sie aber beide darauf achteten, sich gut vor dem anderen abzuschotten.

Emily dachte darüber nach, wie sie in diese Situation gekommen war. Immer wieder ließ sie die Zeit seit ihrer Ankunft in England Revue passieren und fragte sich, ob es an irgendeinem Punkt möglich gewesen wäre, die Richtung zu ändern. Doch wie sie es auch drehte und wendete, einen Ausweg hätte es nicht gegeben. Sicher hätte sie direkt nach der Testamentseröffnung zurückfliegen können. Aber die unbekannte Gefahr wäre ihr gefolgt.

Ihr Schicksal war von Geburt an mit den Vampiren verwoben, und sich dem zu stellen, war die einzige Möglichkeit gewesen, zu überleben.

Sie flogen eine Kurve über Maidenhead, über das im Vergleich zu London dürftige Lichtermeer ihres Heimatortes. Wehmütig dachte sie an die Zeit zurück, in der ihr Vater noch lebte und das Familienleben in ihrem Elternhaus harmonisch war. Ihr Kontakt mit der Außenwelt war es nie gewesen.

Roys Stimme riss sie unvermittelt aus ihren Gedanken.

»Wir sind gleich da. Halt dich gut fest, ich gehe in Sinkflug.«
Es klang wie die Anweisung eines Piloten, und tatsächlich flogen sie nun nicht mehr horizontal, sondern leicht mit den Köpfen nach unten geneigt. In dieser Position hatte Emily einige Mühe, sich an Roy festzuhalten. Ihre Tasche kippte nach vorn. Die junge Frau keuchte schwer unter der Last und krallte sich mit aller Kraft in seine Schultern.
»Wir haben es gleich geschafft, halte noch einen Moment durch.«
Er verstärkte seinen Griff um ihren Rücken und steuerte zielsicher auf eine Baumgruppe inmitten des Hyde Parks zu, wo sie verhältnismäßig sanft aufsetzten. Roy packte ihr Handgelenk und riss sie mit sich.
»Schnell. Bevor man uns entdeckt.«
Er stürzte auf ein Gestrüpp zu, das er hektisch zur Seite schob, bis es eine Klappe im Boden freigab, die von Wurzeln und Ästen überwuchert war.
»Hier rein. Beeil dich.«
Kaum war sie die schmale Wendeltreppe ein Stück heruntergegangen, hörte sie über sich die Klappe leise zuschlagen. Sie spürte den Vampir unmittelbar hinter sich.
»Roy, ich sehe nichts! Hier ist es stockdunkel«, flüsterte sie, tastete sich Stufe für Stufe weiter in der Dunkelheit nach unten.
»Warte.«
Er presste sich an ihr vorbei, fand ihre Hand und hielt sie fest.

»Folge mir. Es geht noch ungefähr zwanzig Stufen hinunter, dann kommt ein Gang.«
Unsicheren Schrittes tastete sie sich hinter Roy die Treppe hinunter, hielt seine Hand ganz fest. Dann spürte sie erleichtert wieder festen Boden unter ihren Füßen. Sekunden später flammte eine Fackel auf. Roy zog sie aus der Wandverankerung und reichte sie ihr.
»Hier, jetzt siehst auch du was.«
Der Gang schien kein Ende nehmen zu wollen und ging an mehreren Stellen um die Ecke, bis Emily glaubte, sich nur noch im Zickzack quer unter London hindurchzubewegen.
»Wo sind wir hier?«
Statt zu antworten, stieß der Vampir die Tür auf, die plötzlich vor ihnen auftauchte. Überrascht sah Emily, dass sie wieder in der Unterkunft standen, die sie vor Tagen verlassen hatte, und zwar in einer Nische von Roys Räumlichkeiten.
»Warum sind wir wieder hier? Sagtest du nicht, die VHA observiert die Unterkunft? Dann sind wir hier in Lebensgefahr!«
Roy nickte und sah sich dennoch zufrieden um.
»Okay, einen Teil der Möbel haben sie schon weggeschafft. Jetzt bleibt nur abzuwarten, ob sie den Rest auch noch holen oder ob die Zeit fehlte.«
»Hast du gehört, was ich gesagt habe? Was machen wir hier?«
Er drehte sich zu ihr um und sah ihr ernst in die Augen.
»Unglücklicherweise haben wir keinen anderen Ort, an den wir gehen könnten. Die anderen Unterkünfte müssen sich selbst schützen, und wir haben hier keine

Notunterkunft oder so etwas. Ich meine … wir sind schon im Untergrund. Noch mehr verstecken kann man sich nicht. Wir werden den Tag hier verbringen müssen, auch wenn die Wahrscheinlichkeit, dass die VHA noch einmal hierherkommt, bei Tage am größten ist. Wir haben keine Wahl. Sobald es dunkel ist, brechen wir auf.«

Emilys Hände wurden klamm vor Angst, und sie vergaß für einen Moment, ihre Gedanken zu verschließen.

Roy reagierte prompt auf den kurzen panischen Stoß aus ihrem Kopf. Er kam zu ihr, legte seine Hände beschützend auf ihre Arme.

»Ich weiß, dass du Angst hast. Wir müssen nur ein paar Stunden hier aushalten, dann verschwinden wir und holen uns Morris.«

»Und wo willst du ihn hinbringen?« Es war kaum mehr als ein Flüstern.

»Auf mein Anwesen. Hier zu bleiben, wäre zu riskant. Ich gehe gleich auf die sichere Leitung und versuche herauszufinden, wer noch in der Nähe ist. Wenn genug Verstärkung da ist, machen wir uns auf den Weg. Du bleibst so lange hier.«

Emily wehrte sich mehr pro forma, als er sie zu sich zog und sich in einen leidenschaftlichen Kuss mit ihr vertiefte.

Am Ende der Nacht hatte Roy wenigstens fünf seiner Untertanen wieder zusammengetrommelt.

Unter den Überlebenden der Familie, die jetzt zurückkamen, war auch ihr Cousin Gene.

Überraschenderweise freute sie sich, ihn zu sehen, und drückte ihn zur Begrüßung kurz an sich.
»Hey Süße, nicht so stürmisch! Wir können uns gerne später zurückziehen und das ausführlicher besprechen!«
Er grinste sie frech an, doch dann überzog ein Schatten sein Gesicht.
»Tristan hat es nicht geschafft. Er war ein Idiot und dazu noch ein gefährlicher Hitzkopf, aber nichtsdestotrotz war er mein Bruder.«
»Dein …?«
»Im vampirischen Sinne. Wann lernst du endlich, nicht wie ein Mensch zu denken?«
Emily löste sich von ihm. »Hm, lass mich überlegen. Ich glaube, solange ich ein Mensch *bin*, wird sich daran nicht viel ändern!«
Roy trat zwischen die beiden und umarmte Emily demonstrativ. Zu ihrer Überraschung hörte sie plötzlich, wie er telepathisch Anweisungen gab und kein Wort mehr über die Lippen brachte.
›*Wir können nicht sicher sein, dass die VHA hier nicht alles verwanzt hat. Also kein gesprochenes Wort mehr ab jetzt. Wir werden uns gleich laut darüber einig werden, dass wir in zwei Minuten alle wieder weg sind. Und noch was: Emily, wir werden dich gleich laut in einen Flieger nach Südamerika verabschieden. Kein Land nennen. Sollen die sich doch dumm nach dir suchen, während du die ganze Zeit bei uns bist.*‹
Sie lächelte still in sich hinein. Es war ein guter Plan, der sie fürs Erste aus der Schusslinie brachte. Sofern die VHA tatsächlich Wanzen in der Unterkunft

angebracht hatte. Aber davon ging Roy anscheinend fest aus.

›Gene, du hältst mit Tom und Sylvester Wache am Eingang. Evan, du suchst mit Evelyn alles nach Wanzen ab, aber so schnell wie möglich. Sollten noch andere Brüder und Schwestern den Weg zurück in die Unterkunft finden, möchte ich sie vor bösen Überraschungen bewahren.

Wenn ihr damit fertig seid, postiert euch vor dem Geheimgang. Emily, du schläfst. Keine Widerrede. Wir passen auf dich auf.

Ich suche alles zusammen, was von Nutzen sein kann und komme dann zu dir. Bei Sonnenuntergang holen wir uns den Minister.‹

Dann wandte er sich an Emily und küsste sie flüchtig auf die Wange, bevor sie Einspruch erheben konnte. Mit einem Seitenblick zu Gene fügte er hinzu: *›Wer von euch sie anrührt, wird von mir persönlich ins Sonnenlicht gesetzt.‹*

Nachdem sie sich lautstark darauf geeinigt hatten, die Unterkunft zu verlassen und Emily nach Südamerika zu schicken, ging jeder auf seinen Posten und tat, was Roy ihm aufgetragen hatte.

Emily zog sich schweigend zurück und legte sich in Roys riesiges Bett, wobei ihr mit einem erregten Prickeln in der Magengrube bewusst wurde, dass der Mann hier geschlafen hatte und sein eigentümlicher Geruch noch in den Laken hing.

Nach einer halben Stunde sinnlosen Grübelns fiel sie schließlich in tiefen Schlaf.

16

»Emily! Wach auf!«
Die junge Frau öffnete verwirrt die Augen und sah in Genes Gesicht, das von Angst und Hektik gezeichnet war. Sofort setzte sie sich auf.
»Wo ist Roy?« Dann erst wurde ihr bewusst, dass er nicht auf telepathischem Wege mit ihr gesprochen hatte.
›*Was ist passiert? Warum sprichst du? Du hast meinen Namen gesagt, du Trottel!*‹
»Und du hast geantwortet. Aber das spielt keine Rolle mehr. Die VHA hat sich nicht davon beeindrucken lassen, dass wir angeblich alle wieder ausgeflogen sind. Und sie haben die Flüge gecheckt. Vincent hat es kontrolliert. Sie wissen vielleicht nicht mit Sicherheit, dass du noch bei uns bist, aber sie wissen definitiv, dass du nicht unterwegs nach Südamerika bist! Wenn wir nicht sofort verschwinden, sind wir alle Asche!«
›*Sind sie hier?*‹
»Ja, und jetzt komm. Roy wartet am Notausgang auf dich, er ist voll beladen mit Waffen. Tom und Sylvester erledigen gerade noch die letzten zwei Agenten am Eingang, dann kommen sie nach. Wir dürfen keine Zeit verlieren. Die Sonne geht gerade unter. Wenn wir Glück haben, werden wir nicht gegrillt.«
»Vielleicht hättet ihr mich mal etwas früher wecken können?!«
Flink schlüpfte Emily in ihre Schuhe, zog sich die Winterjacke über, griff im Vorbeigehen nach Mütze

und Schal und rannte dann hinter Gene her durch die kleine Tür des Notausgangs. Der Tunnel zur Oberfläche lag dieses Mal in völliger Dunkelheit vor ihr. Mit den Händen glitt sie an den Wänden entlang, um sich zu orientieren, und bewegte sich dabei so schnell vorwärts, wie es möglich war, wenn man die eigene Hand nicht vor Augen sah. Hastige Schritte hallten durch den Gang, Gemurmel rollte unter der Decke entlang und vermischte sich mit unbestimmtem Flüstern, das über die Wände kroch. Ohne ihren Sehsinn nutzen zu können, schienen die anderen Sinne extrem verschärft.
»Herrgott, Gene, warte auf mich!«
Endlich sah sie einen Lichtschein vor sich. Roy wartete an der Wendeltreppe auf sie, bis an die Zähne bewaffnet und mit einer Fackel in der Hand.
Er reichte sie ihr gehetzt, bevor er sie die Treppe hinauf drängte. Evan und Evelyn folgten ihnen.

Wenig später rannten sie im Schutz der Abenddämmerung durch die Straßen Londons und sahen sich dabei ständig achtsam um. Die VHA konnte überall sein.
»Sind wir nicht zu auffällig?«
Roy packte Emily etwas zu grob am Arm und riss sie mit sich. Sie unterdrückte einen Schmerzenslaut.
»Wir haben keine Zeit, so zu tun, als wären wir Spaziergänger. Es zählt nur, dass wir lebend unser Ziel erreichen. Kannst du schneller rennen?«
Sie versuchte, sich von ihm loszureißen, aber er hielt ihren Arm wie in einem Schraubstock gefangen.

»Entschuldige, aber ich besitze nicht deine Fähigkeit, mich blitzschnell zu bewegen! Ich bin *nur* ein Mensch!«

Unerwartet wurde sie von Gene unterstützt: »Roy, du hast sie in die Arme der VHA getrieben und bist schuld, dass sie jetzt nirgendwo mehr hinkann! Jetzt wirf ihr nicht auch noch ihre menschlichen Schwächen vor!«

Beinahe erwartete sie, dass der Lord kontern würde, sie durchaus schon vor die Wahl gestellt zu haben. Stattdessen verlor sie plötzlich den Boden unter den Füßen, als Roy sie an der Hüfte hochhob und an sich presste.

»Das sollte das Problem lösen.«

Er erhöhte sein Tempo, die anderen Vampire taten es ihm gleich. Emily wurde übel. Der Lauf bei einer solchen Geschwindigkeit fühlte sich an, als würde man mit zweihundertdreißig Stundenkilometern über den Motorway rasen, nur ohne das Auto um sich herum.

»Wir sind gleich da. Da vorn, die Villa auf der Anhöhe. Tom, Sylvester, ihr bleibt hier und schiebt Wache. Gebt mir ein Zeichen, wenn Gefahr im Verzug ist. Emily, du bleibst hier.«

Er überlegte einen Augenblick. Sie bekam langsam den Verdacht, dass der spontan in der Not entstandene Plan nicht so gut durchdacht war, wie er sie glauben machen wollte.

»Tom, du bleibst bei ihr. Wenn hier draußen die Hölle losbrechen sollte, verschwindet. Alle anderen kommen mit mir.

Und Emily, egal was passiert: Du bleibst, wo du bist, und befolgst genau Toms Anweisungen.«
Sie sah die zweifelnden Blicke der anderen, aber niemand sagte etwas. Roy hatte Befehle gegeben und die galt es zu befolgen. Die Entscheidungen des Lords wurden niemals infrage gestellt.
Bevor sie sich auf den Weg machten, zog er sie in einem Anflug von Sentimentalität im Angesicht der Gefahr an sich. Sie wand sich geschickt aus der Umarmung.
»Ihr habt keine Zeit zu verlieren.«
Dicht an ihr Ohr gepresst murmelte er: »Ich hole das nach, wenn ich zurück bin. Und dann dulde ich keine Ausflüchte.«
In dieser Sekunde wusste Emily, dass er sie bereits als seinen Besitz ansah, als seine Gefährtin. Sie sah das gründlich anders. Zwar war sie freiwillig mitgekommen, aber mittlerweile hatte sich die Erkenntnis eingeschlichen, dass Roy sie so oder so nicht allein auf seinem Anwesen gelassen hätte. Er hatte ihr die Entscheidung nur zum Schein selbst überlassen. Was er noch nicht wusste, war, dass ihr Vorsatz aller Gefühle zum Trotz unverändert feststand, nach New York zurückzukehren, wenn die Krise überstanden war.

Emily wartete mit Tom in einer dunklen, engen Gasse. Sie hockte auf dem Boden an eine schmutzige Hauswand gelehnt und hatte die Augen geschlossen. Ihr war mulmig zumute. Sie kannte den Vampir nicht, der dicht neben ihr saß und geruhsam seine Waffe polierte, und die Stille, die sich zwischen ihnen ausbreitete, wurde immer unerträglicher. Als Emily ansetzte, um etwas zu sagen, gebot Tom ihr mit einem Blick, es zu lassen.

›*Nicht sprechen. Wir müssen absolut still sein. Hab keine Angst. Roy hat mir gesagt, dass dein Leben geschützt werden muss, also werde ich genau das tun.*‹

›*Tut ihr immer alles, was Roy euch sagt?*‹

Die Augen des Vampirs leuchteten unwirklich, als er sie in der Dunkelheit offen ansah.

›*Wenn dein Vater dir als Kind etwas gesagt hat, hast du das akzeptiert?*‹

Touché. Sie lächelte und gab sich geschlagen, dankbar dafür, dass die peinliche Stille endlich ein Ende hatte. Tom nahm den Faden wieder auf: ›*Wie du damals einfach in die Unterkunft marschiert bist ... das war sehr mutig von dir. Alles oder nichts, richtig?*‹

Die junge Frau zuckte mit den Schultern.

›*Aber das habe ich jetzt davon. Ich bin mit Vampiren auf der Jagd, um nicht mehr selbst gejagt zu werden. Ich wünschte, ich wäre in New York geblieben. Dann wäre das alles niemals passiert.*‹

Tom schüttelte den Kopf. ›*Das stimmt nicht, und ich glaube, das weißt du. Übrigens hast du unglaubliche telepathische Fähigkeiten, Respekt. Ich hätte nicht gedacht, dass wir uns unterhalten können. Was hast du vor, wenn das hier vorbei ist?*‹

Die Frage überraschte Emily. Offenbar ging nicht jeder Vampir davon aus, dass sie nun zu ihnen gehörte.

›*Ich gehe zurück nach New York, werde mir einen netten Mann suchen und eine Familie gründen.*‹
›*Weiß Roy das auch schon?*‹ Er sah sie eindringlich an. Emily sah betreten zu Boden. ›*Ich habe es ihm gesagt. Aber er ...*‹
›*... liebt dich. Er wird dich nicht so einfach gehen lassen.*‹
›*Das muss er! Er hat es mir versprochen.*‹
Überrascht zog Tom die Augenbrauen hoch, beließ es aber dabei. In diesem Augenblick hörten sie Schritte, einige schnell, andere schleppend.
Tom wollte sie weiter in den Schatten ziehen, als plötzlich ein direkter mentaler Befehl von Roy in ihre Köpfe brüllte: ›*Abflug, sofort! Um ein Haar hätten sie uns alle zu Staub verarbeitet! Sie waren vorbereitet! Tom, hilf Evan mit dem Minister! Emily, du kommst zu mir. Wir fliegen nach Schottland!*‹
Bevor sie einen klaren Gedanken fassen konnte, hatte sich die gesamte Gruppe in die Luft erhoben. Roy hielt sie eng umschlungen.
»Reicht deine Kraft noch?«
Emily spürte, dass die Kraft der Blutgabe langsam nachließ. Es war ihr egal. Es bedeutete, dass die Intensität ihrer Nähe ebenfalls weniger wurde, und sie empfand das in diesem Moment als Geschenk. Roy sah sie eindringlich an.
»Hältst du bis zum Schloss durch?«
»Ich habe wohl keine andere Wahl.«
»Du könntest noch einen kleinen Schluck nehmen. Da dein Körper die Erfahrung schon gemacht hat, wirst du vielleicht nicht ohnmächtig.«

»Nein. Ich halte so durch.« Ihr Tonfall ließ keinen Raum für Zweifel. Sie brauchte eine Pause. Von Roy, seinem Duft, dem Geschmack des Vampirs.
»Wie geht es weiter, wenn wir angekommen sind?«
»Wir tun, was alle Entführer tun, die ein Ziel verfolgen: Wir stellen ihnen Forderungen. Und dann warten wir ab.«
»Und was ist, wenn sie den Minister abschreiben und sich nicht erpressen lassen? Dann habt ihr ein Problem.«
»Nein. Morris ist der Kopf des Vereins. Sie erhalten von ihm ihre direkten Befehle. Ohne ihn geht es nicht, dafür hat er selbst gesorgt. Dieser Benson ist nur seine Marionette.«
Emily spürte, wie er seinen Griff verstärkte.
»Warum bist du mir eben ausgewichen?«
Mit hochrotem Kopf starrte sie demonstrativ in die Schwärze der Nacht hinein, während der kalte Nachtwind an ihnen vorbeirauschte.
Sie war nicht auf eine Konfrontation aus, solange sie in den Armen des Vampirs hing. Seine Nähe ließ sie bis in die tiefsten Winkel erbeben, sein Duft war verwirrend und betörend. Sie antwortete zunächst gar nicht, aber diese Masche funktionierte nicht.
»Ignorier mich nicht, Emily. Deine Küsse haben eine andere Sprache gesprochen.«
»Ja, aber ich habe dir auch gesagt, dass ich nach New York zurückgehe, wenn das alles hier vorbei ist. Also tu nicht so, als wären wir irgendwie … aneinander gebunden, vor allem nicht den anderen gegenüber! Das hier ist eine … Zweckgemeinschaft. Auf Zeit.«

»Und das glaubst du dir wahrscheinlich auch noch selbst.«

Als sie auf dem Schlosshof gelandet waren, marschierten beide wütend in verschiedene Richtungen davon. Emily verzog sich in das Zimmer, das sie vorher bewohnt hatte, und Roy ging zu den anderen, die Minister Morris wegschleppten, da er sich selbst nicht auf den Beinen halten konnte.
Auf dem Bett liegend, grübelte sie, vor Wut innerlich kochend, einmal mehr über ihre derzeitige Situation nach.
Sie war darauf angewiesen, dass die VHA ihren Anführer zurückhaben wollte und auf Roys Forderungen einging. Wie diese aussahen, konnte sie nur ahnen. Sie nahm an, dass es sich in erster Linie um ein Ende der Jagd auf Vampire handelte. Doch würde sie unbehelligt wieder nach Amerika fliegen können, wenn alles vorbei war?
Dann fiel ihr ein, was Roy über ihre Zweckgemeinschaft gesagt hatte. ›*Und das glaubst du dir wahrscheinlich auch noch selbst.*‹
Ja, sie fand den Mann attraktiv und ihr Herz begann zu rasen, sobald sie in seine Nähe kam. Wenn sie schlief, träumte sie von seinen unergründlichen Augen und dem Duft seiner Haut. Nichtsdestotrotz war er ein Vampir, der seine Fangzähne ausfuhr, sobald sie sich näherkamen, und diese Hauer bedeuteten für Emily vordergründig nur eins: tödliche Gefahr.
Aber je mehr sie an die Hitze dachte, die er in ihrer Nähe ausstrahlte, und an seine Augen, die zu

rotglühenden Bällen wurden, wenn seine Leidenschaft entfacht war, desto weicher wurden ihre Beine schon im Liegen.
Ihre Gedankenflut wurde unterbrochen, als plötzlich die Tür aufgerissen wurde und der Mann mit zornesblitzenden Augen auf der Schwelle stand.
»Kannst du nächstes Mal verdammt noch mal Bescheid sagen, wohin du gehst? Ich habe keine Lust, das ganze Anwesen nach dir abzusuchen!«
Emily war erschrocken hochgefahren und sah den Vampir verwirrt an, der Sekunden zuvor Teil ihrer erotischen Fantasie war.
»Ehm ... klar!«
Verblüfft hielt er inne. »Okay. Dann ...«
Unschlüssig stand er in der Tür und versuchte, sich daran zu erinnern, was er ihr hatte sagen wollen, als er sich auf die Suche nach ihr gemacht hatte.
»In der Küche ist ... also ... du kannst dir was zu essen machen, wenn du willst.«
»Danke.«
Da es scheinbar nichts weiter zu sagen gab, nickte Roy knapp, ließ sie allein und schloss die Tür hinter sich.
Emily rieb sich mit den Händen das Gesicht, lachte kurz auf und ließ sich wieder zurück aufs Bett fallen.

17

In den folgenden zwei Tagen geschah recht wenig. Das Schloss war sicher vor Angriffen, der Minister bewohnte ein komfortabel eingerichtetes Zimmer, das komplett verriegelt war, und die Quartiere der insgesamt fünf Vampire, die sich Roy und Emily angeschlossen hatten, waren über das ganze Schloss verteilt, sodass man sich auch mal aus dem Weg gehen konnte.

Emily genoss es zunächst, Teil dieser kleinen Gemeinschaft zu sein, auch wenn sie das nicht einmal vor sich selbst zugeben mochte. Schließlich waren es Vampire und sie ein Mensch. Und doch wurde ihr mit jedem Tag bewusster, dass sie nur geduldet wurde, dem Lord zuliebe. Ansonsten wurde sie die meiste Zeit ignoriert. Erinnerungen an ihre Schulzeit kamen hoch. Mit dem Gefühl, übersehen zu werden, war sie nur allzu vertraut. Es fühlte sich schäbig an und verstärkte ihr Heimweh nach New York.

Weil sie keinen weiteren Streit über ihre Rückkehr dorthin führen wollte, ging Emily Roy aus dem Weg. Aber das war leichter gesagt als getan, da er den Kontakt zu ihr zielgerichtet suchte.

Wann immer sie in die Küche kam, um sich etwas zu essen zu machen, war er schon da, überprüfte die Vorräte, reinigte Waffen, goss sich ein Glas Wein ein oder sah einfach nur aus dem Fenster. Und mehrmals, als sie in die Bibliothek ging, um bei der Lektüre eines der sagenhaften Bücher ein wenig Zerstreuung zu finden, dauerte es nur Minuten, bis der Vampir den Raum ebenfalls betrat. Seine Mischung aus Höflichkeit und Abstand dabei trieb Emily schier in den Wahnsinn, vor allem, weil seine Augen eine deutlich andere Sprache sprachen. Er schien eine Taktik zu verfolgen, nur kam Emily nicht dahinter, welche. Das Schlimmste dabei aber war, dass sie die

Sehnsucht nach ihm nicht mehr ignorieren konnte. Sie schlich sich gegen ihren Willen in ihr Herz. Emily wollte, dass er ihr näher kam, und hasste sich dafür.

Am Abend des zweiten Tages nach der Entführung des Innenministers saßen Emily, Roy, Tom, Evan und Evelyn gemeinsam im Salon. Während Emily vorgab, zu lesen, hockten die anderen zusammen und tuschelten miteinander.
Bislang war man Emilys Fragen nach Minister Morris' Befinden ausgewichen, und es war ihr verboten worden, den Gefangenen aufzusuchen. Offensichtlich vertraute man ihr noch immer nicht und versuchte, ihr bei jeder passenden Gelegenheit zu beweisen, dass sie nicht Teil der Gruppe war und Roys schützende Hand über ihr das Einzige war, was sie am Leben hielt. Teilweise verstand sie die Vampire: Da Morris der einzige andere Mensch in diesem Gemäuer war, lag es durchaus auf der Hand, dass sie versuchen könnte, ihm zu helfen. Dagegen stand allerdings die Tatsache, dass seine Männer sie fast zu Tode gefoltert hatten.
Scheinbar vertieft in dem dicken Wälzer schmökernd, den sie sich aus der Bibliothek mitgenommen hatte, kreisten ihre Gedanken immer wieder um eine einzige Frage: Warum war sie noch hier? Seit einer halben Stunde drehte und wendete sie die Fakten, ohne zu einem schlüssigen Ergebnis zu kommen. Da sich der Kopf der VHA hier befand, hatte die Agency andere Sorgen, als eine Menschenfrau nach New York zu verfolgen. Vielleicht war dies sogar *der* perfekte Moment für sie, um ungesehen ein Flugzeug zu

besteigen! Da sie das Anwesen nur aus der Vogelperspektive gesehen hatte, hätte sie auch niemandem beschreiben können, wo sie waren. Sie wusste es schlicht und ergreifend nicht. Der Zeitpunkt schien wie geschaffen dafür, die Gemeinschaft der Vampire für immer hinter sich zu lassen.
»Roy, kann ich dich kurz sprechen?«
Sie legte ihr Buch zur Seite und sah ihn auffordernd an. Der Vampir reagierte nicht, bis Evan ihn anstieß.
»Hey, Roy. Dein Püppchen verlangt nach Aufmerksamkeit.«
Emily schäumte innerlich vor Wut über diese Provokation, vermied aber tunlichst, sich etwas anmerken zu lassen. Als der Lord sie endlich ansah, lag Ungeduld in seinen Zügen.
»Bitte, Emily. Wir planen gerade die weitere Strategie.«
Sie stand auf und knallte das Buch auf den niedrigen Mahagonitisch in der Mitte der großen Sitzgruppe.
»Oh ja, das sehe ich. Seit zwei Tagen schaue ich euch bei allem zu und gehe irgendwelchen sinnlosen Beschäftigungen nach, um die Zeit totzuschlagen. Ich spiele nicht die kleinste Rolle in dem ganzen Affentanz hier und sitze trotzdem herum, als würde ich auf etwas warten!«
Roy stand blitzschnell auf und war in einem Sekundenbruchteil bei ihr, packte sie am Arm.
»Das müssen wir wohl kaum hier ausdiskutieren. Komm mit.«
Im Hinausgehen drehte er sich zu den anderen um.

»Wir besprechen das später. Überprüft inzwischen den E-Mail-Eingang. Vielleicht gibt es schon eine Reaktion von Benson.«

Roy zog die Frau grob neben sich her die Treppe hinauf und in sein Schlafzimmer, wo er sie energisch in einen Stuhl drückte.
Wie ein Stehaufmännchen blieb sie nicht dort sitzen, sondern baute sich wütend vor dem Familienoberhaupt auf. Was ziemlich lächerlich wirkte, da sie ein gutes Stück kleiner als der Vampir war und nicht im Mindesten Furcht einflößend.
»Du hast ein riesiges Anwesen hier. Müssen wir uns unbedingt in deinem *Schlafzimmer* unterhalten?«
»Du wolltest mir eben etwas sagen«, ignorierte Roy ihren Einwand. »Also schieß los.«
Emily hatte plötzlich nicht mehr das Gefühl, die Situation im Griff zu haben. Er hatte ihr die Zügel aus der Hand genommen, was ihr überhaupt nicht gefiel. Ihr Wutausbruch geriet kurzzeitig ins Wanken.
»Ich weiß einfach nicht, was ich hier noch soll! Als du mich so eindringlich gefragt hast, ob ich dich nach London begleiten will, habe ich mir eingeredet, dass du mich dort irgendwie brauchst, dass ich eine Funktion haben würde! Tatsächlich war ich aber einfach nur … anwesend, überflüssig und irgendwie ein Klotz am Bein! Und hier laufe ich jetzt seit Tagen wie Falschgeld herum und weiß überhaupt nicht mehr, warum ich noch hier bin! Ihr könntet mich Morris wenigstens sein Essen bringen lassen, dann hätte ich *irgendeine* Funktion! Stattdessen fühle ich mich wie eine Aussätzige.

Und dann wäre da noch dein Verhalten mir gegenüber: Vor zwei Tagen noch hast du ständig versucht, mich zu küssen, und nun gehst du auf Abstand, auch wenn deine Augen eine ganz andere Sprache sprechen. Und weißt du was? Ich habe mich geirrt, auf dem Rückflug hierher! Von einer Zweckgemeinschaft kann gar keine Rede sein. Ich erfülle nämlich überhaupt keinen Zweck! Ich sollte gar nicht hier sein, und mir fällt auch überhaupt kein Grund für dieses … für das hier ein! Warum, zum Teufel, lasst ihr mich nicht einfach gehen? Ich setze mich in den nächsten Flieger, kehre nach New York zurück, und alles ist gut! Die VHA würde mich nicht einmal bemerken, weil sie mit euch und Morris beschäftigt ist!«

Eine Weile herrschte Stille in dem riesigen, dekadent eingerichteten Schlafzimmer. Emilys Wut war verpufft. Sie stand atemlos vor dem Lord und starrte auf seine imposante Brust.

Als sie es endlich wagte, den Kopf zu heben, sah sie in ein unergründlich dunkles Augenpaar, in dessen Tiefe sie sich verlor, wie damals, bei ihrer ersten Begegnung.

Doch statt Wärme und Verständnis begegnete ihr Kälte. Einem plötzlichen Impuls folgend trat sie einen Schritt zurück.

»Du willst also wissen, warum ich dich mitgenommen habe und warum du jetzt nicht gehen darfst? Das kann ich dir sagen: Wenn ich dich hiergelassen hätte, hättest du nicht versucht, von hier zu verschwinden? Hättest du nicht versucht, mit anderen Menschen Kontakt aufzunehmen? Du hast

vor unserem Abflug zu deutlich gemacht, dass du hier wegwillst. Und wenn ich dich jetzt gehen lasse ... wirst du nicht versuchen, anderen mitzuteilen, was du hier gesehen hast? Du warst loyal, als es darauf ankam, distanzierst dich aber nach wie vor von unserer Welt und willst sie so schnell wie möglich hinter dir lassen. Und deswegen weiß ich einfach nicht, ob ich dir vertrauen kann, Emily. Und das ist *beinahe* der einzige Grund, warum du noch hier bist.«
Die Erkenntnis traf sie wie ein Schlag. Sie überhörte das ›beinahe‹ in seiner Antwort.
»Ich bin deine Gefangene. Nur hast du's nicht so aussehen lassen.«
Sein Schweigen war Bestätigung genug.
»Und wie lange werde ich das noch bleiben, Roy? Was ist, wenn eure ›Verhandlungen‹ Erfolg haben und dein Volk in Ruhe gelassen wird? Wirst du mich weiter als Gefangene behalten, damit ich keinem anderen Menschen von euch erzähle, auch wenn ich dir verspreche, nie ein Sterbenswort zu sagen? Mir würde doch sowieso niemand glauben, die stecken mich eher in die Klapsmühle! Außerdem solltest du mich mittlerweile besser kennen.«
Der Vampir sah völlig ausdruckslos auf sie herab. Es begann, ihr zu dämmern.
»Es geht nicht nur um deine Meinung. Du musst an alle denken, nicht wahr? Und wenn du mich laufen lässt, stellt mein Wissen in deren Augen für immer eine potenzielle Gefahr da, solange ich ...«
Sie brach ab. Roy beobachtete, wie sie von allein die richtigen Schlüsse zog.

»Du hattest nie vor, mich nach New York zurückkehren zu lassen. Du hast gesagt, ich bin frei, aber du meintest damit nur, dass du mich nicht töten wirst. Du hast mir nicht versprochen, mich gehen zu lassen. Du hast einfach nichts zu meinen Plänen gesagt.«
Er sah sie weiterhin nur an.
Tränen traten in Emilys Augen.
»Und dein ... Verhalten mir gegenüber sollte mich nur darüber hinwegtäuschen? Hast du gedacht, wenn du mir erst mal den Kopf verdreht hast, will ich sowieso nicht mehr zurück?«
Roy packte sie an den Armen, hielt sie fest.
»*Du* bist in *mein* Leben gekommen, schon vergessen? Du hast meine Jagd beendet und mir inneren Frieden gebracht. Du hast mich in einer Art berührt, die ich nicht mehr für möglich gehalten hätte. Dass ich dich nicht mehr gehen lassen *kann,* ist mir schnell klar geworden. Aber im selben Moment wusste ich auch, dass ich ...«
»Dass du *was*?« Wütend schnaubte sie ihn an und versuchte erfolglos, sich aus seinem Griff zu befreien.
»Dass ich dich nicht mehr gehen lassen *will*.«
Mit diesen Worten zog er sie an sich und senkte seine Lippen auf ihren Mund.
Sie drückte sich mit aller Macht von seiner Brust ab, was er, wie schon einmal, gnadenlos ignorierte. Als er seinen Kuss intensivierte und seine Fangzähne sanft und plötzlich überhaupt nicht mehr gefährlich an ihrer Lippe kratzten, brach ihre Abwehr wie ein Kartenhaus in sich zusammen.

»Roy!« Genes schnelle Schritte knallten durch den Flur des oberen Stockwerks. Der Gerufene löste sich sofort von Emily und ließ sie benommen zurück, als er auf den Korridor hinaustrat.
»Was gibt es?«
»Nachrichten von Benson. Er ist zu Gesprächen bereit.«
Roy grinste siegessicher. »Ich habe doch gewusst, dass Morris der Schlüssel ist. Trommle die anderen zusammen. Ich nehme an, er will sich persönlich mit uns treffen?«
Gene nickte und fuhr sich mit einer Hand nervös durch die wuscheligen, dichten Haare.
»Erst wollte er, dass wir nach London kommen, musste aber schnell einsehen, dass wir so dämlich nun auch wieder nicht sind. Wir haben uns auf ein Treffen außerhalb von Manchester einigen können.«
Roy nickte nachdenklich. »Sehr gut. Hat Benson nicht gefragt, wohin wir den Minister gebracht haben?«
»Doch, hat er. Die VHA hat nun Grund zu der Annahme, dass wir uns zurzeit in Wales befinden.«
Roy brach in schallendes Gelächter aus und klopfte seinem Blutsbruder wohlwollend auf die Schulter, während sie zusammen weiter in Richtung des Arbeitszimmers gingen.
»Sehr gut, Gene. Ausgezeichnet. Wann soll die Party steigen?«
Im Büro angekommen beugte sich Roy über den Bildschirm des Computers, um die Details des Treffens zu überfliegen.

»Heute Nacht? Das ging schnell. Sag den anderen Bescheid. In einer Viertelstunde machen wir uns auf den Weg.«

»Was ist mit ...« Gene wagte kaum, seinem Lord ins Gesicht zu sehen.

»Sie begleitet uns. Ich will kein Risiko eingehen.« Ein kurzes Kopfnicken, und seinen Befehlen wurde Folge geleistet.

Roy ging zügig zurück zu seinem Schlafzimmer, musste jedoch feststellen, dass Emily sich nicht mehr dort befand.

»Emily? Verdammt noch mal!« Er rannte durch den Flur und blieb instinktiv vor ihrer Tür stehen. Ohne zu Klopfen trat er ein.

»Ich sagte doch, du sollst ...«

»Reg dich nicht auf, du hast mich doch direkt gefunden oder etwa nicht?«

In Anbetracht der Tatsache, dass keine Zeit für Diskussionen war, beließ er es dabei.

»Benson will sich mit uns treffen. Die anderen bereiten Morris zur Abreise vor. In einer Viertelstunde ist der Abflug nach Manchester.«

»Was? Das ist ja wieder so ein weiter Flug! Wie ... oh nein!«

Ihre Abwehr ignorierend biss Roy eine kleine Wunde in sein Handgelenk und hielt ihr seinen Arm hin. Ein dünnes Rinnsal tropfte auf den Bettvorleger.

»Du kommst mit uns. Du hast keine andere Wahl. Beeil dich. Außerdem ... will ich dich in meiner Nähe haben.«

Seine Stimme duldete keinerlei Widerspruch und Emily ahnte, dass es nach der Szene in seinem Schlafzimmer unklug war, zu widersprechen.

Der Ekel überfiel sie dieses Mal nicht so schlimm, dafür nahm sie den intensiven Duft des Vampirblutes stärker wahr. Nach kurzem Zögern legte sie ihre Lippen an die Wunde und nahm seine Kraft mit einem langen Zug in sich auf.

Eine Ohnmacht blieb ihr dieses Mal erspart. Das Gegenteil war der Fall – die Stärke des Vampirs schoss durch jede Zelle ihres Körpers und brachte ihre Haut zum Kribbeln. Physische Kraft, ein klarer Geist und eine schier unbezähmbare Lust durchfluteten sie in heißen Wellen. Sie hatte Mühe, nicht sofort in wilder Erregung über Roy herzufallen, und versuchte mit aller Macht, das Gefühl unter Kontrolle zu bringen, das sich so gar nicht mit ihrer Wut vereinbaren ließ.

»Himmel, das ist wie … eine Droge.«

»Es *ist* eine Droge für den menschlichen Körper. Kannst du laufen? Wir dürfen keine Zeit verlieren.«

Sie nickte und folgte Roy hinaus auf den Flur.

In der Halle waren bereits alle versammelt, einschließlich des Innenministers, der ein wenig benommen wirkte.

»Minister Morris, geht es Ihnen gut?«

Sylvester stellte sich ihr in den Weg. »Sprich nicht mit ihm. Er ist der Feind. Mach dich nicht auch zu einem.«

»Bruder, lass gut sein. Du und Gene, ihr nehmt Morris mit. Emily reist mit mir. Und ihr drei passt auf, dass uns niemand sieht.« Er deutete auf Evan, Tom und Evelyn, die Emily plötzlich mit seltsamem Interesse musterte.

»Herzchen, deine Augen. Roy, du hast doch nicht …«

Er brachte Evelyn mit einem Blick zum Schweigen.

»Ja, sie hat eine Blutgabe bekommen. Wie auch schon vor dem letzten Flug. Sonst hält sie nicht durch. Es reicht, dass wir den Minister in diesem Zustand mitschleppen müssen. Seht bloß zu, dass ihr ihn nicht fallenlasst.«

Es dauerte weitere fünf Minuten, bis sich alle vor dem Anwesen in Position gebracht hatten, um abfliegen zu können. Emily fühlte sich einmal mehr in Roys starke Umarmung gehüllt und glaubt fast, selbst fliegen zu können.

Nach einer Weile musterte der Vampir seine Flugpartnerin aufmerksam.

»Die Wirkung ist dieses Mal stärker, oder?«

»Ich fühle mich, als wäre ich eine andere Person.«

Roy lächelte in sich hinein. »Fühlt es sich gut an?«

»Ich bin mir nicht sicher. Es ist großartig, so stark zu sein, aber … das bin nicht mehr ich. Es ist sehr gewöhnungsbedürftig.«

Er konnte nicht anders, als sie zu necken: »Soso, du willst dich also daran gewöhnen?«

Sie verstand seine Anspielung sofort und ärgerte sich, nicht von ihm abrücken zu können.

»Meine Antwort dazu kennst du bereits. Vielleicht verrätst du mir, wenn das alles vorbei ist, was du mit mir zu tun gedenkst. Oder hast du schon beschlossen, mich einfach für immer auf deinem Anwesen einzusperren? Ich kann als Mensch wohl schlecht in einer Unterkunft leben.«

Dass Roy zu diesem Thema schwieg, ließ in Emily eine tiefe Unsicherheit aufkommen. Ein überwältigendes Angstgefühl nahm ihr fast die Luft zum Atmen. Ihr Leben gehörte nicht mehr ihr. Ihre Zukunftsträume zerfielen zu Staub und rieselten in den Abgrund der tiefschwarzen englischen Nacht hinab.

Sie erreichten Manchester um ein Uhr und setzten lautlos exakt vor dem vereinbarten Treffpunkt, einer alten Lagerhalle im Industrieviertel, auf. Der Minister gab ein leises Stöhnen von sich und sackte in die Knie, sobald er festen Boden unter sich hatte. Von der Stärke und Überlegenheit, die er damals Emily gegenüber in seinem Büro gezeigt hatte, war nichts übriggeblieben.
»Roy, ich glaube, er hat da oben eine leichte Unterkühlung abgekriegt. Was machen wir jetzt?«
»Eine Unterkühlung gegen die Ausrottung unserer Familie. Ignoriert seinen Zustand und versteckt ihn. Tom, du bleibst bei Morris. Evelyn, Evan, kundschaftet die Halle aus. Gene, Sylvester, wir verstecken uns zusammen mit den anderen und warten auf grünes Licht von Evan und Evelyn. Wenn es so weit ist, kommst du mit mir, Sylvester. Gene, du siehst zu, dass Emily bleibt, wo sie ist.«
Er wollte Einspruch dagegen erheben, für seine menschliche Verwandte Babysitter zu spielen, aber sein Gehorsam gegenüber Roy ließ keinen Widerspruch zu. Wütend nahm er Emily am Arm und zerrte sie hinter Tom und Morris her, bis er plötzlich

von Roy den mentalen Befehl erhielt, die Frau ordentlich zu behandeln.

Die Vampire hatten sich mit ihren zwei menschlichen Gefangenen in einem kleinen Lagerraum im rückwärtigen Teil des Gebäudes versteckt. Nach einer Viertelstunde stieß der Erkundungstrupp zu ihnen.

Evelyn lehnte sich lässig an einen Stapel alter Kisten, aber ihre Augen verrieten, wie groß ihre Angst war.

Evan war es, der Bericht erstattete. »Alles klar, sie warten auf uns. Benson hat sich zwei Lebensversicherungen mitgenommen, anscheinend Militärs. Der Mann ist ein wildes Tier, wenn du mich fragst. Keine Ahnung, warum er auf so einen Schlappschwanz wie unseren Morris hier hört. Die Brutalität trieft ihm aus jeder Pore.«

Emily schauderte. Sie erinnerte sich nur zu gut an den Mann, der sie tagelang unterirdisch gequält hatte, um den Aufenthaltsort von Roy und seiner Familie zu erfahren. Nie würde sie die eiskalten Augen, die riesigen Schultern und seinen Ton vergessen, der mehr Ähnlichkeit mit dem Bellen einer Dogge als mit einer menschlichen Stimme hatte. Roy bemerkte ihre Furcht und schenkte ihr einen beruhigenden Blick.

›*Keine Angst, dir wird nichts passieren. Ich bin bei dir.*‹

Es war länger her, dass er sie telepathisch angesprochen hatte, und es fühlte sich gut an. Eine andere Art von Nähe.

»Du bist verrückt, wenn du mit so einem Verhandlungen führst! Er wird dich niedermetzeln!« Evelyns Stimme zitterte.

Roy versuchte, sie zu beruhigen. »Habe ich euch jemals das Gefühl gegeben, einer Situation nicht gewachsen zu sein? Unserer Familie wurde grausam mitgespielt, und ich konnte es nicht verhindern. Aber das hier tue ich für euch. Damit wir alle wieder in Frieden leben können. Vergiss nicht: Auch wenn da draußen ein Tier sitzt, es ist ein Tier, das seinen Rudelführer zurückhaben will. Und der sitzt hier.«
Er zeigte mit dem Finger auf den angeschlagenen Innenminister.
»Sylvester, Evan, kommt. Evelyn, du bleibst hier. Sogar Benson kann deine Angst riechen. Das ist nicht förderlich für Verhandlungen.«
Die Vampirfrau richtete sich ein Stück auf und wurde blass vor Wut, gehorchte dem Familienoberhaupt aber kommentarlos.
Bevor Roy mit den anderen das geschützte Versteck verließ, ging er zu Emily und küsste sie lange. Dann sah er ihr fest in die Augen.
›Du bist keine Gefangene, Emily. Was du für mich bist, geht weit darüber hinaus. Vergiss das nicht.‹
Und dann blieb der kleinen Gruppe nichts anderes übrig, als zu warten. Minuten wurden zu Ewigkeiten, während die Nacht fortschritt und Gene sich bereits besorgt darüber äußerte, ob am Ende der Verhandlungen das Tageslicht auf sie warten würde.
Nach zwei langen Stunden kam Evan plötzlich durch die verrostete Stahltür zurück.
»Den Minister. Schnell.«
Gene sah seinen Bruder argwöhnisch an. »Soll das bedeuten, ihr habt euch tatsächlich geeinigt?«

»Allem Anschein nach: ja. Zumindest unterschreiben Benson und Roy gerade einen entsprechenden Vertrag. Der Minister muss ihn auch unterschreiben, deswegen kommt er jetzt mit.«

Es war das erste Mal seit ihrem Aufbruch aus dem schottischen Schloss, dass Morris sich selbst zu Wort meldete: »Was für ein Vertrag soll das sein? Ich werde hier überhaupt nichts unterschreiben!«

Evan grinste verächtlich, packte ihn hart am Arm und fletschte seine Fangzähne. »Ach nein? Da ein Teil des Vertrags Ihre Übergabe und Freilassung vorsieht, finde ich, Sie sollten Ihre Meinung darüber noch einmal überdenken.«

»Sie sind Verbrecher! Sie sind nicht nur blutgierige Monster, Sie sind auch Verbrecher! Ich werde Sie wegen Entführung anzeigen!«

»Gut, dann werden wir Sie wegen Massenmords anzeigen. Wie würde Ihnen das gefallen? Und jetzt vorwärts, alter Mann, Ihre Freiheit wartet! Auch wenn mir das tierisch gegen den Strich geht.«

Evan stieß Morris durch die offene Tür und gab den übrigen Vampiren und Emily telepathisch den Befehl, sich zum schnellen Aufbruch bereit zu machen. Er hatte offensichtlich kein gutes Gefühl bei der ganzen Sache und traute dem plötzlichen Frieden nicht.

Eine weitere Viertelstunde später kamen Roy und seine Brüder zurück. Bis auf Evan, der ein düsteres Gesicht machte, wirkten alle erleichtert.

Roy schloss Emily überschwänglich in die Arme und nickte Evelyn aufmunternd zu.

»Ihr braucht keine Angst mehr zu haben. Es ist vorbei. Der Friedensvertrag ist unterschrieben.«

Gene und Sylvester sahen Roy skeptisch an.
»Und was genau besagt dieser Vertrag nun? Da ich schon mitgeschleppt wurde, denke ich, habe ich auch ein Recht darauf, wenigstens grob Bescheid zu wissen, oder?«
Emily klopfte sich den Staub von der Hose und ließ ihre Hände in die dicken Handschuhe gleiten, die sie in den Jackentaschen verstaut hatte.
Roy atmete tief durch. »Also, im Wesentlichen ist in dem Vertrag geregelt, dass England seinen Innenminister zurückbekommt und dieser als Gegenleistung seine Männer, also die VHA, zurückpfeift. Sie haben ab sofort nur noch eine überwachende Funktion, dürfen also kontrollieren, ob sich das Vampirvolk tatsächlich so zivilisiert verhält, wie es behauptet. Wir dagegen müssen Menschenopfer ab sofort wirklich vermeiden und uns ausschließlich durch die Blutbanken versorgen. Die Jagd ist beendet, meine Brüder und meine Schwester.«
Evan sah grimmig in die Runde.
»Ja, die Jagd ist vorbei. Aber was, wenn die Jäger ihre Gewehre wieder laden? Es gibt keine gemeinsamen Gerichte, bei denen man Vertragsbrüchige anzeigen könnte. Wenn der Krieg wieder ausbricht, bricht er halt einfach wieder aus. Nur, dass die VHA dann damit rechnen muss, dass wir die wilden Tiere in uns zum Vorschein bringen.«
Emily sah ihn besorgt an. »Was meinst du damit?«
Der Vampir musterte die Menschenfrau verächtlich von Kopf bis Fuß.

»Was ich damit meine, Püppchen? Dass wir Vampire dann das tun, was wir vor Hunderten von Jahren schon getan haben! Sollte die VHA wieder beginnen, uns zu jagen, werden wir sie wie Tiere abschlachten. Beißen – töten. Verstehst du?«

Emily prallte zurück und erinnerte sich daran, wie Roy sich verhalten hatte, als sie damals in die Unterkunft spaziert war. Nicht auszudenken, wie es sein mochte, wenn diese Männer sich in die Kreaturen verwandelten, die sie waren, und über die Menschen herfielen.

Roy beendete das Schreckensszenario in ihrem Kopf, indem er zum Aufbruch mahnte.

»Die Nacht ist nicht mehr lang. Ohne Morris sind wir schneller, trotzdem müssen wir uns beeilen, wenn wir rechtzeitig zurück im Schloss sein wollen. Und was den Vertrag angeht: Es ist sicher keine Ideallösung. Aber mehr können wir im Augenblick nicht erwarten. Also los, auf geht's!«

Sylvester hielt ihn am Arm zurück. »Warum nach Schottland? Es herrscht doch jetzt Frieden. Warum kehren wir nicht in die Unterkunft zurück?«

Der Lord streifte alle Anwesenden mit einem Blick, bevor er leise erwiderte: »Lieber kein Risiko eingehen, fürs Erste.«

18

Die kleine Gruppe hatte das alte Industriegelände gerade verlassen, als Roy hinter sich ein Geräusch hörte.

Ein Knirschen. Schritte auf Kies.
Er drehte sich um und sah vier schwer bewaffnete VHA- Agenten, die in einer Linie hinter ihnen standen. Mit einem Blick erkannte der Clanführer, dass es sich bei der Munition der Gewehre um Silbergeschosse handeln musste. Ein mentaler Befehl brüllte durch die Köpfe seiner sechs Mitreisenden:
›*FLIEGT!!!*‹
Alle Vampire erhoben sich sofort in die Luft und flogen mit übermenschlicher Geschwindigkeit Richtung Norden davon. Emily ließen sie ohne Skrupel zurück. Sie wäre nur eine Last am Bein gewesen und hätte ihr Todesurteil bedeutet.
Roy packte Emily und schoss mit ihr ebenfalls in den nachtschwarzen Himmel hinauf. Sie hatten sich erst wenige Meter vom Boden entfernt, als Bensons raubtierhaftes Brüllen ihnen hinterher donnerte:
»Du Narr! Hast du wirklich geglaubt, wir würden Frieden mit euch schließen? Ihr gehört ausgerottet, für eure Rasse ist kein Platz auf dieser Welt!«
»Benson, sofort aufhören! Wenn wir Verträge schließen, halten wir uns auch daran!«
Es war die scharfe Stimme des Ministers, die das Paket aus Gewalt und Wut zum Schweigen brachte. In diesem Moment wusste Roy, dass er Morris vertrauen konnte, dass Benson aber eine ewige Gefahr darstellen würde. Bevor er weiter darüber nachdenken konnte, hallte ein lauter Knall durch die Nacht. Der Vampir spürte plötzlich einen brennenden Schmerz in seinem rechten Bein. Er brüllte laut auf und lockerte seinen Griff so stark, dass Emily sich mit

all der Kraft, die ihr durch sein Blut gegeben war, selbst an ihm festhalten musste.
»Roy! Verdammt, was ist los?«
»Getroffen! Ich bin ... getroffen.«
»Um Himmels Willen. Ist es schlimm?«
Sie spürte, wie sie langsam wieder zu Boden sanken, statt zu steigen, und sah, wie sich die Haut des Vampirs grünlich verfärbte.
Kurz darauf krachten beide unsanft mitten in einem Waldstück außerhalb Manchesters durch Baumwipfel und Äste hindurch zu Boden. Emily rappelte sich sofort mit schmerzverzerrtem Gesicht auf und drehte ihren halb bewusstlosen Beschützer auf den Rücken, um seinen Zustand besser unter die Lupe nehmen zu können.
»Wo hat er dich getroffen?«
»Bein ...« Sein Zustand verschlechterte sich zusehends. Er reagierte kaum noch, als Emily sein Hosenbein zerriss und die klaffende Wunde sah, die die Silberkugel hinterlassen hatte.
»Oh Gott ... dein Bein ...«
Roy stöhnte und hustete, als er zu sprechen versuchte.
»Es löst sich ... auf. Ich weiß.«
Sie kniete sich vor den Mann, der plötzlich nichts mehr von einem starken Clanführer an sich hatte, und legte ihre Hand sanft auf seine eiskalte Wange.
»Gibt es etwas, das ich tun kann?«
Im ersten Moment wusste sie nicht, was Roy ihr sagen wollte. Er durchbohrte sie mit seinem Blick, aber sie wurde nicht schlau daraus. Bis sie, sehr leise, seine Stimme in ihrem Kopf hörte.
›*Blut* ...‹

Panisch sah Emily sich um. Sie befanden sich mitten im Wald, und noch immer war es so dunkel, dass man kaum die Hand vor Augen sah, sobald sich eine Wolke vor den Mond schob.

»Roy, hier ist nichts ...« Tiere. Vielleicht konnte er das Blut von Tieren trinken.

Er schien ihre Gedanken erahnt zu haben, denn als sie sich erheben wollte, um eine Ratte oder Ähnliches zu suchen, hielt er sie an der Hand zurück, auch wenn es mehr ein Streifen ihrer Haut als ein Griff war.

›*Kein Tier, Emily* ...‹

»Was? Wie ...« Dann endlich begriff sie, verstand, was seine einzige Rettung war. Es ließ ihr das Blut in den Adern gefrieren. Sie schluchzte vor Entsetzen laut auf.

›*Deine Entscheidung* ...‹

Seine Stimme in ihrem Kopf war nur ein schwaches Flüstern.

Sie wusste, dass ihm Minuten blieben, vielleicht nur Sekunden. Und doch war sie noch nicht bereit, ihm zu geben, was er brauchte. Es war zu viel. Es war so unendlich viel mehr, als sie zu geben bereit war. Es widerstrebte ihr so sehr, dass sich ihr Magen umdrehte und sie sich übergeben musste.

Die Gedanken überschlugen sich in ihrem Kopf, und Wellen der Panik fluteten durch ihren Körper, bis ihr die Luft wegblieb.

Er hatte gesagt, er könne sie nicht gehen lassen. Ihre Zukunft in New York und ihre Freiheit war Geschichte. Als sie damals in die Unterkunft gegangen war, war sie in ihr Verderben gerannt. Nur, dass sie noch nicht ahnte, dass man dafür nicht

sterben musste. Sie wusste, dass sie nur abzuwarten brauchte, um wieder frei zu sein. Diese wenigen Minuten, die ihm noch blieben, bevor das Silber seinen Körper vollständig vergiftet haben würde.
Doch das wäre in ihren Augen einem Mord gleichgekommen, und dazu war sie nicht imstande. Davon abgesehen war es überraschenderweise ihr Herz, das sie von diesem leichten Weg abhielt. Sie wusste plötzlich mit Sicherheit, dass sie ihn nicht sterben lassen *wollte*.
Und dann geschah es: In einer Sekunde der totalen Hoffnungslosigkeit und Selbstaufgabe hörte Emily auf zu denken und zu fühlen und beugte sich zu Roy, dem Mörder ihrer ganzen Familie hinunter, um ihm das Leben zu retten und ihres zu geben.
Sie schrie laut auf und versuchte instinktiv, sich von ihm abzustoßen, als der Vampir in einem letzten, verzweifelten Akt des Überlebens seine Zähne in ihre Halsbeuge schlug und zu saugen begann.
Sie verlor jegliches Zeitgefühl. Die Dunkelheit verschwamm vor ihren Augen. Wie in einem Traum sah sie, dass die Silberkugel aus Roys Bein austrat und auf den Boden fiel, als wäre es nur ein Spielzeug gewesen. Seine grünlich verfärbte Haut nahm wieder den blassen Ton an, der einen gesunden Vampir auszeichnete. Sie spürte, wie seine starken Arme ihren Körper umschlossen, als sie schwer nach hinten sackte. Ihre Sinne schwanden. Dass Roy mit seiner Zunge ihre Wunden versiegelte, nachdem er sich gesund getrunken hatte, nahm sie kaum noch wahr.
Zu müde, um Angst zu empfinden, lag sie in seiner Umarmung und wartete auf den Tod.

»Werde ich jetzt sterben?« Es war nur ein Flüstern.
Roy wiegte sie stumm in seinen Armen. Als sie träge hinauf in sein Gesicht schaute, sah sie, dass er weinte. Mit letzter Kraft hob sie den Arm und berührte seine tränennasse Wange mit den Fingerspitzen.
»Es tut mir so leid. Warum hast du das zugelassen, Emily? Ich weiß doch, dass du es nicht wolltest!«
Die Dunkelheit wurde dicker, schwärzer. Der Mond verschwand, ebenso die Sterne. Roys Stimme wurde leiser, sein Gesicht verblasste.
Sie war allein.
Hüllenlos, schwerelos.
Etwas in ihr drängte aus der sterblichen Hülle heraus, wurde aber unerbittlich darin festgehalten.
Wie in Trance sah sie ein Licht, das immer heller wurde und eine strahlende Wärme verbreitete. Daraus drangen die Stimmen ihrer Eltern, die sie zu sich riefen. Sie wollte ihnen folgen, von einem Gefühl unbändiger Freude und Glückseligkeit gepackt, doch ihre Seele war nicht imstande, den Körper zu verlassen. Es war, als wäre ihr innerstes Selbst darin gefangen, unfähig, loszulassen und dem Licht entgegen zu schweben. Von Verzweiflung und Panik gepackt bäumte sich Emily auf und versuchte, das Licht und ihre Eltern zu erreichen, doch es blieb ihr verwehrt. Nach einer halben Unendlichkeit verschwand die Erscheinung langsam, und die Stimmen ihrer Eltern verebbten. Emily schrie ihnen hinterher, rief ihnen zu, auf sie zu warten, und versuchte immer verzweifelter, sich aus ihrem Körper zu lösen.

Dann war es vorbei. Schwärzeste Dunkelheit umfing sie.
Tödliche Stille.
Alles, was sie hörte, war ihr eigenes Schluchzen, tief in ihrer Seele.

»Emily, hörst du mich?«
Von irgendwoher aus der Schwärze drang eine tiefe, klare Stimme an ihr Ohr.
»Du musst aufwachen. Öffne deine Augen und betrachte deine neue Welt.«
Neue Welt? Wo war das Licht? Was war passiert?
»Was …«
»Ganz ruhig … nicht sprechen. Setz dich hin, dann wird es dir besser gehen.«
»Meinst du, sie wird dir verzeihen?« Es war eine weibliche Stimme. Sie kam Emily vage bekannt vor, ließ sich aber nicht zuordnen.
»Bin ich tot?«
Jetzt erkannte sie das dunkle Lachen, das ihrer Frage folgte. »Nicht im eigentlichen Sinne.«
»Roy …«
Mit einiger Mühe öffnete Emily die Augen und schloss sie sofort wieder.
»Großer Gott, was ist mit mir los? Was ist passiert?«
Starke Hände halfen ihr, sich aufzusetzen, und stützten ihren Rücken mit Kissen.
Sie machte einen erneuten Versuch, die Augen zu öffnen.
»Nicht erschrecken. Schau dich um.«
Emily konnte nicht klar denken. Was sollte dieses Gelaber von Evelyn?

Die Frage erübrigte sich beinahe sofort. Was sie zuvor erschreckt hatte, war lediglich die Tatsache, dass sie plötzlich viel schärfer sehen konnte als früher. Das Licht war heller, Dunkelheit weniger dunkel.
Roy setzte sich neben sie auf das Bett und beobachtete gespannt ihre Reaktionen. Erst jetzt bemerkte Emily die anderen im Raum: Gene, Sylvester, Evan, Tom. Alle waren da und sahen sie fasziniert an.
»Könnt ihr bitte aufhören, mich anzuglotzen wie eine billige Schaufensterpuppe?«
Gene lachte leise. »Okay, es scheint ihr besser zu gehen.«
Roy sah sie aufmerksam an.
»Woran erinnerst du dich?«
Sie überlegte fieberhaft, was passiert war, bevor sie in die Dunkelheit fiel.
»Wir waren in Manchester. Und dann sind wir zurückgeflogen, aber ... dein Bein! Du wurdest getroffen ...«
Wie ein Fausthieb kam die Erinnerung im Zeitraffer zurück. Ihr gemeinsamer Sturz in den Wald. Seine grünlich verfärbte Haut. Ihre Suche nach einem Tier. Und dann ... das Licht, in das zu gehen ihr nicht vergönnt war.
Sie hatte geweint. Roy hatte auch geweint, dort im Wald. Als sie in seinen Armen lag.
»Ich wäre fast gestorben da draußen, oder? Aber ... *du* warst der, der verletzt war. Warum war ich ...?«
Roy wandte sich verschämt ab und stand vom Bett auf. Verwirrt sah sie die anderen Vampire an, aber

erst Evelyn war skrupellos genug, sie ins Bild zu setzen.
»Du hast Roy das Leben gerettet. Na ja, und in gewissem Sinne hat er deins auch gerettet. Zumindest hat er deine Sterblichkeit aus dem Weg geschafft.«
Sie musste über ihre eigene Formulierung kichern. Evan stimmte etwas dümmlich mit ein.
»Meine ... WAS?« Sie verstand noch immer nichts.
»Verschwindet jetzt. Lasst uns allein.«
Evelyn verzog enttäuscht das Gesicht. »Und uns den ganzen Spaß entgehen lassen?«
Doch sie verließ, mit den anderen im Schlepptau, folgsam Emilys Schlafzimmer.

»Roy, was ist mit mir passiert? Was sollte die Anspielung gerade? Und wie habe ich dir das Leben gerettet?«
Der Vampir ließ seine breiten Schultern hängen und vermied es, ihr in die Augen zu sehen.
»Du weißt es doch schon, Emily. Erinnerst du dich nicht? Ich habe dich gebissen.«
Seine Stimme war heiser.
»Ich ... ich konnte nicht in das Licht gehen. Du hast mich getötet, aber nicht genug, um weg zu sein. Ich war nicht tot genug, um zu gehen. Mein Körper hat meine Seele festgehalten, oder?«
»Das passiert jedem, der verwandelt wird.«
Die Wahrheit traf Emily wie ein Schlag.
»Verwandelt?!«
»Ich weiß nicht, was dich dazu bewogen hat, mir zu helfen. Aber als du es getan hast, war dein Blick voll

wilder Entschlossenheit. Du wusstest, was du tust. Du hast es auf dich genommen.«
Er nahm ihre Hand, drückte sie fest.
»Du bist jetzt eine von uns, Emily. Du bist eine Vampirfrau.«

19

»Bin ich schon verwandelt, oder kommt noch irgendwas, was schlimmer ist als die Erfahrung, nicht ins Licht gehen zu können?«
Zärtlich strichen seine Finger über ihren Handrücken.
»Was bis jetzt mit dir passiert ist, ist nur ein Teil der Verwandlung. Dein menschlicher Körper ist gestorben und mein Biss hat dafür gesorgt, dass deine Seele in der Hülle bleibt. Also hat dein Körper angefangen, sich zu verwandeln. Dein Bewusstsein ist zurückgekehrt, weil es nirgendwohin konnte. Im Moment bist du untot, Emily. Leg deine Hand an deine Brust. Dein Herz schlägt nicht. Du hast keinen Stoffwechsel. In diesem Zustand bist du nur wenige Stunden lebensfähig. Was dich vollständig verwandeln wird, ist Blut. Du musst Blut zu dir nehmen, um das vampirische Erbe anzutreten. Dein Körper wird sich verwandeln. Deine Organe verändern sich, und dein Herz wird als das einer Vampirfrau zu schlagen beginnen.«
»Das heißt, noch habe ich die Wahl, ob ich Vampir werden oder sterben will.«
»Nicht ganz. Ein Teil von dir ist schon Vampir. Wenn du jetzt Blut riechst, wird dein Blutdurst erwachen.

Ich will dir nichts vormachen: Das erste Ausfahren der Fangzähne ist sehr schmerzhaft, und auch die Verwandlung deiner Organe tut weh. Aber wenn es überstanden ist, bist du unsterblich. Du wirst übersinnliche Fähigkeiten entwickeln und fliegen können, besser oder schlechter.«
Emily begann zu weinen. Ihr wurde bewusst, was sie alles zurückgelassen hatte.
»Ich werde nie mehr essen können. Nie mehr nachmittags im Park spazieren. Oh Roy, was habe ich aufgegeben!«
Zitternd schlang sie die Arme um ihren Körper und schluchzte hemmungslos.
Als der Vampir sie tröstend umarmte, erwachten plötzlich ihre neuen Sinne. Sein Herzschlag dröhnte in ihren Ohren, und sie roch das Vampirblut durch seine weiche Haut hindurch. Sie hatte angenommen, dass Vampire nur bei menschlichem Blut Appetit bekamen. Offensichtlich lag die Sache beim Erwachen des Blutdurstes etwas anders. Bei diesem außergewöhnlichen, köstlichen Duft begann ihr Oberkiefer plötzlich, höllisch zu schmerzen, und sie wandte sich schnell ab, den Mund in ihren Händen verbergend.

Roy lächelte. »Emily, es ist wirklich nicht nötig, deine Fänge vor mir zu verstecken. Falls es dir noch nicht aufgefallen ist: Ich habe selbst welche.«
Sie konnte über diesen Scherz leider gar nicht lachen, weil sich in diesem Moment beidseitig große Spitzen aus ihrem Zahnfleisch bohrten und sich ihren Weg nach außen bahnten. Sie schrie laut auf, sprang auf

die Füße, rannte panisch im Zimmer umher und fügte sich selbst nur noch mehr Schmerzen zu bei dem Versuch, ihre neu zum Leben erwachten Fangzähne zurückzuschieben und das schmerzende Zahnfleisch zu massieren.
Roy eilte schnell zu ihr und hielt ihre Hände fest, bevor sie sich ernsthaft verletzte.
»Hör auf! Du wirst dir nur wehtun! Du kannst sie nicht aufhalten, wenn sie ausfahren! Das ist der Blutdurst. Dein Körper verlangt danach. Lass es zu.«
Sie sah ihn ratlos an, wusste nicht weiter.
»Das erste Mal trinkst du immer von einem Vampir. Damit dein Körper die Verwandlung vollenden kann.«
Er ritzte sein Handgelenk ein und hielt es ihr hin.
Überraschenderweise war der Ekel, den sie vor dem letzten Schluck empfunden hatte, vollkommen verschwunden. Ein dünner, roter Faden lief appetitlich aus Roys Vene. Der Duft des Blutes erfüllte den Raum. Das Pulsieren seiner Adern rauschte in ihren Ohren. Sie empfand einen nie zuvor erlebten Durst.
»Trink. Trink und verwandle dich. Ich bin bei dir.«
Gierig stürzte sich Emily auf das Handgelenk des Lords und begann, unbeirrt an seiner Vene zu saugen. Dabei bemerkte sie nicht, wie sie Roy mit ihren Lippen und dem stetigen Saugen langsam in Ekstase brachte. Gedankenlos schlug sie zusätzlich ihre Fangzähne in sein Fleisch, um noch mehr Blut zu bekommen, bis sie, nach viel zu kurzer Zeit, sanft und etwas widerwillig von ihm zurückgedrängt wurde. Er verschloss seine Wunden, kämpfte seine Lust

innerlich herunter und half Emily, sich zurück auf das Bett zu legen. Mit einem frischen Taschentuch tupfte er die rote Spur von ihren Lippen, die die Mahlzeit hinterlassen hatte.
Plötzlich schossen Krämpfe durch ihren Körper und schüttelten sie durch. Wie im Todeskampf wand sie sich auf dem Bett und schrie laut auf, als ihr das Herz in der Brust zu zerreißen schien.
Evelyn kam hereingerannt, um sie bei der Verwandlung zu unterstützen, aber Roy jagte sie sofort wieder hinaus.
»RAUS! Es ist meine Schuld, und *ich* werde sie begleiten!«

Emily glaubte, wahnsinnig zu werden. Alles um sie herum schien sich zu verändern, nicht nur sie selbst. Ihr Herz schlug schneller als früher, und sie spürte jede Faser ihres Körpers überdeutlich. Das Licht im Raum veränderte sich, sogar der Schall verhielt sich anders. Alles schien klarer, deutlicher und lauter zu werden. Die Farben traten intensiver hervor, und tausend neue Gerüche reizten die Nasenschleimhäute der jungen Vampirfrau. Ihr Zahnfleisch schmerzte, als wolle es bersten, und sie hatte einen unstillbaren Appetit auf Blut.
Dann ließ der Schmerz plötzlich nach, und all die Eindrücke, die auf sie einprasselten, kamen zum Stillstand, ehe sie in einen tiefen, traumlosen Schlaf fiel.

Als sie die Augen aufschlug, war es tiefste Nacht, und Roy saß an ihrem Bett.

»Geht es dir besser?«
Emily sah an sich herunter. Ihre Haut war blass.
»Ist es immer so schlimm?«
Er half ihr hoch.
»Ja. Und weil es so schlimm ist, gibt es einen Ehrenkodex unter Vampiren: Beißt man jemanden, lässt man ihn danach nicht allein. Man hilft ihm bei der Verwandlung, so gut man es vermag.«
Eine Weile saßen sie schweigend nebeneinander, bis Roy sich endlich traute, die Frage zu stellen, die ihm seit dem Augenblick im Wald auf der Seele lag.
»Hasst du mich dafür, dass ich dir das angetan habe?«
Langsam schüttelte sie den Kopf. »Nein, nicht wirklich. Im Endeffekt ... war es meine Entscheidung. Vielleicht ist es so, wie es jetzt ist, besser als eine Gefangenschaft als Mensch.«
Sie wagte nicht, ihm zu sagen, dass sie sich sehr wohl darüber bewusst war, dass sie ihn hätte sterben lassen und frei sein können.
Eine lange Stille legte sich über den Raum, bis Roy das Gespräch wieder aufnahm: »Du hast das also nur getan, um einer lebenslangen Gefangenschaft zu entgehen? Ich habe dir doch gesagt, dass du für mich keine Gefangene bist. Ich dachte, das wüsstest du inzwischen.«
Sie sah ihn fassungslos an.
»Somit wäre bewiesen, dass Vampirmänner genauso dämlich sind wie menschliche. Oh Mann.«
»Wie darf ich das denn jetzt bitte schön verstehen?«
Gut. Streiten war gut. Vielleicht war es leichter, ihm die Tatsachen wütend entgegenzuschleudern, anstatt Gefühlsduselei zuzulassen.

»Ganz einfach: Wenn du mich nicht gebissen hättest, wärst du da draußen gestorben, richtig? Und ich wäre allein gewesen. Allein im Einzugsbereich einer Großstadt, mit der Möglichkeit, schnell nach London zu kommen, an mein Geld, meine Sachen, ein Flugticket nach Hause … Und jetzt frag mich nochmal, warum ich das zugelassen habe, du Esel.«
Sie wartete seine Reaktion nicht ab, sondern stand auf und ging zu einem Spiegel an der Wand. Mit einiger Überraschung nahm sie ihr verändertes Spiegelbild zur Kenntnis.
Roy wusste nicht, ob er lachen oder weinen sollte. Hatte Emily ihm gerade eine Liebeserklärung gemacht? Zögernd stellte er sich neben sie, außerhalb der Reichweite des Spiegels, und ließ seinen Blick zärtlich über ihr neues Erscheinungsbild gleiten.
Ihre langen, braunen Haare glänzten gesund. Die Locken fielen, stärker gedreht als früher, bis zu ihren Brüsten hinunter. Ihre vormals schon eleganten Gesichtszüge hatten sich leicht verändert, um unauffällig den Anlagen der Fangzähne im Kiefer Platz zu machen, und wirkten nun überirdisch schön. Ihre Wimpern waren länger und voller, und ihre sinnlich geschwungenen Lippen von einem verführerischen Rot. Die braunen Augen waren heller geworden und glänzten ihr bernsteinfarben aus dem Spiegel entgegen.
Da sie sich selbst besser gefiel als vorher, nahm Emily diese Veränderung mit Humor zur Kenntnis.
»Wow, ich brauche mich nie wieder zu schminken!«
Roy lachte befreit, was wie Donnergrollen von den Wänden widerhallte.

Mit jeder Sekunde, in der sie kräftiger wurde, bekam sie mehr Spaß an ihrem neuen Dasein und vergaß den Schrecken der Verwandlung.
»Werde ich vergessen, wer ich war?«
»Niemals. Ich habe dir doch von Dracula und meiner Verwandlung erzählt. Man vergisst sein Leben nie. Es rückt nur mit den Jahren in weite Ferne. Aber du hast einen Vorteil, den Vampire vor deiner Zeit nicht hatten.«
»Und der wäre?«
»Es gibt Sonnenschutz, der es dir von Zeit zu Zeit ermöglichen wird, die Sonne zu sehen und dich bei Tageslicht hinauszuwagen. Wenn du es zu sehr vermisst.«
Diese Aussicht ließ ihre Laune weiter steigen. Allmählich fühlte sie sich wohl. Dennoch spürte sie, dass sie nicht mehr dieselbe Frau war.
»Was wird sich noch verändern?«
Roy wanderte im Zimmer auf und ab und betrachtete seine Schöpfung immer wieder voller Stolz und Zärtlichkeit.
»Nun, du wirst Gefühle deutlich intensiver erleben. Wut, richtigen Zorn, Liebe, Trauer, Leidenschaft. Du wirst dich erst daran gewöhnen und es unter Kontrolle bringen müssen. Junge Vampire sind meistens launisch, und dir wird es nicht viel anders gehen. Aber du wirst lernen, damit umzugehen. Ich helfe dir dabei.
Außerdem werden andere die Veränderungen sehen. Wenn du wütend oder leidenschaftlich wirst, werden deine Fänge ausfahren und deine Augen glühen. Das wird deine Sicht schärfen, aber der Nachteil ist

natürlich, dass es unmöglich wird, Wut oder Lust vor anderen zu verbergen.«
Emily musste plötzlich daran denken, wie sie das Glühen der Augen bei ihrer Großtante zum ersten Mal gesehen hatte.
»Edwina!«
Sie musste der Vampirfrau früher oder später erzählen, was passiert war!
»Roy, lösen sich verwandtschaftliche Verhältnisse wirklich auf, wenn man sich verwandelt?«
Er bejahte es und sah ihr dabei fest in die Augen.
»Genetisch bist du weder mit Gene noch mit Edwina länger verwandt. Aber eure menschliche Erinnerung bindet euch aneinander. Durch meinen Biss gehörst du jetzt zu uns, zu Lumen Lacrimae. Wenn unsere Familie wieder vereint ist und du mit in die Unterkunft ziehst, werden wir das mit einem Blutritual besiegeln und du erhältst das Zeichen.«
Sie zögerte, ehe sie fragte: »Und … wenn nicht?«
»Wenn nicht … was?«
»Edwina ist nicht in eure Unterkunft gezogen und auch in keine andere. Sie ist in ihrem Haus geblieben und führt ein Leben, das wenigstens ein wenig angelehnt an ein menschliches ist. Sie hat an keinem Blutritual teilgenommen, oder?«
Sein Blick verfinsterte sich. »Ich möchte nicht über Edwinas Entscheidung sprechen.«
Er schien sich plötzlich von Emily zu entfernen und unnahbar zu werden, doch sie wollte sich damit nicht zufriedengeben.

»Erklär es mir bitte. Ich bin jetzt Teil eurer Welt, also habe ich auch ein Recht, diese Dinge zu erfahren. Vor allem, wenn es um meine Familie geht.«
Er wandte sich ihr wieder zu und funkelte sie wütend an, hielt aber im selben Moment überrascht inne.
»Was ist?«
»Nichts, nur ... daran, dass nun auch deine Augen rot glühen können, werde ich mich erst gewöhnen müssen.«
Sie sah wieder in den Spiegel und erschrak: Die leichte Wut, die sie über seine Weigerung zur Auskunft empfand, hatte das Bernstein ihrer Augen in einen rötlichen Ton verwandelt, und ihre Pupille war zu einem kleinen Schlitz geworden. Als sie mit der Zunge über ihr Zahnfleisch glitt, konnte sie die halb ausgefahrenen Fangzähne spüren. Es tat schon viel weniger weh als beim ersten Mal, sie spürte es kaum noch.
»Daran werde *ich* mich gewöhnen müssen. Aber zurück zur Sache. Also, wie war das mit Edwina?«
Roy gab sich geschlagen. Diese Frau war anscheinend genauso dickköpfig wie er selbst. Besser, er arrangierte sich von Anfang an damit.
»Also schön. Dass ich sie nicht im Rausch der Rache getötet habe, liegt nur daran, dass sie sich so verteufelt gewehrt hat. Es hat fast Spaß gemacht, sie leiden zu lassen, und ich dachte, dass sie eine gute Vampirfrau abgeben würde. Also habe ich sie verwandelt. Leider wurde sie sofort danach stocksauer auf mich. Sie liebte ihr menschliches Leben und hasste ihr vampirisches Dasein vom ersten Moment an. Daher weigerte sie sich sofort strickt, mir

in die Unterkunft zu folgen. Gene hat mehrere Versuche unternommen, sie zu überzeugen, aber sie blieb hartnäckig in ihrem Haus.«
»Ich weiß. Gene und Edwina haben mir davon erzählt.«
»Eben. Irgendwann kam ein Punkt, an dem wir es leid waren, sie zu bitten, und sie verstoßen haben. Das bedeutet für einen Vampir, dass er in einer Unterkunft nicht mehr willkommen ist und keine Möglichkeit mehr erhält, sich per Ritual an uns zu binden. Auch andere Unterkünfte werden ihn oder sie nur noch zögerlich aufnehmen. Das alles ist Edwina bis zum heutigen Tage egal. Ich weiß nicht genau, woher sie ihr Blut bezieht, aber sie ist auf jeden Fall sehr diskret dabei, was ich ihr zugutehalte. Dennoch ... Teil unserer Welt ist sie nicht.«
»Wenn ich das richtig verstehe, hat also im Grunde jeder Vampir eine Wahl, ob er das Ritual vollziehen will, oder nicht?«
Roy zögerte, ihr zuzustimmen. Er hatte plötzlich Angst davor, dass sie eine Zugehörigkeit zu seiner Sippe ablehnen würde. Grund genug dafür hatte sie. Um den unsicheren Moment zu überspielen, schlug er ihr schnell vor, zu den anderen zu gehen und ihnen ihr neues Ich zu präsentieren.
Emily erklärte sich aufgeregt einverstanden. Es fühlte sich gut an, nun keine Angst mehr vor der Fremdartigkeit der anderen Vampire haben zu müssen. Sie war jetzt endgültig eine von ihnen.
Tom stieß als erster einen leisen Pfiff aus, als er die Vampirfrau die Treppe hinuntergehen sah. Emily

musste unvermittelt lächeln. Nie hatte sie sich so sexy, fit und stark gefühlt.
All ihre Sinne schienen doppelt und dreifach so gut zu funktionieren wie früher. Alles war auf eine Weise echter.
Sylvester kam zur Treppe geeilt, um die Schönheit mit einem Handkuss zu begrüßen.
»Mylady, Sie haben sich ganz schön gemacht! Sag mal, ist das Bernstein in deinen Augen?«
Wie nach einem Besuch im Schönheitssalon wurde Emily von allen Seiten begutachtet und bewundert. Es dauerte eine Weile, bis Gene an ihre Seite trat.
Sie sah das leichte Glimmen in seinen Augen und roch förmlich die Lust, die durch seine Adern schoss. Es irritierte sie, die Erregung eines anderen Vampirs riechen zu können.
Dass sie an ihrer Reaktionsgeschwindigkeit arbeiten musste, erkannte sie, als sie sich plötzlich in den Armen ihres ehemals menschlichen Cousins wiederfand und seine Härte drängend zwischen ihren Beinen spürte. Seine Fänge waren voll ausgefahren und er schien sich kaum noch beherrschen zu können. Bevor er sie küssen konnte, ging Roy ungestüm dazwischen und erteilte Gene einen derart harten Fausthieb, dass dieser einige Meter weit durch die Halle schlitterte, bis er gegen die nächste Wand prallte. Dabei stieß Roy ein Knurren aus, das jeder Bulldogge Konkurrenz machte.
»Fass sie noch einmal an und du bist ASCHE!«
Emily zuckte zusammen, als das Brüllen des Clanführers durch das Gebäude hallte. Sie wich

erschrocken zurück. Evelyn legte ihr beruhigend eine Hand auf die Schulter.
»Keine Sorge. Das sind normale Machtkämpfe unter Vampiren. In zwei Sekunden hat er sich beruhigt. Aber er hat wenigstens keinen Zweifel daran gelassen, zu wem du gehörst!«
Leise kichernd ließ sie von ihr ab und schmiegte sich wohlig an ihren Mann.
Alles war so neu für Emily, dass sie nicht mehr in der Lage war, ihre Gefühle für Roy zu fassen. War sie verliebt in den Vampir? Liebte sie ihn wirklich so sehr, dass sie ihm blind in seine Welt gefolgt war und alles andere aufgegeben hatte? Oder war sie nur nicht in der Lage gewesen, ihn sterben zu lassen?
Unvermittelt roch sie seinen durchdringenden, erregenden Duft, als er neben sie trat.
»Alles in Ordnung? Hat er dir wehgetan?«
»Quatsch. Er war nur scharf, das hast du wohl gesehen. Den Fehler wird er kein zweites Mal machen, dafür hast du gesorgt.«
Wütend wandte sie sich ab und fuhr sich erneut mit der Zunge über die Fänge. Sie konnte sich ihre eigene Wut nicht erklären. Müsste sie sich nicht geschmeichelt fühlen, dass Roy sie verteidigen wollte? Hatte er das gemeint, als er sagte, dass junge Vampire sich schlecht beherrschen konnten? Sie verstand sich selbst nicht mehr!
Evelyn lächelte sie freundlich an. »Keine Sorge. Mit etwas Training fahren sie nicht sofort aus. Das lernst du alles noch.«
Plötzlich hatte sie genug davon, als Attraktion angegafft zu werden. Sie war in dieser Nacht

gestorben und als Vampir ins Leben zurückgekommen. Sie hatte das Todesurteil für ihre Sippe unterschrieben und ihre Eltern, die im Jenseits sehnsüchtig auf sie warteten, bitterlich enttäuscht. Und jetzt wurde sie wie eine Zirkusattraktion dabei beobachtet, wie sie sich mit ihrem neuen Dasein zurechtfand. Roy betrachtete sie bereits als sein Eigentum. Dabei hatte sich alles verändert. Es reichte! Sie drehte sich auf dem Absatz um und marschierte schnurstracks Richtung Treppe.
»Wo willst du denn hin?« Er holte sie mühelos ein.
»In mein Zimmer. Da bin ich keine Attraktion wie aus dem Zirkus. Lasst mich einfach alle in Ruhe!«
Ein katzenhaftes Knurren rollte aus ihrer Kehle, gefolgt von einem Fauchen zwischen voll ausgefahrenen Zähnen, das sie selbst erschreckte.
Roy grinste lediglich. »Du bist noch schöner, wenn du wütend bist.«
»Jaja, die ungestüme Jugend ...« Evelyn gackerte leise, blieb aber lieber am Fuß der Treppe stehen, weil sie Emilys noch unberechenbares Temperament fürchtete.
Die Vampirfrau stürmte die Treppe hoch, einem Moment der Einsamkeit entgegen.

20

Sie saß im Dunkeln auf ihrem Bett und starrte aus dem Fenster in die vom Mond erhellte Nacht, ignorierte das leise Klopfen an der Tür. Roys Stimme drang in ihren Kopf: ›*Emily, rede mit mir. Lass mich rein.*‹
Mit einem mentalen Befehl öffnete sie die Tür. Und erschrak zutiefst, als die Tür tat, was sie ihr befohlen hatte.
Fassungslos starrte sie zuerst auf die Tür, dann auf Roy. »Oh Mann, wie hab ich …«
Er lächelte. »Ich würde sagen, eine deiner Fähigkeiten haben wir gerade entdeckt. Ich bin sehr gespannt, welche du noch hast. Wahrscheinlich wirst du eine ausgeprägte Telepathin werden, nach dem zu urteilen, wozu du schon als Mensch in der Lage warst.«
Sie wandte sich wieder ab und senkte traurig den Blick. Roy fragte gar nicht erst, sondern setzte sich unaufgefordert neben ihr auf die Bettkante.
»Eben hast du dich noch über dein neues Ich gefreut, und jetzt bläst du Trübsal?«
Sie zuckte nur mit den Schultern. »Du hast doch gesagt, Jungvampire wären launisch.«
Sie sah ihm direkt in die unergründliche Tiefe seiner Augen.
»Roy, was habe ich alles aufgegeben? Dort im Wald schien es mir das Richtige zu sein, jedenfalls soweit ich Zeit hatte, darüber nachzudenken.

Aber ... ich hatte ein schönes Leben in New York. Es war vielleicht nicht das erfüllteste, aber es war schön. Ich weiß nicht, was ich ...«
Er nahm ihre Hand und strich mit dem Daumen über ihren Handrücken.
»Was genau vermisst du denn?«
»Zu sagen, dass ich das Sonnenlicht bereits vermisse, wäre maßlos übertrieben, weil ich noch keinen Sonnenaufgang verpasst habe. Aber ... ich vermisse meine Wohnung, meine Freunde. Ich vermisse es, meine gewohnte Umgebung um mich zu haben. Auch meine Schüler fehlen mir. Und ich ... ich möchte wieder schreiben. Ich habe so viel erlebt in den letzten Wochen, habe so viele Eindrücke im Kopf, dass ich gleich mehrere Bücher daraus machen könnte. Ich will zurück in meine Wohnung, mich an meinen Schreibtisch setzen und loslegen.«
Der Vampir nickte verständnisvoll. »Emily, das hat nichts mit deinem neuen Dasein zu tun. Nicht nur.«
Sie sah ihn verwirrt an. »Was meinst du?«
»Du hast einfach Heimweh, Süße. Das, was du gerade aufgezählt hast, hat nichts damit zu tun, dass du jetzt eine Vampirfrau bist. Du vermisst einfach dein altes Leben in New York.«
»Ja, aber dahin kann ich nicht zurück, weil ich jetzt zu eurem Volk gehöre.«
»In New York gibt es auch Vampire.«
Emily starrte ihn sprachlos an. Ihr Herz klopfte heftig in der Aussicht darauf, in ihre Wahlheimat zurückzukehren.
»Willst du damit sagen, dass ich auch in New York leben kann, jetzt, wo ich zu euch gehöre?«

»Theoretisch ja. Aber es gibt jetzt einen Unterschied: Hier in England kennst du bereits Vampire. Auch ohne Blutritual gehörst du durch Geburt zu meiner Familie. Und es gibt hier keine … Gefahr mehr für dich, wie früher. Du weißt schon, diese leidige Sache mit dem Fluch … In New York würden die Dinge jetzt aber anders für dich laufen. In deiner Wohnung kannst du nicht bleiben. Wenn sie nicht gerade fensterlos ist, wirst du dort immer Gefahr laufen, mit Sonnenlicht in Berührung zu kommen. Außerdem kannst du nicht mehr unterrichten. Wovon also würdest du die Miete bezahlen? Du müsstest dich einer Vampirfamilie dort anschließen, aber die müssen dich auch wollen. Vampire halten fest zusammen, weißt du. Du würdest ja auch bei einer Adoption eines Menschenkindes kein Kind nehmen, mit dem die Chemie überhaupt nicht stimmt. Willst du das, Emily? Willst du in New York ganz von vorn anfangen und die Stadt anders kennenlernen? Bei Nacht? Diese Stadt ist für Vampire ein raues Pflaster, da geht es anders zu als hier. Aber hier, bei uns, stehst du unter meinem persönlichen Schutz. Unten im Salon sitzt ein Teil deiner Familie. Und du bist in England aufgewachsen, bist mit der Umgebung vertraut. Hier hättest du es leichter.«
Dass in ihm außerdem unglaubliche Angst bei dem Gedanken daran auflöderte, dass sie sich für New York entscheiden könnte, verschwieg er ihr vorerst. Er wollte diese Frau auf keinen Fall verlieren!
»Was ist mit Meredith? Muss ich ihr für immer Lebewohl sagen?«

»Ruf sie an und sag ihr, dass du dich entschlossen hast, nach England zurückzukehren. Du kannst mit ihr telefonieren oder schreiben. Sie wird deine Freundin bleiben, ohne je zu erfahren, wer du jetzt bist.«
»Doch wohl eher *was* ich jetzt bin.« Sie atmete mehrmals tief durch, um wieder einen klaren Kopf zu bekommen.
»Das ist alles so viel auf einmal. Ich weiß gar nicht mehr, wo mir der Kopf steht, wer ich eigentlich bin. Und … was ist mit meinen persönlichen Sachen? Wenn ich nicht in meiner Wohnung bleiben kann, muss ich wenigstens meine Sachen rausholen! Kann ich sie denn behalten, oder muss ich alles weggeben?«
Jetzt musste Roy herzhaft lachen.
»Entschuldige, dass ich lache, Emily. Aber … für wen hältst du uns? Du hast die Unterkunft doch gesehen! Du musst doch nicht alles aufgeben! In der Unterkunft wirst du ein eigenes Quartier beziehen und kannst all deine Sachen mitnehmen! Alles, was dir als Mensch wichtig war, wird dich begleiten und dir eine Stütze in deinem neuen Leben sein. Auch dein Computer … nimm alles mit und schreibe von der Unterkunft aus weiter!
Veröffentlichen musst du natürlich unter einem Pseudonym, denn irgendwann …«
Er suchte nach den richtigen Worten. Überflüssigerweise, weil sie mit Leichtigkeit seine Gedanken gelesen hatte: »Klar. Irgendwann wäre meine Lebensdauer verdächtig.«
Sie seufzte. »Wann fliegen wir nach New York?«

»Ich bereite alles vor. Ruh dich ein wenig aus und pack deine Sachen zusammen. Ich werde die anderen einspannen, damit sie in der Unterkunft alles vorbereiten. Wir müssen unseren Familiensitz wieder aufbauen und die suchen, die es geschafft haben, zu fliehen.«

Als Roy an das neue Leben dachte, dass sie erwartete, verspürte er ein Ziehen in der Magengegend. Er hatte Emily ein eigenes Quartier versprochen. Aber wollte er das? War nicht ein gemeinsames Bett das, was er sich wünschte? Wie unbeabsichtigt öffnete er seine Gedanken für sie. Er wusste, dass ihre ausgeprägten telepathischen Fähigkeiten sie automatisch in jeden geöffneten Geist würden schlüpfen lassen. Und tatsächlich war sie schon Sekunden später in seinem Kopf. Da sie nicht auf seine Gedanken reagierte, nahm er ihre beiden Hände und sah ihr tief in die Augen.

»Ich will dich, Emily.«

»Ja, das hast du eben unten in der Halle sehr deutlich gemacht.«

»Ich weiß, dass du auch … warum sträubst du dich noch immer so gegen mich? Ich dachte, es wäre … ich dachte, wir wären uns einig. Ich meine, nachdem du mir das Leben gerettet hast, nach dem, was du eben gesagt hast … ich finde, das war ziemlich eindeutig.«

»Ja, du hast mich in deinen Bann gezogen, Roy. Du hast mir völlig den Kopf verdreht. Aber meine Perspektive ist jetzt eine ganz andere. Niemand hier hegt mehr Misstrauen gegen mich. Ich bin plötzlich wieder vogelfrei, wenn ich es will. Die Verwandlung hat alles verändert.

Aber das eben da unten … du hast einfach Anspruch auf mich erhoben. Du hast nicht einmal gefragt, was ich will. Ich weiß es ja selbst noch nicht. Ein Teil von mir will dich. Was mit mir passiert, wenn ich in deiner Nähe bin, ist nicht zu beschreiben. Aber ich brauche noch Zeit, um mit gewissen Dingen abzuschließen. Dass du ein Spielchen mit mir getrieben und mich angelogen hast, was meine Freiheit anging. Ich bin immer noch sauer auf dich, gleichzeitig kann ich dir aber nicht widerstehen, und das ist zermürbend. Und ich bin nicht dein Besitz, Roy, aber du verhältst dich so, als wäre ich es.«
Er spürte einen Stich im Herzen angesichts des Fehlers, den er gemacht hatte. Er war es gewohnt, dass man sich ihm unterordnete. Und er war es gewohnt, von Vampirfrauen angehimmelt zu werden. Jede andere hätte sich ihm sofort gefügt und wäre bereitwillig die Partnerin eines Lords geworden.
Er hätte wissen müssen, dass Emily anders war. Diese Frau hatte den Tod riskiert, um sich von einem Fluch zu befreien, der ihre Familie seit Jahrhunderten belauerte. Sie war mutig in die Höhle des Löwen gegangen und hatte im Sturm sein Herz erobert, bevor er wusste, wie ihm geschah. Und in diesem Moment verstand er, dass sie ihm nicht willig in die Unterkunft folgen würde, trotz allem, was zwischen ihnen geschehen war. Diese Frau würde er erobern müssen, bis sie in seinen Armen lag und ihn aus tiefstem Herzen begleitete, um Teil seiner Familie zu werden. Und er wollte sofort damit beginnen, ihr Herz zu erobern. Nicht das von Emily Watson, sondern das von Emily, der Vampirfrau, mit aller Leidenschaft,

die in ihr steckte und von der sie selbst noch so wenig wusste.
»Du hast recht. Es steht mir nicht zu, Besitzansprüche zu erheben. Weißt du was? Erst einmal fliegen wir nach New York. Was dann kommt, werden wir sehen.«
Er rahmte mit seinen Händen sanft ihr Gesicht ein und senkte dann seine Lippen auf ihre, zu einem langen, aber sanften Kuss.
Die Berührung brachte Emilys Blut in Wallung. Eine bislang nie gekannte Leidenschaft erwachte in ihr, gegen die sie sich zunächst zu wehren versuchte. Plötzlich wünschte sie sich, in wilder Ekstase mit Roy auf dem Bett zu verschmelzen und sich ihm völlig hinzugeben. Nur, dass diese Fantasie nichts Menschliches hatte. Sie war tausendmal intensiver.
Als sie die Augen öffnete und Roy ansah, spiegelten sich ihre eigenen rotglühenden Augen in seinen Feuerbällen. Sie spürte seine Fangzähne an ihren Lippen, während ihre eigenen sich den Weg durch ihr Zahnfleisch bahnten.
»Roy, was passiert hier …«
Der Vampir intensivierte seinen Kuss, ließ seine Zunge in ihren Mund gleiten und drückte sie nach hinten aufs Bett, bis er halb über ihr lag. Ein leises Fauchen drang aus ihrer Kehle, katzenhaft und gespenstisch. Es ließ ihn leise auflachen. Er wollte sein Liebesspiel fortsetzen, aber eine innere Stimme sagte ihm, dass es besser war, sich ihr vorerst zu entziehen. Roy hatte die Wildkatze in Emily gereizt und wollte ihre Sehnsucht nach mehr für sich arbeiten lassen. Wenn sie erst ahnte, was ihr entging, würde

sie mehr wollen. Und von ganz allein zu ihm finden, um sich zu nehmen, was sie begehrte.
Langsam ließ er von ihr ab, auch wenn es ihm unendlich schwerfiel, und setzte sich auf.
»Du solltest jetzt packen. Ich sage Sylvester, er soll die Flüge buchen. Ist es dir recht, wenn Evelyn mitkommt? Vielleicht könnt ihr euch anfreunden.«
Emily lag verstört auf dem Bett und versuchte, ihrer Gefühle Herr zu werden. Was war gerade mit ihr passiert? Sie hatte alles um sich herum vergessen und konnte nur noch daran denken, wie Roy roch, wie das Blut durch seine Adern pulsierte, wie seine Haut ihre berührte und ihr heiße Flammen über den Körper schickte. Sie wollte nicht, dass er jetzt aufhörte! Sie wollte es ganz und gar nicht.
»Ich … was?« Sie rappelte sich auf und sah ihn an.
»Ich mag Evelyn nicht. Dass sie die einzige hier anwesende Vampirfrau ist, heißt nicht, dass wir dicke Freundinnen werden. Tut mir leid, aber sie wirkt auf mich wie eine hinterlistige Schlange. Außerdem scheint sie ständig ihre wahren Gefühle zu verbergen. Ihre ganze Erscheinung ist ein einziges Schauspiel. Ich möchte, dass sie mir fernbleibt, wenn ich ehrlich bin.«
Roy grinste. »Witzig, dass du das sagst. Den Eindruck habe ich nämlich auch von ihr gehabt, vom ersten Moment an. Okay, vergessen wir das. Dann nehmen wir Tom mit und die anderen sollen damit beginnen, die Unterkunft wieder herzurichten.«
»Was glaubst du, wie viele überlebt haben?«

Er sah sie schmerzerfüllt an. Vielleicht wäre es besser gewesen, ihn nicht an die Opfer zu erinnern, aber nun war es zu spät.

»Ich weiß es nicht. Vielleicht ein Drittel, vielleicht die Hälfte. Oder weit weniger. Ich kann nur hoffen, dass möglichst viele von uns gerade unterwegs waren, als die VHA die Unterkunft gestürmt hat. Das Problem ist, dass wir nicht als Leichen, die man zählen kann, zurückbleiben wie Menschen. Wir lösen uns einfach auf und sind nicht mehr da. Sylvester wird seine Fühler ausstrecken und Witterung aufnehmen. Es sollte nicht mehr als ein paar Wochen dauern, alle Überlebenden einzusammeln.«

Sie nahmen den Spätflieger in der darauffolgenden Nacht. Den Atlantik zu überqueren war selbst für erfahrene Vampire eine zu große Herausforderung. Schon der Flug von London nach Schottland hatte die Kräfte aller überstrapaziert und so war man darauf angewiesen, auf normalem Weg zu reisen. Emily empfand das als erfrischend und genoss den Flug. Alle drei hatten vor Reiseantritt genug Blut zu sich genommen, um ohne Probleme bis New York durchzuhalten, und so fühlte sich Emily beinahe wieder wie ein Mensch, als sie endlich Richtung zu Hause unterwegs war.

Vom Flughafen aus hatte sie Meredith angerufen und ihr die frohe Botschaft mitgeteilt, dass sie heimkommen würde. Die New Yorkerin war allerdings wie vor den Kopf geschlagen, als Emily ihr eröffnete, dass sie nur packen und dann zurück nach England fliegen würde, um zukünftig dort zu leben.

»Ich habe mich mit der Vergangenheit ausgesöhnt und jetzt erst gemerkt, wie groß mein Heimweh die ganze Zeit war. Ich kann nicht mehr woanders leben. Ich möchte nach Hause.«

Dieser Begründung hatte Meredith schwerlich etwas entgegenzusetzen und versprach ihrer Freundin, bis zu ihrer Ankunft weiterhin nach dem Rechten zu sehen und schon mal Umzugskartons zu besorgen. Sie hatte sich auch angeboten, beim Packen zu helfen. Aber Emily hatte ihr erklärt, dass sie von zwei Freunden begleitet wurde, die das für sie übernehmen würden.

Der jungen Frau war klar, dass ihr Geheimnis von jetzt an immer zwischen ihnen stehen würde. Meredith würde Fragen haben, tief in ihrem Unterbewusstsein. Sie würde sie vielleicht nicht stellen, aber sie wären immer da. Um irgendwann das Ende der Freundschaft einzuläuten. Emily hoffte, dass bis dahin noch viele Jahre vergingen.

Roy hatte ihr erklärt, dass sie von der Unterkunft aus ein normales Leben führen konnte. Sie brauchte sie nicht mal zu verlassen. Damit wollte sie sich erst einmal zufriedengeben. Sie war sicher, dass ihr der volle Umfang des Vampirdaseins irgendwann aufgehen würde. Irgendwann, wenn sie sich daran gewöhnt hatte.

Mit ihren neuen Sinnen ausgestattet war es leicht, sich in New York zu bewegen. Als sie den Flughafen in den frühen Morgenstunden verlassen hatten, nahm Roy seine Partnerin an die Hand. Mit Tom zusammen bewegten sie sich übermenschlich schnell durch die

Straßen. Es dauerte nur zehn Minuten, bis sie mitten in Brooklyn waren und vor einem schäbigen Mietshaus Halt machten.

»Was wollen wir hier? Das ist nicht das Haus, in dem ich wohne.«

»Die Sonne geht bald auf. Wir müssen untertauchen. Siehst du das Zeichen dort?«

Er deutete mit der Hand auf einen Stern mit einer Träne darin. Er war nicht einmal handtellergroß. Wenn man nicht danach Ausschau hielt, übersah man das Zeichen. Es befand sich direkt über einer kleinen Stahltür an der Seite des Gebäudes.

»Das ist das Zeichen eines Clans. Hinter dieser Tür liegt eine Unterkunft. Sylvester hat vor unserer Reise mit Stanley, dem Lord, gesprochen. Er hat sich einverstanden erklärt, uns für die Dauer unseres Aufenthalts als Gäste aufzunehmen.«

Emily lächelte überrascht. »So einfach ist das? Keine Hotels? Ihr fragt einfach eine andere Familie, ob ihr bei ihr wohnen könnt? Euer Volk hat Vorteile, das muss man euch lassen.«

Tom drückte leicht ihre Hand. »Dein Volk, Emily. Es ist jetzt auch dein Volk.«

Sie nickte, tief bewegt von seinem fast liebevollen Unterton.

Unterdessen klopfte Roy in einem bestimmten Rhythmus an die Tür. Sekunden später wurde sie geöffnet.

Ein riesenhafter Vampir stand vor ihnen, dessen brutal geschnittenes Gesicht noch wesentlich bösartiger wirkte als das von Benson. Emily wich automatisch einen Schritt zurück. Der Mann

entblößte riesige Fänge und forderte die drei Vampire auf, ihre Zeichen zu zeigen.
Folgsam schoben Roy und Tom ihre Ärmel ein Stück nach oben, bis der Hüne bei beiden das kleine Auge mit den versetzt angeordneten Tränen sehen konnte. Als er Emily auffordernd ansah, zuckte sie noch weiter zurück und schob sich ängstlich halb hinter Roy.
»Sie ist noch frisch. Letzte Nacht erst verwandelt. Sie gehört zu uns. Wegen ihr sind wir hier.«
»Was soll das heißen, wegen ihr? Wird sie Ärger machen?«
»Nein. Stanley weiß Bescheid. Wir brechen in New York ihre Zelte ab und nehmen sie mit nach London.«
Ein Grunzen ließ erahnen, dass der Wächter der Stätte die Erklärung akzeptierte. Er trat zur Seite und ließ sie ein.
»Treppe runter. Folgt dem Gang. Stan erwartet euch an der Pforte.«
Sie bedankten sich und gingen in der Dunkelheit ihrem Ziel entgegen. Emily fiel sofort auf, dass es dieses Mal anders war, durch vollkommene Schwärze zu gehen. Ein menschliches Auge konnte in dieser Finsternis nichts sehen, aber für die Vampirfrau war nun alles in einen eigentümlichen Lichtschimmer getaucht. Es ließ sich kaum in Worte fassen. Es war einfach nicht völlig dunkel, als hätte jemand eine indirekte Beleuchtung installiert, die niemals ausging.

Als sie die Pforte fast erreicht hatte, schreckte Emilys Klingelton vom Handy die kleine Gruppe plötzlich auf. Tom zog instinktiv seine Waffe.
»Beruhige dich, ist nur mein Handy. Wer hätte gedacht, dass man hier unten Empfang hat … Oh, es ist Meredith! Was sage ich ihr denn jetzt?«
Tom grinste: »Geh einfach nicht ran!«
Es widerstrebte Emily zwar, aber da in diesem Moment die Tür am Ende des Ganges geöffnet wurde, war der Vorschlag wohl der Vernünftigste, und so schaltete sie das Handy schnell ab.

Der Clanführer dieser New Yorker Unterkunft empfing die kleine Gruppe aus England mit offenen Armen. Er zeigte ihnen ohne Umschweife ihr Zimmer und beteuerte, dass er ihnen nicht mehr Räume zur Verfügung stellen konnte.
»Der Platz hier ist sehr begrenzt, und seit einer meiner Brüder neulich seine menschliche Freundin inklusive ihrer Familie von ihrer Sterblichkeit befreit hat, sind wir voll belegt. Ich hoffe, ihr könnt euch irgendwie arrangieren.«
Roy dankte seinem amerikanischen Pendant, der sich daraufhin diskret zurückzog, und begann anschließend sofort, zu telefonieren. Offensichtlich wollte er die Gastfreundschaft des anderen Lords nicht überstrapazieren und der Stadt schnellstmöglich wieder entkommen.
Tom grinste schief, als er das große Doppelbett und die zu dessen Fußende stehende Couch betrachtete.
»Ich denke, die Diskussion, wer wo schläft, können

wir uns schenken. Nur tut mir den Gefallen und haltet etwas die Finger beieinander, okay?«
Emily lief rot an. »Ehm … wir haben noch nicht …«
»Hey, so genau will ich es gar nicht wissen, glaub mir!«
Tom riss abwehrend die Arme hoch. Emily wandte sich peinlich berührt ab.
Endlich hatte Roy sein Gespräch beendet.
»Also, Emily. Es sieht wie folgt aus. Wir werden morgen Hilfe von zwei Mitgliedern dieser Unterkunft bekommen und alles in deiner Wohnung zusammenpacken, es sei denn, du willst etwas absolut nicht mitnehmen. Vielleicht könnte Meredith sich dann darum kümmern, dass die Sachen entsorgt oder verkauft werden? Morgen bei Sonnenaufgang muss alles bereitstehen, dann kommt eine Spedition, holt den Krempel ab und packt ihn in Luftfracht-Container. Ich habe es arrangieren können, dass die Sachen ausgeflogen werden und nicht per Schiff rüberkommen. So hast du dein Hab und Gut in wenigen Tagen in London.«
Emily sah ihn grimmig an. »Vielen Dank, dass du alles arrangiert hast, aber … hättest du das mit mir besprechen können? Es geht hier um *mein* Leben, das verpackt und ausgeflogen wird.«
»Was hast du denn?«
Roy sah zu, wie Emily plötzlich in sich zusammensackte und schwer auf einen Stuhl fiel. Schnell eilte er zu ihr und schloss sie sanft in die Arme.
»Was ist denn los? Fällt dir der Abschied aus New York so schwer?«

Emily schluckte. »Das auch. Und meine Mutter …«
Roy verstand nicht, was sie meinte. »Du hattest noch keine Zeit zu trauern.«
»Ja. Nein. Ich weiß es nicht. Es ist nur … ich habe ihre Beerdigung versäumt. Ich war so mit eurem verdammten VHA-Mist beschäftigt, dass ich die Beerdigung *meiner eigenen Mutter* verpasst habe!«
Sie riss sich von Roy los, rappelte sich auf und wollte aus dem Zimmer stürmen, als ihr einfiel, dass sie Gäste in dieser Unterkunft waren und es keinen sehr guten Eindruck machen würde, wenn sie wütend, mit rotglühenden Augen und gefletschten Zähnen, durch die fremden Flure rennen würde. Also drehte sie sich schnaubend wieder um und suchte mit wildem Blick eine Ecke im Raum, in die sie sich zurückziehen konnte.
Roy machte sich keine Illusionen darüber, dass sie die versäumte Beerdigung nach wenigen Tagen vergessen haben würde. Er trat von hinten an die Frau heran, die er liebte, und legte ihr behutsam die Hände auf die Schultern. Die Berührung jagte ihr einen Schauer über den Rücken und weckte ungeahnte Sehnsüchte. Aber ihre momentane Wut war zu groß, um seine Nähe zuzulassen. Mit einem leisen Grollen in der Kehle schüttelte sie seine Hände ab.
»Es tut mir leid, Emily. Ganz ehrlich. Es tut mir von Herzen leid. Ich habe dich um alles gebracht, was dir wichtig war.«
Tom spürte, dass dies eine Szene werden würde, bei der ein Zuschauer gänzlich unerwünscht war, und verließ diskret das Zimmer.

»Ich habe dich um ein Leben in New York gebracht. Ich habe dich, genau genommen, um das Leben an sich gebracht. Ich habe dir alle genommen, die dir nahestanden, und nun auch noch verhindert, dass du dich von deiner Mutter angemessen verabschieden konntest. Es gibt keine Entschuldigung dafür.«
Da Emily nicht widersprach, und auch sonst keinerlei Reaktion zeigte, fuhr Roy unbeirrt fort.
»Aber es gibt auch etwas, das ich dir gegeben habe, und ich hoffe, du akzeptierst es und nimmst auch alles andere an, was ich dir zu geben bereit bin.«
»Und das wäre?«
»Ich habe dir Unsterblichkeit geschenkt. Wenn die Zeit es so will, wirst du Jahrhunderte oder noch länger leben. Und du kannst deine Kinder aufwachsen sehen, ihre Kinder und die Kinder ihrer Kinder.«
»Kinder?« Ihr zweifelnder Blick begegnete ihm. Er wusste, dass der Moment gekommen war, um sein Anliegen in seiner ganzen Fülle vorzubringen. Er hatte damit warten wollen, doch der Augenblick schien wie geschaffen dafür.
»Ich weiß nicht, wie weit deine Gefühle für mich gehen, Emily. Aber ich weiß, dass ich dich liebe. Ich habe seit dem Tod meiner kleinen Familie keine Frau mehr an mich herangelassen. Aber du hast mich durch und durch verzaubert. Ich möchte dich bei mir haben. Ich möchte, dass du meine Partnerin wirst, durch Blutsbande an mich gebunden. Ich möchte eine Familie mit dir haben. Mit so vielen Kindern, wie du willst. Du sollst endlich das Glück erleben, eine große Familie zu haben, wenn du das möchtest.«

Widerwillig ließ sie zu, dass Roy sie fest in die Arme schloss. Sehnsucht, Glück und Trauer erfüllten ihr Herz gleichermaßen, als sie sich endlich eingestand, dass sie diesen Mann liebte und von ihm geliebt werden wollte. Sie hatte nie echte Leidenschaft erlebt, und schon gar nicht als Vampirfrau. Aber sie wusste, dass sie sich all das nur mit Roy vorstellen konnte. Sie wollte an seiner Seite als Teil des Vampirvolkes leben. Vielleicht war es schon immer ihr Schicksal gewesen, seit dem Tag ihrer Geburt.
Roy bedeckte ihr Gesicht mit zarten Küssen, bevor er sich ihren Lippen zuwandte und seine Zunge ihren Mund erforschen ließ. Emily spannte sich bis in die Zehenspitzen an, als seine Hände ihren Körper erkundeten und besitzergreifend über ihre Brust strichen.
»Roy ...«
Ihre Stimme klang heiser. Der Vampir hob sie federleicht auf das Bett, zog sich und Emily ungeduldig aus und kratzte mit seinen Fängen gierig über ihre Haut. Leidenschaft flammte in ihrem Innersten auf und schickte elektrische Wellen durch ihren Körper. Er legte sich schwer auf sie, ließ seine Härte zwischen ihre Beine gleiten. Sie nahm ihn mit einem Aufschrei in sich auf und gab sich bebend der Leidenschaft hin, die sie vollkommen überrollte und nichts Menschliches mehr an sich hatte. Immer gieriger drang er in sie ein, bis sie nach einem Höhepunkt, der einem Erdbeben gleichkam, atemlos eng umschlungen liegenblieben und in die plötzliche Stille lauschten.

Nach einer Weile schmiegte sie ihren Kopf an seine Brust und liebkoste mit einer Hand das Zeichen an seinem Handgelenk.

»Ich werde dir in die Unterkunft folgen, Roy. Und wenn du willst ...«

Sie ließ ihn ihre Gedanken lesen, und ihr Geliebter fing herzhaft an, zu lachen.

»Natürlich darfst du mit in meinem Quartier wohnen, mein Engel! Wir schaffen schon Platz für dich. Da wir sowieso alles neu herrichten müssen, richten wir uns zusammen ein.«

21

Drei Wochen später kehrte endlich Ruhe ein. Alle Überlebenden hatten ihren Weg zurück nach Hause gefunden. Bei dem Massaker waren weniger Vampire umgekommen als erwartet, da sich viele zum Zeitpunkt des Angriffs nicht in der Unterkunft aufgehalten hatten. Trotz des Zwischenfalls unmittelbar nach der Unterzeichnung des Friedensvertrags hatte der Innenminister noch einmal dessen Gültigkeit bestätigt. Im Gegenzug hatte Roy, ebenso wie die Lords der anderen Unterkünfte, seine Familienmitglieder verschärft dazu angehalten, keine Jagd auf Menschen zu machen. Vielen seiner Brüder und Schwestern ging dieses Verbot gegen den Strich, doch zum Wohle der Rasse hielten sich alle daran, ihre Nahrung ausschließlich aus Blutbanken zu beziehen.

Emily hatte in den drei Wochen seit ihrer Rückkehr aus New York viel dazugelernt. Zusammen mit ihrem Geliebten hatte sie entdeckt, dass sie nicht nur passabel fliegen konnte und über ungeheure telepathische Fähigkeiten verfügte, sondern auch Gegenstände bewegen und in Flammen aufgehen lassen konnte.

Auch ihre menschlichen Angelegenheiten waren inzwischen geregelt. Sie hatte sich eines Abends mit dem Anwalt ihrer Mutter getroffen und ihn veranlasst, das Haus mit allem, was darin war, schnellstmöglich zu verkaufen, und zwar an den Ersten, der es haben wollte. Das Auto behielt sie ebenso wie einige Erinnerungsstücke aus dem Haus. Edwina hatte sich gefreut, als Emily ihr angekündigt hatte, dass sie ihr ebenfalls ein paar Dinge schenken wollte, unter anderem den Schmuck ihrer Mutter.

Auf den Besuch bei ihr freute sie sich besonders. Würde Edwina sie sofort als Vampirfrau identifizieren?

Die Frage erübrigte sich, als Edwina am Telefon fragte, wann Emily kommen wolle, und diese mit der größten Selbstverständlichkeit antwortete:

»Nach Sonnenuntergang.«

Erstaunlicherweise konnte sie durch die Leitung in den Gedanken ihrer Tante lesen, dass diese bereits von ihrer Verwandlung wusste, auch wenn es sie anscheinend traurig stimmte.

Zwei Tage später klopfte sie bei ihrer Großtante und strahlte sie beim Eintreten derart an, dass Edwina

Zweifel daran hegte, dass es sich um eine erzwungene Verwandlung handelte.
»Emily, du siehst unglaublich aus! Deine Augen ...«
Ihre Nichte lachte sie glücklich an. »Ja, die Verwandlung hat einiges geändert.«
Edwina bat sie herein. »Darf ich dir was zu trinken anbieten?«
»Ich habe heute schon was gehabt, danke.«
»Ein bisschen Rotwein vielleicht?«
Dazu sagte Emily nicht nein und ließ sich dankbar in den Sessel plumpsen, in dem sie schon bei ihrem ersten Besuch Platz genommen hatte. Es kam ihr vor, als wäre es vor Jahren gewesen. Im wahrsten Sinne des Wortes in einem anderen Leben.
»Ich habe lange auf eine Nachricht von dir gewartet, Emily. Wie ist es dir ergangen? Offensichtlich hast du Roy nicht davon überzeugen können, dass seine Jahrhunderte lange Jagd ein Irrtum war. Ich bin nur erstaunt, wie schnell du dich mit deinem neuen Dasein angefreundet hast!«
Der Ton ihrer Tante klang verletzt und vorwurfsvoll. Emily nahm es ihr nicht übel. Ihre Großtante musste das Gefühl haben, eine Verbündete gegen Roy verloren zu haben. Deshalb sah sie sich genötigt, dieses Missverständnis aus der Welt zu schaffen.
»Edwina, es ist nicht, wie du denkst. Damals ... mein Gott, ist es wirklich erst Wochen her? Jedenfalls ... als ich damals in Roys Unterkunft spaziert bin, war es erstaunlich leicht, zu ihm zu gelangen. Er war nicht eben freundlich, hat mich seine Wut erheblich spüren lassen und ich war tagelang eingesperrt, bis er sich entschlossen hatte, was er mit mir machen wollte.

Dass ich seiner ersten Frau so ähnlichsehe, hat mir damals scheinbar das Leben gerettet.
Jedenfalls … hat er mich dann gezwungen, als Vermittlerin zu fungieren. Zwischen ihm beziehungsweise dem Vampirvolk, und der VHA.«
»Er hat dich zur VHA geschickt? Ist er komplett wahnsinnig geworden?«
Emily versuchte, sie zu beruhigen. »Es war furchtbar, aber ich habe es überstanden. Na ja. Minister Morris hat mich schließlich laufen lassen, was aber als Falle gedacht war. Ich sollte ihn zur Unterkunft führen. Roy hat das geahnt und mich abgefangen. Er brachte mich zu seinem Anwesen nach Schottland, und …«
Sie zögerte. Zu diesem Zeitpunkt hatte es begonnen, dass sie sich in Roy verliebt hatte, ohne es sich eingestehen zu wollen. Edwina hatte plötzlich ein breites Grinsen im Gesicht.
»Mein Gott, Engelchen, du hast dich verliebt! Wer hätte das gedacht … Wie ist denn das passiert?«
»Wir hatten Zeit, uns zu unterhalten. Viel Zeit. Das eine hat das andere ergeben, und … er bereut es, unsere Familie getötet zu haben. Und ich habe mich im Namen Edwards entschuldigt, obwohl es ja keine Absicht war. Wir sind quitt, Edwina. Ja, er hat unsere gesamte Familie ausgelöscht. Aber Edward Watson seine auch. Roy hat damals unvorstellbare Qualen erlitten.«
»Und wie kommt es nun, dass du heute eine Vampirfrau bist? Hat er das auch auf dem Schloss angestellt?«
Emily schüttelte heftig den Kopf. »Da hat er mich zwar vor die Wahl gestellt, aber ich habe abgelehnt.

Nein, das ist passiert, als er verletzt wurde. Wir waren allein mitten im Wald, und Roy hatte eine Silberkugel im Bein. Das Einzige, was ihn retten konnte …«
»Du hast ihm das Leben gerettet und deins dafür aufgegeben. Was für ein Akt der Liebe.«
»So ist es. Ich liebe Roy wie verrückt, und ich glaube, dass es von Anfang an mein Schicksal war, an seiner Seite zu stehen. Es ist wie …«
Edwina lächelte. »Wie Magie.«
»Ja, genau! Woher …«
Ihre Tante schaute geheimnisvoll in ihr Weinglas. »Nun, vor zwei Wochen war Tom hier.«
»Tom aus unserer Unterkunft?«
»Ja, genau. Er hat in Roys Namen gehandelt und mir erzählt, dass du jetzt eine von uns bist. Allerdings hat er mir nicht erzählt, wie es dazu kam. Na ja, und dann hat er auf wirklich nette Art und Weise versucht, mich dazu zu bewegen, euch in die Unterkunft zu folgen. Ich bin nicht länger verstoßen. Damit du die Familie bei dir hast.«
Emily grinste. »Tom ist nicht übel. Ist es ernst?«
»Immerhin so ernst, dass er gleich kommt und mir beim Packen hilft. Glaubst du wirklich, ich lasse dich mit den ganzen Rüpeln allein?«
»Edwina!« Emily sprang auf und schloss ihre Tante stürmisch in die Arme.
Ein Klingeln an der Tür beendete die herzliche Umarmung jäh. Edwina löste sich von ihr und eilte zur Tür. »Das ist Tom …«
Als sie öffnete, herrschte für einen Augenblick eisiges Schweigen im Hausflur. Emily kam hinter

ihrer Tante her und sah erst Tom, dann aber auch Roy auf der Türschwelle stehen.

Der Lord und Edwina starrten einander kalt an. Die Luft war so zum Zerreißen gespannt, dass Emily nicht wagte, sich direkt zu ihrem Geliebten zu gesellen. Unvermittelt hielt er Edwina in einer schlichten Geste die Hand hin.

»Verzeih mir.«

Es schien, als hätte sie all die Jahre nur auf diese zwei Worte gewartet. Ihre Anspannung löste sich, und sie erwiderte den Handschlag herzlich.

»Vergessen wir's. Es ist lange her, und wie es aussieht, wartet jetzt ein besseres Leben auf mich. Es wird Zeit, die Einsamkeit und den Groll hinter mir zu lassen.«

Während Tom glücklich grinsend ins Wohnzimmer ging, um die ersten Umzugskartons auseinanderzufalten, die er mitgebracht hatte, legte Roy seinen Arm zärtlich um Emily und sah die beiden Damen gleichermaßen freudig an.

»Was ist, gehen wir nach Hause?«

Emily schmiegte sich fest in seine Arme und sog seinen Duft tief ein. Welch eine Ironie, dass sie erst hatte sterben müssen, um das größte Glück ihres Lebens zu finden.

»Ja, gehen wir nach Hause.«

Ein märchenhaftes Lesevergnügen!

Der Fischer Costa lebt ein friedliches Leben in seinem kleinen Haus am Meer.
Als er eines Tages entdeckt, dass auf seinem Dachboden kleine, gerade einmal fingergroße Frauen leben, wird sein Leben gründlich auf den Kopf gestellt.

Die Kurzgeschichte **Die kleinen Frauen** ist ein zauberhaftes Märchen, das große und kleine Leser gleichermaßen begeistert!
Nach den berühmten Heinzelmännchen aus Köln gibt es nun ein weiteres kleines Volk, das die Herzen im Sturm erobert und die Fantasie der Leser Purzelbäume schlagen lässt!

Twentysix Verlag
28 Seiten
ISBN 978-3-74077-193-5

Knisternde Leidenschaft, magische Artefakte und eine schicksalhafte Reise in den Orient im mystischen Liebesroman von Bettina Münster!

Cindy Hamilton ist leidenschaftliche Journalistin und Realistin. Bis sich der gut aussende Akim al Harun in ihre Träume schleicht, sie verführt und ihr eine schier unlösbare Aufgabe anvertraut:
Cindy ist auserkoren, Akim von einem jahrtausendealten Fluch zu befreien!
Gemeinsam mit dem Fotografen Richard Wayes, der in Cindy verliebt ist, macht sie sich im Oman und in Syrien auf die Suche nach den Artefakten, um den Fluch zu lüften. Nicht nur das Verschwimmen von Realität und Traum lassen die Suche gefährlich werden: Cindy und ihre treuen Begleiter scheinen zudem gnadenlos verfolgt zu werden.

Feelings Verlag
292 Seiten
ISBN 978-3-4262-158-1

https://bettinamuenster.wordpress.com